「未だにウブそうなこの顔が乱れるのが、
興奮する」
蕩けるような瞳でマホロを見下ろし、ノアが言う。
ノアはマホロの精液がついた指を舐める。

SHY NOVELS

兇王の血族

夜光花

イラスト 奈良千春

CONTENTS

兇王の血族 007
あとがき 308

凶王の血族

1 ジークフリートの決意

ジークフリート・ヴァレンティノが幼少時に初めて意識した感覚は、違和感だった。

まったく違う生き物の中に紛れ込んでいるような、他人とのずれがあった。五歳の時には周囲にいる人間すべてを邪魔だと思い、以降はずっと人間を疎外すべき生き物と感じていた。

八歳になった時に、父であるはずのサミュエル・ボールドウィンから自分の本当の両親と闇魔法の血族の生き残りという事実を知らされ、ようやく心のつかえが下りた。ボールドウィン家の子息として大切に育てられてきたのに、どうして両親に愛情がまったく湧かないのか、やっと理解できた。

この国、デュランド王国では、五名家と呼ばれる特別な血族がいる。火魔法、水魔法、風魔法、土魔法、雷魔法という五つの力に分かれた魔法を扱える家系だ。

実はそれ以外にも魔法を扱える血族がいる。闇魔法と光魔法という、半ば忘れられた血族だ。そのうちのひとつ、闇魔法の血族は虐《しいた》げられている。過去に何度か国家を転覆させる事件を起こしたせいだ。だから闇魔法の血族を象徴する赤毛は、見つかり次第処刑される。生まれつき赤毛のジークフリートは、定期的に赤毛を黒く染めるようにしている。

自分の正体は隠して生きていかねばならないものだと子どもの頃から聞かされ、ジークフリートは理不尽さを抱えて生きていた。サミュエルはジークフリートの実父を崇拝していて、ジークフリートを身ごもった実母のイボンヌを匿《かくま》った。イボンヌはジークフリートを産み落としたあと、どこかへ姿をくらましたそうだ。

「あなたには王になる資質があるのです」

幼いジークフリートにサミュエルは猫撫で声でそう言い聞かせた。サミュエルは実父が成し遂げられなかったこの国を破壊するという願いを、ジークフリートに託してきた。そのための資金援助は惜しまないという。

ジークフリートは、感情の変化がほとんどない不気味な子どもだった。ふつうなら嫌悪するところだが、サミュエルとその妻はそれこそ闇魔法の直系の資質と喜んだ。ジークフリートがあらゆるものに対して優秀だったのも、ふたりを傾倒させた。事情を聞いたことはないが、サミュエルとその妻マーガレットは国に対して憎しみを抱いていた。ボールドウィン家の屋敷の片隅にはひっそりと小さな墓地があり、そこに見知らぬ名前が刻まれているのを見たことがある。

ジークフリートが九歳になった時、サミュエルとマーガレットは正装して、ジークフリートをある孤児院へ連れていった。郊外に立てられた孤児院には、自分より幼い子どもたちがたくさんいた。教会と併設された建物で、庭で子どもたちが遊んでいた。

ジークフリートは子どもたちには無関心で、サミュエルが手を引かなければ、馬車から降りなかっただろう。何故わざわざこんな場所へ連れてこられたのだろうと疑問を抱き、何げなく子どもたちを見た。

その目が、ひとりの少年に吸い寄せられた。

髪も白く、肌も白く、まつげや産毛に至るまで全身真っ白い子だった。年齢は五、六歳で、建物に続く階段のところで、膝を抱えて虚空に目を向けていた。

(あの子は、何だ?)

全身真っ白い少年を見たとたん、ジークフリートの鼓動が大きく跳ねた。今まで真っ暗だった世界に、突然光が差し込んだ気がした。

「あの子……」

ジークフリートは少年を指さした。するとサミュエルがにたりと笑った。

「ええ、ええ。そうです、あの子を引き取るために来たんですよ。さすがですね、ひと目で分かるとは」

サミュエルがジークフリートに耳打ちした。

「この孤児院へあの子を入れたのは私の指示です。子ども一人とはいえ、引き取るには正規の手続きを踏まなければなりませんからね」

含み笑いを漏らして、サミュエルが教会へ入っていく。すでに知らせは届いていたのか、孤児院の院長が現れ、喜色を浮かべてお辞儀をする。

「お待ちしておりました、ボールドウィン様。お子さまの話し相手をご希望とか」

院長は灰色のシスター服を着た中年女性だ。院長は応接セットのある別室でサミュエルの希望を聞いた。サミュエルは、六歳くらいの大人しい男の子を引き取りたいと言った。他のシスターが、希望に沿った男の子を三人、部屋へ連れてきた。そばかすのある少年と、黒髪の理知的な少年、そして全身真っ白の少年だ。目当ての子どもはマホロという名前で、六歳だというが、その年齢にしては幼く小柄だった。

「ほら、ご挨拶しなさい」

院長に背中を押され、少年たちは快活に挨拶を始めた。けれどマホロだけは言葉を発せず、ぼうっとした表情でうつむいている。

ジークフリートはずっとマホロしか見ておらず、早く彼の目を見たいと願っていた。けれどマホロの態度が変わることはなかった。まるで感情がないみたいだ。ジークフリートはそれが気に入らなかった。自分はこうして目を留めているのに、何故この少年は気づかないのだろうか？

「私たちは決めました。そのマホロという少年にします」

サミュエルは院長と話している途中で、愛想よく指名した。院長は棒立ちになっているマホロが選ばれたことに驚き、「本当によろしいのですか？」と怪訝《けげん》そうに尋ねた。話し相手を希望しているのに、一言もしゃべらない少年を示したので当然と言えば当然の疑問だろう。

「ええ、気に入りました。うちの屋敷へ来れば、すぐにおしゃべりになるでしょう」

サミュエルがそう言うと、他の二人の少年は意気消沈した。マホロは自分が選ばれたというのに、にこりともせず、今はぼーっと窓の外を見ている。

「では、三日後に迎えの馬車を寄越しますので」

サミュエルは院長と契約書を交わすと、立ち上がって握手をした。マホロは最後まで一言もしゃべらず、別れのお辞儀すらしなかった。

三日後、ボールドウィン家の屋敷へ、マホロは連れてこられた。孤児院へ執事長が迎えに行き、白いシャツにズボンという格好をしたマホロを引き取ってきた。ジークフリートはサミュエルとマーガレットと共にマホロを出迎えた。相変わらずマホロは表情に乏しく、指示されないと動けないでくの坊だった。

ジークフリートは無意識のうちにマホロに近づき、小さな身体を抱きしめた。

密着すると、やっと同じ種類の生き物に出会えたという充足感があった。触れた肌から熱が伝わり、ジークフリートの心に感情という要素を吹き込んだ。

サミュエルは言っていた。このマホロという少年は、光魔法の血族の子どもだと。光魔法の血族は特殊な性質を持っていて、闇魔法か光魔法の血族でないと結ばれないらしい。

(この子は僕のものだ)

ジークフリートは大切な宝物を手に入れた気分で、マホロの額に口づけた。

「……わっ！」

唇が触れた瞬間、突然マホロが声を上げ、ジークフリートを突き飛ばした。

無表情だったマホロの顔は困惑に変化してジークフリートを凝視した。それまで人形だったものが、命を吹き込まれたみたいに。

「あ、あの……」

マホロは怯《おび》えたように数歩下がった。突き飛ばしたので怒られると思ったのかもしれない。ジークフリートはすっと手を差し出した。

「よろしくね、マホロ。僕のことはジークと呼んでいいよ」

怒っていないと伝えるために、ジークフリートはおずおずと伸ばされたマホロの手を握った。小さくて白い手だった。

「今日から君は僕のために生きるんだよ。僕の言うことを聞いて、僕だけに従うんだ」

マホロの手を握りながら、ジークフリートは静かに告げた。マホロは圧倒されたようにジークフリートを見上げる。

マホロと目が合っているという事実にジークフリートは満足していた。この瞳に映るのは自分だけでいい。他のものは排除しようと、心に決めた。

マホロは幼いながらに自分の立場を理解したらしく、ジークフリートの僕《しもべ》となった。ジークフリートは他人を初めて自分のパーソナルスペースに置いた。これまでメイドや使用人、教師に至るまで一線を引いてきたが、マホロだけは傍にいることを許した。

マホロといると、自分の胸の中に今まで感じたことのない光が生まれた。マホロといるだけで心が安らぎ、その姿を見ているだけで満たされる。

（マホロを繫ぎ止めるためには、感情のあるフリをしなければならない……）

ジークフリートはマホロと接するうちに、すぐに気づいた。光魔法の血族であるマホロは、血の匂いに弱く、ジークフリートが誰かを罰したり、鞭打《むちう》ったりすると、離れていこうとする。マホロの前ではいたずらに人を傷つける行為は厳禁だった。

（心のあるフリをしなければ……）

自分にそう言い聞かせているうちに、ジークフリートは良心というものの重要さを知った。マホロを傍に置くためには、獣のように振る舞っては駄目だと悟ったのだ。人々を疎外すべき生物と位置づけていたら、自分の存在は浮いて、大切なものを見失う。

（マホロと会って……自分にも心があるのだと知った）

マホロといる時は、他の人と同じように感情が動く。闇魔法の血族にも、心はあるのだ。

サミュエルは大事なことをジークフリートに語った。

「賢者の石を抱く光の子が門を開ける時、古《いにしえ》の書物を繙《ひもと》けば、闇の剣《つるぎ》がお前の願いを聞き届ける……これは闇魔法の血族に伝わるものです」

サミュエルはジークフリートの父母から聞いたという言い伝えを教えてくれた。

「マホロの心臓には特別な石が埋め込まれています。マホロの傍で魔法を使えばその威力は倍、いや数倍にもなるでしょう。私たちは言い伝えの一つを手に入れたのです」

マホロの心臓には賢者の石が埋め込まれているとサミュエルは言った。光魔法の血族の司祭を務める男から手に入れた石らしい。ジークフリートは半信半疑だったが、試しにマホロの傍で魔法を使ってみると、確かに威力は数倍に跳ね上がった。

「古の書物のありかは、まだ分かりませんが……。もしかしたら、御父上の生家かと。闇魔法の一族の村の場所はこの地図に記されています」

サミュエルはイボンヌから受け取ったという闇魔法の一族が住む村の地図を手渡した。闇魔法の一族の村は、ローエン士官学校があるクリムゾン島にあった。島の奥地、立ち入り禁止区に今もひっそり残っているそうだ。

「ローエン士官学校に入れば、立ち入り禁止区へ行ける機会もできるでしょう。まずは試験に受からなければなりません」

ジークフリートは十八歳になる年に、ローエン士官学校を受験する。デュランド王国では魔法回路を持つ男子は、ローエン士官学校へ行って魔法を習うのだ。だがそのためには試験を受け、面接時には試験官に属する精霊を確認される。

闇魔法の血を引くジークフリートは、火、水、風、土、雷すべての魔法を扱える。けれど表向きはボールドウィン家の子息となっているので、試験官の前では土魔法のみを見せなければならない。聞くところによると、試験では魔法回路があるかどうかの確認も兼ねているので、魔法石を受験生に握らせるらしい。属する魔法石を握ると、その属性の精霊が現れるのだ。

「受験する時に闇の精霊が現れたらどうするか……。ジークフリート様、万が一を考え、受験の一年前からは人を殺《あや》めることを一時やめていただかねばなりません……」

おそるおそるサミュエルに言われ、ジークフリートは鷹揚《おうよう》に頷いた。

初めて人を殺したのは、七歳の時だ。粗相をしたメイドに怒りが抑えられず、ナイフで咽《のど》を切り裂いた。メイドの血を見たとたん、すっと気が晴れ、重怠《おもだる》かった身体が楽になった。理由は分からないが、それ以来、年に一度は人を殺さないと身体に変調をきたした。その様子に、もしかしたらジークフリートには闇の精霊が憑《つ》いているのかもしれないとサミュエルが言った。

試験官に闇の精霊を視《み》られるのはまずい。精霊を視る目を持つ人間を召し抱えて確認すると、案の定、ジークフリートには闇の精霊が寄り添っていた。人を殺さないでいると、闇の精霊は徐々に消えていくのも分かった。ただし、それに比例してジークフリートの生気は奪われ、体調に異変が生じるのだ。

ジークフリートは試験の一年前から人を傷つけるのを避けて、ローエン士官学校に入学した。

孤島での暮らしは、つまらないものだった。マホロがいないだけで、世界は無味無臭に感じられた。この学校で、配下として使える人材を見つけるように言われていた。けれど、どの学生も皆同じに見えたし、能力のある者がいるようには思えなかった。誰も彼も愚鈍で掃いて捨てる程度の既製品のおもちゃのような存在にしか映らない。

カウンセラーのマリーはサミュエルの考えに同調する者で、ジークフリートと出会い、すっかり骨抜きにされた。ジークフリートがどれだけ冷たい言葉を使おうと喜んで尻尾《しっぽ》を振る。ジークフリートが黙って見つめると、女性の多くはこうして信者のように従った。

ジークフリートは三年生になった時、禁じられた召喚魔法を行った。呼び出したのは父親だ。アレクサンダー・ヴァレンティノは亡霊となって現れ、ジークフリートにギフトを手にしろと命じた。

ジークフリートは立ち入り禁止区へ入り、司祭のいる奥地まで行った。そして、ギフトを手に入れた。ジークフリートはそのまま、闇魔法の一族の村まで足を延ばした。

古の書物と呼ばれるものを探しに行ったのだ。

初めて訪れる闇魔法の一族の村は、ジークフリートにとってがっかりするものだった。村民のほとんどは赤毛ではなかったのだ。隠れ住んでいるくらいだから、よほど赤毛が多いのかと期待していたのに、赤毛は幼い少女だけだった。

「お前は……、ヴァレンティノの息子か……」

長老と呼ばれる黒い貫頭衣の老婆にジークフリートを歓迎する気配はなく、他の村民も同じだった。闇魔法の一族の村は赤毛が存在している以外、どこにでもある凡庸《ぼんよう》な村だった。

「特別な魔法書について何か聞いているか？」

ジークフリートは念のため、老婆に尋ねた。魔法書と言ったのは、ジークフリートの勘だった。

『古の書物』というのは、きっと魔法書に違いないと考えていたからだ。

「魔法書……？」

長老は困惑しつつ聞き返してきた。隠している気配はない。そもそも、ここに古の書物などないのではないか。ジークフリートはそう結論づけた。サミュエルが口にした言い伝えが真実だとして、父母が古の書物とやらを持っていたなら、必ずそのことを言い残していたはずだ。

ジークフリートは闇魔法の一族の村人を異能力で自分に従わせた。ジークフリートが得たギフトは《人心操作》――異能力を使って目を合わせると、誰もがジークフリートの言いなりになる。

ジークフリートは父の生家を訪れた。

アレクサンダーが住んでいた屋敷は村の南側にあり、埃《ほこり》が溜まり、あちこちぼろぼろになっていた。村の中では大きな二階建ての屋敷だ。ジークフリートはすべての部屋を見て回り、書斎に足を踏み入れた。

「ここが……」

本棚には多くの古い書物が並んでいる。ざっと見たが、特別な書物はなさそうだった。ただ、闇魔法に関する書物が数冊あり、ジークフリートはそれを持ち出した。闇魔法を知る者がいなかったので、これまで闇魔法を使えなかった。闇魔法の呪文を習えば、今後大いに役に立つだろう。

「父の生家か……何の感情も湧かぬ」

ジークフリートはため息と共に呟き、異能力で従わせた村人を使って屋敷中に油を撒《ま》き、火をつけた。火はあっという間に燃え広がり、父の生家を赤く染めた。念のため書斎の書物が焼ける様を見ていたが、ただの紙切れの集合体である証《あかし》に、次々と燃えていった。

屋敷から離れ、燃えさかる炎を見つめる間、ジークフリートは己に問うていた。

(お前はこの先、どう生きるつもりだ?)

闇魔法の血族であるジークフリートにとって、正体を明かして生きることは死を意味する。ジークフリートには限られた選択肢しかなかった。

正体を隠してこのままひっそりと生きていくか、父の遺志を受け継いでこの国を滅ぼすために起《た》ち上《あ》がるか。いや、もう一つある。闇魔法の血を引く者は、子どもを作ると闇魔法の力を失う。ジークフリートが誰かと子を成せば、普通の人間として生きられる。

（私は、そんな生き方を求めているのか？）

生き物のようなうねりを見せる紅蓮《ぐれん》の炎は、ジークフリートの真意をつまびらかにした。

物心ついた時からジークフリートが抱えていたのは、憤怒《ふんぬ》だった。

他者のように笑ったり、喜び合ったり、親切にしたり、されたり……。そういった慈しみの心が理解できなかった。何故下等な人間のために施したり、優しくしたりしなければならないのか分からなかった。生きることは窮屈《きゅうくつ》なことであり、自分の身を隠すことも苛立ちと憤《いきどお》りを積み重ねるだけだ。この国の法体制も規則も何もかもが鬱陶《うっとう》しく、吐き気がするものだ。

何故、自分の血族は迫害されるのか。

何故、生まれながらに罪人の烙印《らくいん》を押されるのか。

五名家の貴族がどれほど偉いというのだろう。五名家よりも闇魔法の血族のほうがよほど優れているのに、尊ばずに消し去ろうとするのは納得がいかない。

ジークフリートがまず渇望したのは、破壊したいという一点だ。

この国を、貴族を、魔法を使える者を破壊したかった。大勢の人が死に、国が崩壊したらこれほど愉快な話はない。特に五名家の魔法士たちを、力でねじ伏せたかった。闇魔法のほうが優れていると見せつけたい。そうすれば長年の憤りも収まり、気分が晴れるだろう。

（けれど俺はこの国のトップに立ちたいわけではない）

王国を破壊したい願望はあるが、国王になりたいわけではなかった。下等生物としか思えないこの国の人間のトップに立つなんて、吐き気を催す。もし自分がこの国の王になったら、国民は全員闇の精霊への供物とするだろう。

(破壊したいだけ、か……？　子どもがおもちゃで遊ぶようなものだな)

我ながらその心情に笑いが込み上げ、少しだけ考え直した。

デュランド王国に興味はないが、クリムゾン島には興味があった。何故かこの島に来た時から懐《なつ》かしさに似たものを感じていた。クリムゾン島を手に入れたい。自分の島として、統治してみたい。だが、今のままでは駄目だ。女王の所有物となっているこの島を、一度破壊してからでなければ。

(闇の剣がお前の願いを聞き届ける、か……。もしそれが本当なら)

言い伝えが真実のものかどうかは不明だが、そのうちの一つの条件を満たしているというなら、古の書物を探すのもいいかもしれない。本当に存在するならば。

(私はすべてを破壊しよう。目につく人間、すべてを殺そう。血でデュランド王国の人間が溺れるほど殺戮《さつりく》すれば、少しはこの憂いも晴れるかもしれない。——そのためには私一人では無理がある)

ジークフリートは大きな決意を固めた。もうローエン士官学校に在籍する必要はなかった。すべてに終止符を打つために、闇魔法の一族の村を後にした。

2 舞踏会

鏡に映る自分の姿にげんなりして、マホロはうなだれた。

ぴかぴかに磨かれた鏡には、ドレスを着た金髪の少女が映っている。どうしてこうなってしまったのだろうと頭を抱え、後ろに控えているメイドたちをこっそり振り返った。

「お似合いですよ！　マホロ様……いえ、お嬢様！」

三つ編みのメイドが晴れやかな笑顔で褒《ほ》め称《たた》える。

「……ど、どうも」

他に言いようがなく、マホロは顔を引《ひ》き攣《つ》らせた。


マホロは数奇な運命を辿って、今はここ、デュランド王国の軍の大物セオドア・セント・ジョーンズの屋敷にいる。

マホロは物心ついた時からサミュエル・ボールドウィン家の屋敷にいて、ジークフリートの従僕として暮らしていた。そのジークフリートは国家を転覆させようと暗躍している闇魔法の血族であり、神国トリニティというカルト教団の創始者の忘れ形見だった。

　ジークフリートを慕っていたマホロだが、その狂気を目の当《あ》たりにして、長年仕えてきた主《あるじ》と決別した。ジークフリートは王族の多くを殺害し、今もどこかに潜伏している。

　マホロは光魔法という特殊な血族の生まれで、火魔法と闇魔法の血族の間に生まれたノアと恋仲になった。ノアとはローエン士官学校で出会い、最初は一方的に気に入られていただけだったが、一緒にいるうちにノアの情熱に惹《ひ》かれ、その愛を受け入れた。ノアは自分の実の母親について何も聞かされておらず、闇魔法の一族が住むという村を訪ねた際、自分の母親について調べようとしていた。

　闇魔法の一族の村へはノアと同学年のレオン・エインズワースと、デュランド王国の次期国王陛下になるアルフレッド、魔法団団長のレイモンド・ジャーマン・リードも一緒に赴いた。そこでレオンは偶然司祭と出会い、無理やりギフトを渡されてしまった。

　ギフトとは強力な異能力だが、代償にその人の一番大事なものを奪っていく。レオンにとって一番大事なものは、女王陛下だった。かくして女王陛下の命は奪われ、レオンは闇魔法の一族の村に囚われの身となった。

　レオンを助けに向かったマホロとノアだが、マホロは村にいると体調が悪くなり、村の人にも馴染《なじ》めなかった。ノアは逆に水を得た魚のように順応した。のちに、この辺りには瘴気《しょうき》が漂っていて、闇魔法の血族以外は身体を壊すと知った。マホロはレオンが解放されると、迎えに来たアルフレッドと団長と共に、ローエン士官学校へ戻った。

それから五月になり、女王陛下の国葬と、アルフレッドの戴冠式が行われた。

アルフレッドの戴冠式は盛大に祝われ、警戒していたジークフリートの襲撃もなく、無事に終わった。

そして戴冠式の翌日、マホロはセント・ジョーンズ家のセオドアと息子のニコル、ノアと共に王宮に招かれた。アルフレッドはそこでノアに恐ろしい真実を告げた。

ノアは先々代のアルバート王の弟の娘、アリシアの息子だったのだ。アリシアは現在ルドワナ共和国で暮らしている。ルドワナ共和国のディーン公爵家に嫁いだが寡婦《かふ》となり、子どももいないそうだ。ノアは王族の血を引いていたのだ。この事実にマホロは驚き、ノアは困惑した。

アルフレッドはノアに王族の一員になってもらいたがっている。多くの王族を失い、王家として成り立たなくなるのを恐れているのだろう。ノアには、まだ五歳で病弱なナターシャ殿下との婚約か、アリシアとセオドアの再婚を認めるかの最悪の二択が示された。再婚についてはセオドアにも思うところがあるらしく、とても受け入れる様子ではなかった。

頭を抱える案件が多い中、戴冠式の三日後には王宮で記念パーティーが催された。主立った貴族は皆招待され、例に漏れずセント・ジョーンズ家の面々も招待された。何故か貴族ではないマホロまで招待を受けた。

最初は留守番をしていようと思ったマホロだが、話を聞きつけたニコルの妻のブリジットが、メイド数人を伴ってマホロの部屋にやってきた。ブリジットは茶褐色の瞳に優しそうな顔立ちの女性だ。金髪をアップにして華やかな髪飾りをつけている。

「マホロ、綺麗にしてあげるわ」

悪魔のように微笑むと、ブリジットはメイドにマホロを拘束させた。鏡台の前に座らされ、化粧を施され、青いドレスを無理やり着させられた。

「あ、あのう、これは何かの罰ゲーム……？」

マホロが怯《おび》えたのも無理はない。長い金髪のウイッグまでつけられ、鏡に映っている自分は完全に女性だ。もともと中性的な顔立ちだったので、女装すると女性にしか見えない。

「うふふ。これでめんどくさくて行きたくないとごねるノアも、パーティーに参加するわ。仕上げはこれよ、魔法具の靴」

すでにピンク色のドレスを身にまとっているブリジットが、ヒールの高い靴を掲げる。

「魔法具……？」

マホロが嫌な予感に身を縮めて繰り返すと、ブリジットが笑う。

「とても高価なものなのよ。これ一足で家一軒が建つくらい。この靴には魔法がかかっていて、これさえ履けばダンスもお手の物ってわけ」

ブリジットは靴をマホロの前に揃える。

「は、履けとおっしゃるんで……？」

マホロが身を震わせると、ブリジットがにっこりして頷く。

ブリジットの圧力に逆らえず、マホロはそろそろと靴に足を入れた。サイズが大きかったので無理だと思ったのに、何故か靴を履いたとたん、マホロの足の形に変化した。

「あらーいいじゃない！　さぁ、パーティーに行きましょう！」

ブリジットは女装したマホロにすっかり興奮して、手を叩いて喜んでいる。ちょうど部屋のドアを誰かがノックして、入ってくるところだった。

「おい、行くならとっとと……」

返事も待たずに入ってきたのは、ノアだった。青い瞳に長く艶《つや》やかな黒い髪、見る者を魅了する美しい顔立ちとしなやかな肢体、今日は黒の正装姿でばっちり決まっている。ノアは部屋に入るなり、マホロに気づき、固まった。

「……好み」

ぽつりとノアが呟き、嬉々《きき》としてマホロに近づいてきた。

「どう？　ノア、パーティーに参加したくなったでしょう？」

ブリジットが楽しげに頬に手を当てる。

「上手く化けたもんだ。いいとこのお嬢様に見える。お前、胸に何を入れてるんだ？」

ノアはじろじろとマホロの姿を眺め、いきなり胸をむんずと摑んできた。メイドたちがきゃあと悲鳴を上げ、赤くなって離れていく。

「まぁ、ノア！　何てぶしつけな真似を！」

ブリジットが眉をひそめる。

「いえ、あの、俺は女性じゃないので……」

その場にいた人たちがノアを責める視線になったので、慌ててマホロが訂正した。ノアもメイドたちの態度に呆れている。

「あ、そうだったわね。何だかあまりに可愛らしいから、つい……。胸にはパッドを入れているのよ、大きさは控えめにしておいたわ。首まで隠れるスタイルのドレスだから、男性とばれることはないでしょう」

ブリジットが笑みを浮かべて明かす。

「へぇ……。なるほど、それじゃ」

ノアがにやりと笑い、マホロの前で一礼する。すっと手を差し出すと、ノアは見蕩れるような笑みを浮かべた。

「お嬢様、どうぞ私にエスコートの役を」

礼儀正しい態度で手を差し伸べられ、マホロは乾いた笑いを顔に張りつかせた。本気でこの格好で王宮へ行くのか。知っている人に見られたら憤死するしかない。

「ノア先輩ぃ……、絶対笑われて恥かくだけですよ……」

情けない顔でマホロがノアの手に手を重ねると、楽しそうに腰を抱き寄せられた。

「それじゃ賭けるか？　今夜お前の正体がばれなかったら、俺の勝ちってことで。お前は今から深窓のご令嬢だ。自分から正体を明かすのはなしだぞ」

「俺が勝ったら、何してくれるんですか？」

苦笑してマホロが聞くと、ノアが「負けたほうが何でも勝ったほうの願い事を聞く」と目を光らせる。男だとすぐにバレると思うが、ノアが願い事を叶えてくれるならおいしい話だ。

「無理難題言いますからね」

ノアに手をとられ、ギクシャクした動きで歩きながらマホロは言った。ヒールの高い靴で歩くのは難題だ。へっぴり腰になって仕方ない。

「もっとしゃんと歩けないのか？　初めてセックスした後みたいだぞ？」

廊下をおっかなびっくり歩くマホロに、ノアが容赦なく発破をかける。隣で聞いていたブリジットが赤くなったが、マホロはそれ以上に真っ赤になった。

「ノア先輩はその口を閉ざして下さい！」

ノアに嚙みつきつつ、少しずつヒールの高い靴で歩くこつを摑む。玄関ホールを出て、待機していた馬車に向かった。馬車は、セント・ジョーンズ家の家紋が入った立派なものだ。ノアに手を引かれて馬車に乗り込むと、後から来たニコルがブリジットをエスコートして馬車に乗り込んでくる。

「……マホロ？」

ニコルはマホロの変装について聞いていなかったらしく、呆気に取られている。マホロが羞恥《しゅうち》で耳まで赤くすると、ニコルが口元を押さえて咳払いした。ニコルは白い正装姿で、ノアとは対照的だった。

「綺麗だね。誰だか一瞬分からなかったよ」

大人の態度で褒めるニコルに申し訳なさでいっぱいになっていると、横に座ったブリジットが唇の端を吊り上げてニコルの腕をつねった。

「あら、ニコル。妻より先にマホロを褒めるなんて、どうしたのかしら？」

口元は微笑んでいるのに、ブリジットの目が笑っていなくて、マホロはひやりとした。慌ててニコルはブリジットを褒め称え、その頬にキスをしている。

「怖いなぁ。マホロは俺たち夫婦に亀裂でも作る気かい」

ニコルはブリジットの手を握り、おかしそうに言う。

「傾国の美女になれるようだぞ？　よかったな。今夜は俺に群がる女をお前が追い払ってくれるんだよな？」

ノアは始終ニヤニヤしてマホロの顔を眺めている。それがからかわれているようで腹が立ち、そっと足を踏んづけておいた。ブリジットに強引に着させられたのでなければ、こんなに動きにくいドレスなどすぐに脱ぐのだが……。

(女の人って大変なんだなー)

ずっしりと重いドレスを厭《いと》いながら、マホロは今夜のパーティーが早く終わりますようにと思った。


王宮で開かれる記念パーティーは豪華なものだった。前庭には多くの家紋のついた馬車が並んでいた。到着する時間が遅くなるほど格式の高い貴族になり、ニコルとノアが乗っている馬車はほぼ最後のほうだ。ノアにエスコートされてニコル夫妻と王宮のホールに入ると「セント・ジョーンズ公爵家ご来場です」と高らかな声が響いた。

アルフレッドが国王になった記念パーティーなので、至る所にアルフレッドの印である白薔薇《しろばら》が飾られている。広間には大勢のドレスや正装姿の貴族がいて、マホロは場違い感に冷や汗を掻いた。立食パーティー形式なので、白いクロスがかかったテーブルには軽食が用意されている。ノアに腕をとられて中に入ったマホロは、自分が異様に注目を集めていることに気づいた。

「ノア先輩……っ、み、見られて……」

通りすがりの貴族たちが一様に視線を注いでくるのが恐ろしくて、マホロはノアの腕をぎりぎりと握った。

「力を入れすぎだ。臆《おく》することはない。いつものことだろ。まぁ、こんなに見られるのは珍しいが……」

マホロの腕を軽く叩いて、ノアが首をひねる。ノアは毒舌家だが、その容姿はあらゆる人を魅了する。だから注目を浴びるのは当然だろう。きっとノアを見ているのだろうとマホロも思いたかったが、明らかにマホロへ視線が向けられている。しかも男女問わず。

「ふふ。ノアがパートナー同伴で来るのは初めてだからね？　パートナー必須の時は従姉妹《いとこ》に頼んでいたし。きっと皆、ノアのお相手が気になるのよ」

ブリジットは扇子で口元を隠しつつ、含み笑いをしている。完全に面白がっている。緊張を弛めようとメイドが運んできたジュースのグラスに口をつけると、ひそめた声が耳に入ってきた。

「あの女性は誰？」

「嘘、ノア様にパートナーが……っ」

「初めて見る顔だわ。どこの家の子？」

女性たちのざわめきにマホロはいたたまれなくなり、そっと背中を向けた。ノアは気にした様子もなく、マホロの髪を弄《いじ》っている。

「ノア様があんな顔をされるなんて……っ」

どこからかショックを受けた声が聞こえて、マホロはノアを見上げた。ノアは蕩けるような笑みを浮かべ、マホロを見つめている。確かにこんな表情はマホロにしか見せないかもしれない。羞恥心はあるものの、ノアの愛情を感じてマホロは無意識のうちに寄り添った。

ピアノやバイオリンの音色が響き、ノアが背筋を伸ばして一礼する。

「一曲、踊っていただけますか？」

ノアに手を差し出され、マホロは躊躇《ちゅうちょ》しつつその手をとった。魔法具の靴を履くと誰でも華麗にステップが踏めるそうだが、本当だろうか？

「ノア先輩、俺、踊ったことないですよ？」

不安に駆られてマホロが囁《ささや》くと、ノアがにやりとして腰を抱き寄せる。

「俺がリードするから、身を委ねろ」

ダンスホールに手を引かれ、マホロは心臓が飛び出しそうだと思いつつノアのリードに従った。

ノアは曲の終わりにするりと空間に入り込み、マホロの手を肩に誘《いざな》った。マホロはこういったダンスを踊った例《ためし》がなく、見様見真似でノアの手と肩に手を添えた。曲が始まり、ノアが腰を抱きながらステップを踏む。訳が分からず転ぶのではないかと心配したが、魔法具は完璧だった。勝手に足が踊りだし、ノアのステップに合わせて軽やかに揺れる。

「その魔法具、無駄遣いと思っていたが、意外なところで役に立ったな」

ノアは感心したように耳打ちする。マホロはノアについていくのに必死で、返事もできなかった。視線はますます集中し、気のせいかちくちくする嫉妬の念があちこちから飛んでくる。やはりノアはモテるんだなぁと思い知った。しかもパーティーに興味がないという態度だったのに、ダンスも完璧に踊れている。

「こうして見せつけるのも悪くないな」

ノアは華麗にターンを決め、酷薄そうな薄い唇を歪める。一曲で勘弁してもらえると思ったのに、調子に乗ったノアが続けて踊りだす。いくら魔法具で踊れるといっても、ふだん使わない筋肉を酷使する。三曲目を踊り終えたところで許して下さいと泣きつき、休憩をもらった。

「ノア、久しぶりね」

ノアと一緒にソファで休憩していると、派手なドレスを身にまとった中年のご夫人とドレス姿の若い女性が声をかけてきた。ノアは面倒そうに立ち上がり、ふたりに挨拶をする。マホロも急いで立ち上がり、ノアに倣《なら》った。

「そちらの方はどなたかしら？　社交界ではお見かけしないけれど」

ご夫人に値踏みするような目つきで言われ、マホロは背筋を伸ばした。ちょうどブリジットが傍に来て、「ダエナ侯爵夫人、お久しぶりです」と愛想よく声をかける。

「ごきげんよう、ブリジット」

ダエナ侯爵夫人は、ブリジットと形式的な挨拶を交わす。

「彼女は私の知り合いの娘さんで、名前をマホ……マホリーンというんですのよ」

ブリジットが張りついた笑みを浮かべながら紹介する。とたんにノアが口元を覆って、ぶっと噴き出す。マホロは内心冷や汗を掻いてうつむいた。

「まぁ、そうなの。ノアが珍しく踊っているから、年頃の娘は皆色めき立っているのよ。うちのレイラとも踊っていただきたいものだわ」

ダエナ侯爵夫人は扇子で口元を隠しながら、有無を言わせぬ態度でノアに目を向けた。レイラというのはダエナ侯爵夫人の後ろで控えている若い女性だろう。先ほどからちらちらと紅潮した頬でノアを見ている。

「申し訳ない、ダエナ侯爵夫人。持病の足痛で踊れそうにない」

ノアは平然とうそぶいて、通りすがりのウエイターからグラスをもらう。あからさまな嘘で拒絶されてレイラの顔が歪んだ。しかも横にいたマホロをすごい目で睨《にら》みつけてきた。

「ノア、そう言わずに一曲だけ、ね？」

凍りついた空気に耐えきれずブリジットがノアを窘《たしな》める。どうやらダエナ侯爵夫人は気を使わなければならない相手らしく、ノアも諦《あきら》めてため息をこぼした。

「仕方ない。一曲だけ我慢しよう」

ノアはマホロの髪にキスをして、いかにも面倒くさそうにレイラの手を取ってダンスホールへ向かった。レイラの目が恐ろしくて、マホロは震え上がった。こんなにひどい態度なのに、ノアは女性にモテるのだ。手を取られているだけでレイラはうっとりとノアを見上げている。

「マホロ、テラスにニコルがいるからそっちへ避難して」

ブリジットはそっとマホロに耳打ちして背中に隠す。ダエナ侯爵夫人と込み入った話をさせたくないのだと気づき、マホロは「失礼します」とドレスを持ち上げてお辞儀し、ふたりの傍を離れた。

パーティー会場はたくさんの着飾った人々であふれている。マホロは慣れない足取りで人にぶつからないように気をつけつつ、ニコルを探した。テラスはいくつかあり、覗いて回ったが、ニコルが見つからない。ふとテーブルに美味しそうなクッキーが置いてあるのが見えて、つい立ち止まってつまんだ。

「あの……失礼を承知で申し上げます。お名前を伺ってもよろしいでしょうか?」

もぐもぐしていると、いつの間にか背後に正装姿の青年が二人いて、マホロに声をかけてきた。びっくりしてクッキーを飲み込み、振り返る。異様に熱い眼差しの青年たちは、マホロに手を差し出す。

「よろしかったら、一曲踊って下さい」

「ぜひ、私も」

二人の青年からダンスに誘われ、マホロは目を白黒させて固まった。このふたりはマホロを本物の女性と思っているようだ。

「え、いや、あの……っ」

どうやって断ればいいかと焦って挙動不審になっていると、また別の男性が近づいてきて、「何て綺麗な方だ」とマホロを囲む。男性に口々に褒め称えられ言葉を失っていると、新たな靴音が近づいてきた。

「——失礼、そちらの令嬢に用がある」

聞き覚えのある声がして、マホロはハッとした。マホロが何か言うより早く、囲んでいた青年たちが、慌てて頭を低くする。振り向くと、アルフレッドが立っていた。

「陛下……、このたびはおめでとうございます」

「おめでとうございます」

青年たちは口々に陛下に祝辞を述べる。

アルフレッドは彼らの言葉を軽く手で制し、マホロの前に立った。アルフレッドは白と金を基調とした華麗な衣装を身にまとい、肩章と王家の紋章が描かれたマントを羽織っていた。マホロが慌てて跪《ひざまず》こうとすると、アルフレッドはすっとその手を取る。

「祝いの言葉は聞き飽きたよ。すまないね、遠慮してくれ」

アルフレッドはそう言ってマホロの手を引き、歩きだす。マホロは言葉もなくアルフレッドに誘われ、ベンチが置かれたテラスに出た。テラスの入り口には侍従が二人、他の人が立ち入らないように控えている。

「ずいぶん見違えたね。マホロ、君は女性体を選んだのかな？」

マホロと並んでテラスのベンチに腰を下ろすと、アルフレッドが興味深そうに首をかしげた。

マホロは胸を撫で下ろして、肩から力を抜いた。

「気づいていらしたんですね。うう、すみません。このようにみっともない姿をさらし……」

マホロは赤くなってうつむいた。女装だけでも恥ずかしいのに、ドレスを着てダンスまでした。見られたのだろうか。

「いや、綺麗だよ？　ローズマリーがいなければ、真剣にアタックしていたかもしれないくらいにね」

アルフレッドの手が伸びて、マホロの頬をくすぐる。冗談か本気か分からない口調だ。アルフレッドは戴冠式と同じく前髪を上げて額を出していて、理知的な印象だった。

「今宵《こよい》は珍しくノアがダンスをしていると聞きつけたんだが、お相手は君だったというわけだね。ついに君が女性として生きることを選んだのかと思ったよ」

アルフレッドに微笑んで言われ、マホロは戸惑って見返した。

「女性として生きることを選ぶ……？　陛下は何かご存じなのですか……？　闇魔法の一族の村の人にも、似たようなことを言われました」

闇魔法の一族の村のフィオナに「光の民なら性別は変えられるでしょ？」と言われたことを思い出し、マホロは尋ねた。

「光魔法の血族は、性別を選べるそうだ。俺はもう、あらゆる重要機密を把握できる立場だからね。これまで見ることの叶わなかった光魔法と闇魔法の文献もすべて確認したよ。……どうやって性別を選ぶのか、知りたいのかい？」

じっとアルフレッドに見つめられ、マホロは息を吞んだ。

アルフレッドはその方法を知っているというのか。マホロは胸が高ぶって、きゅっと唇を閉じた。光魔法の民が性別を変えられるのは、きっと短命なのが理由だろう。どちらの性別も選べることで子孫を残しやすくしたに違いない。

性別を変えられるとしたら……自分は女性になりたいのだろうか。

マホロは考え込んだ。今の自分の性別に不満はない。これから先も、ずっと男として生きていくつもりだった。

「君が女性になってノアと婚姻すれば、君の心配も消えるのではないか？」

アルフレッドはマホロの手を握り、顔を近づけて囁いた。マホロは無意識のうちに身をすくめた。

「子を成せば、ノアは闇魔法の力を失う。赤毛をごまかして生きる必要もなくなる」

アルフレッドの吐息が耳朶《じだ》にかかり、マホロは身を震わせた。アルフレッドを見返すと、翡翠《ひすい》色《いろ》の美しい瞳に吸い込まれそうだった。見つめられて、ドキドキする。王家の持つ魅了の力か、手を握られて目が合うと、何でも言うことを聞きたくなる。

「そう……ですよね」

アルフレッドの指摘はマホロの胸を揺さぶった。その通りだ。マホロが女性になって子どもを産めば、ノアは処刑される心配はなくなる。

「で、でも俺とノア先輩じゃ身分が……」

ぐらつく思いに歯止めをかけようと、マホロは床に視線を落とした。

「それは問題ない。ナターシャを助けてくれたことやこれまでの功績を鑑《かんが》み、君には爵位を与えようと思っている。反対する者はいないだろう。貴族になれば、身分差の問題は解消される。まぁ、セント・ジョーンズの家格は最高位と言ってもいいが、君がこの先、俺の傍で働いてくれるなら、いくらでも爵位を上げる機会はある」

事もなげにアルフレッドに言われ、マホロは喜びより戸惑いのほうが大きく、すぐには返事ができなかった。

「あの……どうして、そんなによくしてくださるのですか？」

国のトップであるアルフレッドがこれほど自分を優遇する理由が分からず、マホロは頬を赤らめて聞いた。

「どうして？　面白いことを言うね、君は。自分の価値についてまだ自覚がないのか」

呆れたように笑われ、マホロは少し考え込んだ。自分の価値と言われても、自信を持ってこれだと言えるものが浮かばない。真剣に悩んでいると、アルフレッドが驚愕《きょうがく》してマホロの顎《あご》を持ち上げた。

「あれだけ大勢の人を救っておいて、価値がないと？」

アルフレッドに探るような目つきで見られ、マホロは躊躇した。

「でも、それは俺がやったというより、光の精霊王がしたことですから……」

自分とアルフレッドの言い分に差があることにマホロも気づいた。アルフレッドからすれば、マホロの力はすごいのかもしれないが、マホロからすれば、すごいのは光の精霊王であって自分ではない。相変わらずマホロの魔法の腕前は半人前以下で、学校でも落ちこぼれだ。

「なるほど、君が謙虚なのはそういう理由があるのか。光魔法の血を引くだけで、その価値は計り知れないものだけどね……」

興味深げに呟いて、アルフレッドはマホロの手を握ったまま立ち上がった。

「せっかくだ、一曲踊ってもらえないか？」

にこりと微笑んでアルフレッドが手を引く。つられて腰を浮かし、マホロは胸を高鳴らせながらアルフレッドとパーティー会場へ戻った。アルフレッドが歩くと、人々は波が引くように場所を開ける。先ほどノアと踊っていた時も視線を集めたが、アルフレッドと共にダンスホールに立つとそれ以上の視線を感じた。

「すごいね、女性のパートを踊れるの？」

アルフレッドのリードで踊りだすと、感心したように言われた。

「い、いえ。魔法具の靴とかで……」

アルフレッドと密着しながら、マホロはたどたどしく答えた。ノアのダンスは華麗という感じだったが、アルフレッドのダンスは優雅という言葉が似合う。変な話だが、ノアより踊りやすかった。アルフレッドは注意深くマホロの踊る姿を確認しているからかもしれない。

「性別を変える方法が知りたければ、ひとりで、王宮へ遊びにおいで」

アルフレッドがマホロに耳打ちする。マホロは複雑な思いを抱いて、アルフレッドとダンスを終えた。拍手が起こり、アルフレッドがマホロの手を取って、キスをする。マホロはどぎまぎしつつ、ダンスホールから移動した。人波の間から不機嫌そうなノアが現れ、マホロは「ひえっ」とたじろいだ。

「やぁ、ノア。令嬢を少し借りていたよ」

アルフレッドはノアの不機嫌を知りながら、からかっている。

「アルフレッド陛下、ローズマリー嬢があちらで手持ち無沙汰でお待ちしておりますよ」

ノアはアルフレッドの手からマホロを奪い返すと、嫌みっぽく告げ、一礼して離れる。

「どうして陛下と踊っているんだ。俺以外の男と踊るな」

人の間をかき分けてホールから出ると、ノアが怖い目で威嚇《いかく》する。ニコルが見つからなかったと言い訳をしてみたが、ノアの苛立ちは収まらないようだ。ホールにいると多くの貴族に声をかけられるため、ノアはマホロの手を引いて休憩室に入った。ソファや椅子が並んだ部屋で、他に誰もいなくて落ち着ける。

「お前がどこの令嬢かと、大勢の奴らに聞かれたぞ」

ソファに腰を下ろしたマホロに、ノアが面白くなさそうに言う。

「陛下もお前に興味があって声をかけてきたのか?」

ノアが隣に座り、問いただすようにマホロの顎を上向ける。

「い、いえ。アルフレッド陛下は、すぐに俺の変装だと気づいたようです。男の人に囲まれていたところを助けてもらい……。賭けは俺の勝ちでは？」

アルフレッドが邪《よこしま》な気持ちで近づいたと思われてはたまらないので、マホロは急いで否定した。それで安心するかと思いきや、ノアはますます機嫌を悪くしている。

「気に食わない。お前の姿が消えて、けっこう時間が経っていた。あの腹黒陛下に変なことを吹き込まれていないだろうな？」

「ノア先輩、アルフレッド陛下はそのような方ではありませんよ」

アルフレッドの王としての資質を確信しているマホロは、諫《いさ》めるように言った。ふと脳裏にアルフレッドの言っていた「性別を変える方法が知りたければ、ひとりで、王宮へ遊びにおいで」という言葉が過《よ》ぎった。ノアにそのまま話したら、きっと駄目だと言われるだろう。ノアはマホロがひとりでアルフレッドに会うのを好まない。

（ノア先輩は、どう思うのだろう？）

今の自分は女性になることは考えていないが、アルフレッドの言う通り、マホロが女性になってノアの子どもを産めば、ノアは闇魔法の力を失って自分を偽る必要がなくなる。

「あの……ノア先輩。俺が女性になったら、どう思いますか？　光の民は性別を変えられるとフィオナが言ってましたよね」

気になってマホロがおずおずと切り出すと、ノアの顔から表情が消えた。そこには喜びも嫌悪もない。

「……あまり嬉しくはないな」

ぼそりとノアが言い、マホロはショックを受けて口を開けた。

どんな自分も好きでいてくれると思ったのに、違うのか。てっきり受け入れてもらえると思っていたので、マホロはひどく衝撃を受けた。マホロとこういう関係になるまで、ノアの性的指向はノーマルだったはずだ。だったら女性の自分だっていいと思っていたのに。

「勝手に性別を変えるなよ？」

ノアは真剣な顔でマホロに念押しまでしてきた。青ざめて頷いたものの、マホロの頭の中はどうして？　という疑問でいっぱいだ。

お互いに沈黙していると、ニコルとブリジットが休憩室に現れた。一通り挨拶はすませたので、もう帰ろうと言われてマホロたちも立ち上がった。

重苦しい塊《かたまり》が腹の底に沈んでいた。ノアの真意が分からず、寄り添っていても心は離れている気がしてならなかった。

3 消えた少女

葬儀や戴冠式、それらにまつわるすべての行事が滞りなく終わり、マホロたちはローエン士官学校へ戻ることになった。

セオドアの屋敷を発《た》つ朝は、ブリジットとニコルが見送りに来てくれた。ブリジットはマホロがいなくなるのが寂しいと言って、馬車に乗る間際までハグとキスを繰り返した。アルフレッドと踊った時は鬼のように怒っていたノアだが、ブリジットがキスをしてもちっとも気にしない。

セント・ジョーンズ家の馬車にはノアの従者のテオとマホロの護衛のカーク・ボールドウィン、ヨシュア・ノーランドが乗っている。

「はー。やっと鬼軍曹の恐ろしい緊張感から解き放たれたな」

カークはせいせいしたというように肩を鳴らしている。カークは短髪の小柄な青年で、いつも明るくマホロに接してくれる。行きと同じく、向かいの席には男三人がぎゅうぎゅうの状態で座っている。港までは数時間、馬車で揺られることになる。テオは私服だが、カークとヨシュアは魔法団の制服姿で、杖も剣も装備している。

「セオドア様は陛下に呼び出された時から、様子が変でしたね」

ヨシュアが眼鏡のブリッジを押し上げて言う。ヨシュアは銀縁眼鏡をかけた少し神経質そうな青年だ。

「何かあったのですか？」

ヨシュアに探るように聞かれ、マホロはノアと顔を見合わせた。とても言えない。アルフレッドがノアの実の母親とセオドアを再婚させるようと考えているだなんて。

「くだらないおしゃべりはするな」

ノアはにべもなくヨシュアの質問を撥《は》ねのけた。年上相手でもノアは容赦ない。ふつうなら気を悪くするはずのヨシュアも、ノアが五名家の直系の子息だからか、肩をすくめるだけでやり過ごした。

「それにしてもマホロのドレス姿は可愛かったな！　そんじょそこらの女より、イケてたぞ！」

思い出したようにカークに言われ、マホロは赤面してうなだれた。ノアとニコルが一緒だったのでカークとヨシュアはマホロの護衛の任を解かれていたのだが、帰宅した際にマホロの変装を見られてしまったのだ。

「妙な気を起こすなよ？」

カークは笑い話として話しているだけなのに、ノアはカークとヨシュアを威嚇《いかく》している。このふたりが自分に個人的な興味を持つはずがないのに、ノアは勘繰りすぎだ。

「ははは……。と、ところでノアとテオは来期、どこへ実習に行くんだ？　四年生になったら、現場実習が始まるだろ。どの部署が希望？」

カークが気を取り直したようにふたりに聞く。

ローエン士官学校では四年間のうち三年間を理論と学習に充《あ》てているが、最後の一年間は現場実習として軍に入隊する。一応、本人の希望する部署に行かせてくれるそうだが、中には才能に沿った部署に配置されることもあるらしい。そういえばノアがどうするか聞いていなかったので、マホロも興味を引かれた。今は五月だから、あと四カ月後にはノアはローエン士官学校を離れる。

「俺は魔法団だ」

ノアがさらりと言ったので、マホロは驚いた。軍の中でも魔法団は異質だ。確かに魔法の能力に優れているノアなら魔法団が適性かもしれない。

「ノアは魔法団希望なのですか？　え、それで我々にその態度？」

ヨシュアは納得がいかない顔つきだ。ヨシュアもカークも魔法団所属なので、魔法団を希望するということはノアにとってふたりは先輩ということになる。先輩に対する態度とはほど遠いノアに、マホロも呆れた。

「兄のコネを利用して、お前らのうち一人を解任して俺がマホロの護衛をする」

ノアがさらにとんでもない発言をして、カークとヨシュアを唖然とさせた。

「おいおい！　勝手なことを言うなよ！　いくら俺でも怒るぞ！」

「言うに事欠いて、呆れた話です。私は辞退する気はありませんので」

カークとヨシュアに猛攻撃されても、ノアはどこ吹く風だ。マホロは冗談か本気か測りかねて、テオを仰いだ。

「テオさんも魔法団を希望しているのですか?」

険悪なムードになったのを緩和するために、マホロはテオに声をかけた。

「私はノア様の従者なので魔法団希望ですが……、魔法団に入るには魔力が足りていないので、無理かもしれません」

テオは残念そうに首を振る。

「お前はいずれうちの執事になるのだし、一年くらい俺のいない場所で羽を伸ばしてくればいいだろ」

ノアに鷹揚《おうよう》に言われ、テオが寂しそうな表情になった。テオの父親はセオドアの屋敷で執事をしている。テオもいずれは執事になるのか。聞いた話では、テオは幼い頃にセオドアからノアを守るように言われて、以来ずっと傍についているらしい。わがままで傍若無人なノアと一緒にいられる貴重な人材だ。

「あと四カ月かぁ……」

マホロはしんみりして呟いた。ノアが学校からいなくなるのが想像できない。自分も二年生に進級するのだが、そちらも心配だ。学期末の試験を無事に乗り切れるだろうか。

先のことがまったく見えない。アルフレッドは自分の下で働いてほしいと再三言ってきた。まだ何も考えていないが、もしそうなったらノアが怒りそうだ。自分が将来どうなっているかを思い描けなくて、マホロは馬車の窓から流れていく景色をぼんやり見送った。

その日のうちにクリムゾン島へ渡り、マホロたちは寮に戻った。

荷物を片付け、ノアやカーク、ヨシュア、テオと一緒に夕食を食堂でとった。食事が終わる頃、友人のザックが食堂にやってきて再会を喜んだ。ザックは帰省していたらしく、髪を切ってさっぱりして元気はつらつだった。

ローエン士官学校での生活が始まった。

マホロは相変わらず慣れない体術や剣術に翻弄され、魔法は校長のダイアナ・ジャーマン・リードから個別に受ける日々を過ごしていた。

季節は移り、六月半ばになって、マホロとノア、カークとヨシュアは校長室に呼び出された。

「失礼します」

校長室に入ると、すでにレオンが校長の大きな机の前に立っていた。校長室は日当たりのいい部屋で、観葉植物が窓際にいくつも並んでいる。大きな机はいつもなら書類やファイルが積まれているが、今日は綺麗に整頓されていた。

マホロの頭に乗っていた使い魔のアルビオンが、ぴょんと床に飛び降り、尻尾《しっぽ》を振りながらレオンの周りをぐるぐる回り始めた。アルビオンは白いチワワで、頼りになるレオンを好いている。

「レオン先輩、顔色がよくなりましたね」

マホロは安心して笑った。レオンはノアと同じ三年生で、金髪に青い瞳の精悍《せいかん》な顔つきの青年だ。

レオンはギフトを得た代償として女王陛下の命を奪ってしまい、やつれて身も心もぼろぼろになった。戴冠式や記念パーティーで遠目に見た時も、ずっと浮かない様子で元気がなかった。学校内でもほとんど顔を合わせなかったので、心配だったのだ。けれど今日のレオンは以前と同じ、いやそれ以上にがっしりとした身体つきになっており、目にも光が戻っていた。

「ああ。心配をかけてすまなかった。もう大丈夫だ」

レオンは何かが吹っ切れたように、マホロに向かって笑みを浮かべた。前脚をかけて尻尾を振るアルビオンをひょいと抱きかかえる。アルビオンは嬉しそうにレオンの顔を舐《な》め始《はじ》めた。

「おい、こいつ俺に対する態度と違いすぎないか？」

ノアにはまったく甘えなかったアルビオンの変わりように不満を抱き、ノアがふてくされる。

「集まったね」

話している間に校長がドアを開けて入ってきた。校長の実年齢は七十歳だが、見た目は魔法で若い女性の姿になっている。今日はピンク色の髪をアップにして、白のパンツスタイルだ。

「何か、ありましたか？」

ヨシュアが眉根を寄せて聞く。

「ああ。実は昨日の夜、岸壁の辺りを巡回していた兵士の死体が湖の近くで発見された」

校長が椅子に座り、重苦しい声で言う。マホロも他の皆もぴりっと神経を尖《とが》らせた。兵士の死体——まさかジークフリートたちの仕業だろうか。

「遺体は窒息死《ちっそくし》していた。魔法の痕跡があったので、ジークフリート一派による犯行の可能性は極めて高い。今のところ他に情報はないが、警戒してくれ。特にマホロ君の護衛は慎重に」

校長はマホロを見据えて指示した。ジークフリートはクリムゾン島に忍び込んだのだろうか？　マホロは不安になった。しばらく動きがなかったので、そのまま大人しくしていてくれることを願っていたのだ。ジークフリートがそんな性格でないことは知っているのに。

「この件は内密だ。以上、もう行っていいよ」

校長は軽く手を振って促す。マホロは帰ろうとしたが、ノアが「校長、話がある」と言いだしたので、立ち止まった。

「マホロ以外は出てくれ」

ノアにそっけなく言われ、ヨシュアとカークは「では廊下で待っている」と素直に従った。けれどレオンは動かなかった。

「俺も同席する」

レオンは頑《かたく》なな態度でその場に残った。ノアはそれを許した。

「――闇魔法の一族の村で、闇魔法について少し学んだ」

部屋にマホロたちだけになると、ノアが言いづらそうに切り出した。レオンの顔色が変わり、校長も目つきが変わる。ノアが闇魔法の血を引いていることは、レオンにも知られている。レオンはかなり衝撃を受けたようだったが、他の人にはいっさい漏らしていない。

「少しだけ魔法書を見せてもらえたんだが、その中に、姿を消す魔法があった」

ノアは淡々と話す。

「姿を消す魔法……」

校長が顎《あご》に手を当てて、顔を顰《しか》める。

「ジークフリートがどうやって島に出入りしていたか、謎だっただろう？　その魔法を使って出入りしていた可能性がある」

ノアの進言で、緊迫した空気になった。姿を消す魔法なんて、そんなものがあるのか。見えない敵に忍び込まれたら、どうやって捜せばいいのだろう。

「その姿を消す魔法というのは自分だけなのか？　それとも……」

校長は何かを察したかの如く立ち上がり、身を乗り出す。

「上級魔法ではもっと大きな範囲で使えたと思う。ジークフリートの魔力なら、小さな船なら船ごと隠せるかもしれない」

ノアの推測は校長のため息を引き出した。

「何てことだ。大いにありうる話だ。すぐ島にいる魔法団に連絡をとろう」

「校長、姿を消せるといっても、周囲に及ぼす影響は消せないはずだ。船を使っている以上、波の変則的な動きは起きるだろう。巡回する兵士に、注視してもらいたい。それに、長時間姿を消すことはできない。魔力が持たないから。三十分が限界だと思う……マホロのような存在が傍にいない限り」

ノアの説明に校長は深く頷く。マホロは胸がざわついた。マホロには魔力を増幅する力がある。

「それはいい情報だ。だとすると、敵はすでに島に入っている可能性があるのか……。頭の痛いことだ」

校長は悩ましげに額を指で叩き、机から離れた。これからすぐに魔法団の魔法士たちがいる建物へ行くというので、マホロたちも校長室を出ることにした。レオンはぴりぴりした空気を撒《ま》き散《ち》らして、無言で去っていく。ジークフリートに対する激しい敵意を肌で感じ、マホロは声をかけられなかった。

「マホロ、しばらくはひとりにならないでくれよ」

廊下で待っていたカークに念を押され、マホロは何度も頷いた。


その後の調査で、アルフレッドの戴冠式の頃、クリムゾン島を警備していた兵士の一人が奇妙な光景を見たことが判明した。

真夜中の巡回をしていた兵士は、海に浮かぶ水鳥を見かけたという。水鳥は宙に浮いた状態なのに、何故か羽を休ませていたそうだ。幻かと思い、目を凝《こ》らしてみると、水鳥は何かに驚いたように飛び立っていったという。怪談話として話していた兵士は、自分の見た光景が魔法によるものではないかと他の兵士に言われて、ようやくその恐ろしさに気づいた。

ジークフリートが船ごと姿を消せる魔法を使っていたのなら、ひそかにその夜、クリムゾン島へ侵入したのかもしれない。宙に浮かぶ水鳥は、船のへりで休んでいたと考えられる。姿は消しても物質としてそこには存在していたのだから。ノアが話してくれたのだが、姿を消す魔法は、自分が触れていることが原則だそうだ。もしこの時、ジークフリート一派がクリムゾン島へ侵入していたというなら、先日見つかった兵士の遺体は彼らと運悪く出くわしたのかもしれない。

「ジークフリートたちは島へ何をしに来たんだ……？」

昼食を共にしたノアは苛立ちを隠しきれずに、物騒な気配を漂わせている。水曜日のカフェテリアには多くの学生がランチを求めてやってきた。マホロはノアとカークとヨシュアと一緒にテラス席の観葉植物が置かれているところで食事をしていた。マホロはフルーツサンドにサラダというメニューだ。七月に入り、少しずつ気温は上昇し、テラス席にいると少し汗ばむ陽気だ。

「戴冠式の頃は警備が手薄だったからな。そこを狙ってやってきたんだろう」

カークはAランチのオートミールと山盛りのチキンを平らげている。ジークフリートは葬儀や戴冠式の最中のアルフレッドを狙うのではないかと警戒していたため、クリムゾン島の警備はふだんより少なくせざるをえなかったようだ。ジークフリートが島に来たとしたら、目当ては立ち入り禁止区だろう。学校にはほとんどの職員や学生がいなかったし、湖の底に隠してある魔法石は無事だという。

「不気味ですね……」

ヨシュアも考え込むように食事をしている。すると、カフェテリアに校長が入ってくるのが見えた。今日は黒髪でとんがり帽子に黒いマントと魔女っぽい格好だ。暑くないのだろうか？

「ああ、マホロ君。ここにいたか」

校長はカウンターで炭酸系のジュースをもらうと、マホロたちのところに手を振って近づいてきた。校長は隣の席の椅子を引き寄せて無理やりマホロたちのテーブルにつくと、ジュースを飲みながら顔を寄せてきた。

「君に用件が二つある。九月に建国祭があるだろう」

校長に話しかけられ、マホロはこくりと頷いた。九月末には建国祭があり、王都はお祭りムードで屋台が立ち並び、催し物が開かれて賑《にぎ》わう。式典には受勲者が集められて王宮ではパーティーが開かれる。

「そこで君には爵位が授与されるそうだ。必ず出席してほしいと王家から連絡があった」

誇らしげに校長に言われ、マホロはびっくりしてプチトマトを転がしてしまった。

「すごいじゃないか！　マホロ！」

「おめでとうございます」

カークとヨシュアが目を輝かせ、マホロの肩や背中を叩く。

「陛下の意向か？　どの爵位だ？」

ノアは複雑そうにアイスコーヒーのグラスを揺らしている。

マホロは転がったプチトマトを皿に戻した。記念パーティーの時、アルフレッドは爵位を与えると言っていたが、本当にそんな日が来るとは思わなかった。

「おそらく男爵だろう。王家に貢献したという理由だから、一足飛びに上位の爵位は授けないはずだ。数日休校することになるが、出席扱いになるから心配はいらない」

校長に微笑まれ、マホロはついノアを窺《うかが》った。ノアは「よかったな」と口では言っているが、特に喜んでいる感じではなかった。マホロが貴族になろうと、あまり関係ないのかもしれない。

「爵位をもらうと……どうなるんですか？」

平民の生活しか知らないので、マホロは校長やノアに尋ねた。カークは貴族だが、跡継ぎではないのでほぼ平民みたいなものらしい。

「地位にもよるが、男爵程度なら名誉職みたいなもので、領地などは与えられないだろう。金子《きんす》はもらえるかもしれない。今後の生活で貴族として優遇されるくらいだ」

ノアに説明され、あまり期待しないほうがいいとマホロも気を引き締めた。

「もうひとつは何ですか？」

ミルクティーを飲みながら聞くと、校長がジュースを空にする。

「アルフレッド陛下が頼みたい仕事があるそうだ。来週末にレイモンドがやってくるから、王宮へ行ってくれ」

二つ目の用件のほうがマホロにとってはよほど大事だった。アルフレッドからの仕事の依頼なんて、何かあったのだろうか？　レイモンドは魔法団団長なので、彼が来るということは、異能力の《転移魔法》を使うのかもしれない。《転移魔法》は、団長が一度行った場所なら一瞬で移動できる異能力だ。

「来週末？　俺も行く」

ノアは二つ目の用件に身を乗り出し、無意識なのかマホロの腕を摑んだ。

「ノアは来なくていいと先に言われているよ。まぁ、その辺はレイモンドが来たら交渉してくれ。ではね、よろしく」

校長はそう言うなり、手を振ってさっさと去ってしまった。

「俺も行くからな」

念を押すようにノアに言われ、マホロは苦笑するしかなかった。昼食を終えると、ノアがヨシュアとカークを追い払い、マホロを中庭へ誘う。追い払われたふたりは、少し離れたところに控えている。

「親父《おやじ》と少し話したんだが」

ふたりきりになり、ノアがベンチに座って低い声で切り出す。隣に腰を下ろしたマホロは、気になってノアに身体を向けた。

「腹黒陛下がクソな二択を押しつけてきただろう。親父の再婚か俺の婚約か。親父はどうも俺の実母と再婚したくないようだった。はっきりとは言わなかったが、どうも実母を恐れているようだな……。親父と関係を持った頃は闇魔法の赤毛だったせいかもしれないが」

ノアは声を潜めて話し始める。確かにアルフレッドと話している時、セオドアはアリシアとの再婚に怒りを露《あらわ》にした。まだ亡くなった妻への愛情が深いのかもしれないと思ったが、アリシアに対する恐れのせいなのだろうか？

（でも何となく分かるかも……）

マホロは闇魔法の一族の村で会った女性たちを思い返し、妙に納得した。闇魔法の血を引く女性は皆一様にどこか恐ろしい。実際、マホロはフィオナという女性に殺されかけた。

「かといって、ナターシャ王女殿下と俺が婚約するのはのちのち災いが起きる可能性が高い。この前は口頭だったので断ったが、王家から正式に婚約を申し込みされたら、断ることができない。こんなことなら誰でもいいから血族の女と婚約しておくべきだったと親父がこぼしていた。婚約者がいれば、あの腹黒陛下も俺に婚約を迫ったりしなかっただろうからな。今さら誰か見つけるにしても、貴族の婚約には王家の承認が必要だ」

淡々と話すノアに、マホロは改めて上流階級の人たちは簡単に結婚や婚約することはできないのだと思い知った。しかも正式な申し込みだったら断れないなんて。マホロは不安になってきた。

「あの腹黒陛下のことだ。冗談であんな発言はしない。必ず二択のうちひとつを実現させるだろう。それでいろいろ考えて策をいくつか練ったんだが」

ノアの腕がマホロの肩に回る。

「どのような……？」

マホロは緊張した面持ちで窺った。

「ナターシャ王女殿下から婚約を断らせる」

ノアが耳打ちする。

「な、なるほど……？」

王家からの正式な申し込みは断れないが、ナターシャが嫌がれば婚約はできない。

「そのためにナターシャ王女殿下に俺の悪口を吹き込むとか、俺の悪い噂を聞かせるとかしておきたい。まだ五歳だろう？　周囲の人間に丸め込まれたら、頷いてしまうかもしれない。お前はあの子を救ったんだし、また会う機会があるはずだ。その時は俺に関するとても結婚したくないような黒い話を懇々《こんこん》と聞かせろ」

　ノアが悪巧みをする表情で唆《そそのか》す。

「え、でもノア先輩の悪い噂を聞かせるなんて……、まぁ傍若無人で虫を見るような目で人を見下したり、俺様で人の話を聞かなかったりするところはありますもんね」

　真剣な顔でマホロが頷くと、ムッとしたようにノアが頬をつねる。

「お前、そんな風に思っていたのか？」

「ノア先輩が言うから！」

　つねられた頬が痛くて身体を離すと、ノアが不満そうに腕を組む。

「あ、でもノア先輩の顔は本当に綺麗なので、子どもからしたら姿絵だけで婚約を了承してしまうかもしれません。分かりました、王女殿下に会ったら、ノア先輩が鬼のような恐ろしい人だと言っておきます」

　頬をさすりながら、マホロは決然と言った。

「何かムカつくが……まぁ、そうしてくれ。まだ五歳じゃ女遊びが激しいとか通じないだろうから、怖い男のほうが効くかもな。あとは宰相《さいしょう》や陛下の傍にいる人間に、万が一婚約を決行させようとしたら止めさせるよう根回しをしている」

「おお……」

ノアが知らないうちに動いていたのを知り、マホロは見直した。理不尽な要求を突きつけられ、ノアなりに思うところがあったのだろう。

「最悪の場合は、親父に責任をとってもらう。だから……」

ちらりとノアがマホロを見やる。

「お前を悲しませたり、虐《しいた》げたりするような目には遭わせない……ようにする」

ぼそりとノアが言い、マホロはハッとした。もしかしてノアなりにマホロを心配していたのだろうか？　ノアは五名家の直系の貴族だし、王家との婚姻の話があっても当然だろうと以前から思っていた。実際にノアが誰かと結婚したらショックだろうが、自分は平民だし、身の程はわきまえている。フィオナのように闇魔法の血を引く女性だったら嫌だが、相手が五歳とはいえナターシャなら仕方ないとも思っていた。

「ノア先輩……、あまり俺のことを気遣ってくれなくていいですよ。俺は今のままで十分幸せですし、貴族には貴族の責任があるのも分かっています」

ノアの邪魔だけはしたくなくて、マホロはつい口を挟んだ。ノアはムッとして眉根を寄せ、マホロの手を握った。

「お前はまたそういう」

「ノア先輩、でも俺はずいぶん対等になったと思いませんか？　ノア先輩に言いたいことを言えます。俺は……ジークフリートには言いたいことはひとつも言えなかった」

ノアを制して、マホロは身を乗り出して言った。ノアといると思ったことを口にできる。それはそれだけノアと濃密な時間を過ごしてきたからだ。ジークフリートと自分はあくまで主《あるじ》と下僕だった。

「それは、まぁ……そうだな」

ノアが目を細めて、ふっと笑う。

「俺は――ノア先輩には今のままでいてほしいです。王家に逆らって闇魔法の血族として生きていく人生は送ってほしくない。ノア先輩は俺のために周囲のものを簡単に捨てようとするけれど、俺は今ある生活を大事にしてほしい」

マホロは切実な眼差しで訴えた。

結局のところ、マホロの願いはそこにある。ノアが闇魔法の一族の村で変貌しかけた時、マホロはひどくつらかった。ノアに堕《お》ちてほしくない。光の精霊王は、マホロに扉を開いて闇魔法と光魔法の者をこの世界から切り離せと言った。マホロはその切り離した世界にノアを置きたくない。ノアにはここにいてほしいのだ。

「……マホロ」

ノアが戸惑ったようにマホロの頬に触れた。指の腹で頬を撫でられて、マホロは身をすくめた。ちょうど午後の授業を知らせる鐘が鳴り、マホロはベンチから腰を浮かせた。

「ノア先輩、また後で」

マホロは笑顔でノアに手を振った。ノアは何か言いたげに口を開けたが、マホロがヨシュアとカークのところに走っていくと、黙って手を振った。

「あの、ヨシュアさん。週末に個人授業をお願いしてもいいですか？」

ヨシュアとカークと共に廊下を歩きながら、以前から頼もうと思っていた銃の訓練を頼み込んだ。ヨシュアは大会の記録を保持するほどの、銃のエキスパートだ。重火器の試験が近づいているのに、相変わらず銃の扱いが下手で、得意なヨシュアに個人トレーニングを頼もうと前々から思っていた。

「ええ、構いませんよ」

ヨシュアは護衛する傍《かたわ》ら、簡単なレクチャーならできると快く了承してくれた。

「何だよ、ヨシュアだけか？　剣なら、俺も教えられるぞ」

カークが胸を叩いて割り込んでくる。

「カークさんも個人授業してくれるんですか？　ぜひ、お願いします！」

剣術もマホロは苦手科目だ。今度こそ補習を受けないですむようにしなければと、マホロは学期末の試験に思いを馳せた。


週末には空き教室を使って、ヨシュアから銃のレクチャーを受けた。学期末の試験では長銃の組み立てと分解をするのだが、調子が悪いと必ず部品が余る。一年生最後の試験くらい、一度で合格したい。用意された銃を組み立てて、マホロは意気込んだ。

「素晴らしい。こんなに才能がない学生に初めて会いました」

ねじが一本余ったマホロに、ヨシュアは喝采を送った。順番通りに部品を組み立てているのに、どうしてねじが余るのか理解できない。

「はぁ……本当にどうして余るのでしょうか。俺の作った銃、暴発しますよね」

空き教室でうなだれていると、ヨシュアが慰めるように肩に手を置く。

「はい。銃を使わないことをお勧めします。がんばってもう一回やりましょう。こういうのは慣れですから」

ヨシュアに励まされて、組み立てと分解を何度も繰り返した。自分で言うのもなんだが、銃に対する興味がない。かっこいいとも思わないし、むしろあまり触りたくない代物だ。この精神的な部分が苦手意識を生んでいるのかもしれない。

「がんばりましたね。十秒、縮まりましたよ」

夕食までヨシュアにつきあってもらい、補習にならない程度まで時間を縮めることができた。この時間でも、おそらくクラスで最下位だろうが……。

「遅くまでつきあってもらってすみません」

ヨシュアと一緒に空き教室を出て、マホロは他愛もない話をしながら廊下を歩いた。階段を下りている途中で、偶然レオンと出くわした。

「レオン先輩」

階段を上がってくるレオンに声をかけると、軽く会釈される。レオンはヨシュアを気にしつつ、マホロに顔を近づけた。

「マホロ、ちょうどよかった。少し話があるんだが」

小声で耳打ちされ、マホロはヨシュアにちょっと離れてもらうよう頼んだ。レオンは人に聞かれたくない話をしたいようだ。

「来週だが、俺も一緒に王宮へ行く」

階段の踊り場でレオンが人目を気にしながら言った。

「え、レオン先輩もですか？」

アルフレッドに呼び出されているのは自分だけではなかったのか。マホロが目を瞠《みは》ると、憂いを帯びた表情で、レオンがマホロの髪に触れた。レオンの指先が髪を弄《もてあそ》び、子どもにするみたいなしぐさで頭を撫でられた。

「ああ。……それとは別に、王宮へ行ったら、妹の話を聞いてもらえないだろうか？」

じっと見つめられ、マホロはどこかつらそうにしているレオンを見つめ返した。レオンの妹のローズマリーはアルフレッドの婚約者で、王妃教育のため王宮で生活している。

「はい。俺でよければ構いませんが……何かご病気でも？」

わざわざレオンが頼むということは、マホロの力を借りたい理由があるのだろう。思いつくのは光魔法で病気を治すことくらいだ。戴冠式後に会ったローズマリーは健康そうに見えたが。

「いや、そういうわけではないが……。ともかく、よろしく頼む。ローズマリーはマホロに話があるそうだ」

真摯《しんし》な態度で言われ、マホロは気になりつつも頷いた。病気ではないのなら、まさか記念パーティーでアルフレッドとダンスをしたことが気に障《さわ》ったのだろうか？　あの時は女性の姿だったので、ばれてないと信じたいが、何かの拍子に事実を知って怒っているのかもしれない。

「頼んだぞ」

アルフレッドと自分は疚《やま》しいことはないと言っておこうかと思ったが、言い訳する前にレオンはすっと離れていった。代わりにヨシュアが戻ってきて、何か言いたげにマホロを窺う。ローズマリーの用件が何か分からなくて、少し不安だ。厄介な話じゃなければいい。

「食事に行きましょうか」

ヨシュアはマホロの背中を押して、食堂へ誘う。マホロは来週末が心配になって、なかなか気分は浮上しなかった。


週末になり、予定されていた時刻にマホロは校長の宿舎へ向かった。王宮へ招かれているので、正装用の服がないマホロは制服姿だ。ノアは同行するつもりなので、マホロと同じく制服姿だった。校長の宿舎のドアを叩くと、すでに魔法団の白い制服を着た団長がいた。

「おはようございます」

マホロが挨拶をすると、お茶を飲んでいた団長が軽く手を上げる。校長はマホロたちの分のハーブティーを淹《い》れ、水魔法で冷たくしてくれる。校長の宿舎はキッチンとリビングがくっついている広々とした部屋と、寝室がドアで繋がっている。校長の使い魔であるロットワイラーが数頭、部屋の隅で寝そべっていた。

「俺も一緒に行く」

ノアは団長の前に進み出て、きっぱりと言う。茶器をテーブルに置き、団長は首を横に振った。

「ノアの帯同は必要ないと陛下から承っている。今回は遠慮しろ」

団長にあっさりと拒否されて、ノアのこめかみが引《ひ》き攣《つ》る。

「あの腹黒クソ陛下とマホロを一緒にさせるわけにはいかない」

「不敬罪で捕まえるぞ」

ノアと団長は恐ろしい顔つきで言い合いを始める。そこへノックの音と共に制服姿のレオンが入ってきた。

「お待たせしてすみません」

レオンが団長に向かって礼儀正しく一礼する。ハッとしたようにノアがテーブルを叩いた。

「俺は駄目で、レオンはいいのか⁉　どうしてだ！」

納得がいかないとばかりにノアが大声を上げる。

「陛下の意向だ。ノアがうるさいから、さっさと行こう」

団長は軽く首を振って、マホロとレオンを近くに寄せる。ノアが無理やりついていこうと手を伸ばすと、校長が杖を振った。ノアの手足に壁際の観葉植物の蔓《つる》が伸びて、羽交い締めにする。その一瞬の隙をついて、マホロの足元で魔法陣が光った。団長がレオンとマホロの肩を抱いて「ノアは留守番だ」と睨《にら》みつける。腹を立てたようにノアが手足に巻きつく蔓を引きちぎった光景が視界に入ったが、それはかき消され、強い浮遊感が全身を襲った。

まぶしい光に引っ張られ、気づいた時には硬い石畳の上に移動していた。景色が一変している。石畳が敷き詰められた庭園に、マホロとレオン、団長は立っていた。おそらく王宮内の人気《ひとけ》のない庭だろう。目の前には聳《そび》え立《た》つ宮殿があり、巡回中らしき近衛兵が遠目に見えた。

「行こうか」

団長はノアがついてきていないことを確認してから、先頭に立った。王宮の庭では薔薇《ばら》の季節が終わろうとしていて、代わりに白百合が咲き乱れていた。百合の香りでむせ返るようだ。綺麗に手入れされた百合の道を通り過ぎると、動物の姿を模したトピアリーが並んでいる芝生に出る。マホロは団長の背中を追った。宮殿への出入り口に近づくと、近衛兵が団長に敬礼する。団長は近衛兵と軽く挨拶して、マホロとレオンの来訪を陛下に伝えるよう頼んだ。近衛兵の一人が走っていく姿が見える。団長はついてこいというように手招きし、マホロとレオンを伴って王宮内へ足を踏み入れた。

マホロが最初に王宮に来た時は、女王陛下の死という混乱と混沌《こんとん》の場だった。次は記念パーティーという華やかな催しだ。今日の王宮は落ち着いていて、兵士たちも冷静だ。パーティーの時は王宮正面からだったが、今日は中庭の通用口から入ったので、だいぶ印象が変わった。

「団長、そういえばノア先輩は来期、実習で魔法団を希望しているみたいなんですけど、どうなんでしょうか？　もう内定しているんですか？」

長い石造りの廊下を歩きながら、マホロはつい問いかけた。魔法団団長である彼なら、内情にくわしいはずだからだ。

「ああ、申請は受けている。内定は七月には下りるからすぐに分かるだろう。ノアはセオドア様のところか俺のところのどちらかになるだろうな。あの暴れん坊を御せる人間は少ない」

苦笑して団長が振り返る。

「そ、そうですね……」

ノアの評価は才能は優れているが、性格に難アリというところだろう。

「レオン先輩はどこを希望しているんですか？」

マホロが横に並ぶレオンに問いかけると、かすかに目を伏せる。

「俺は近衛騎士希望だ」

レオンはやはりアルフレッドと共にいることを望んでいるのか。マホロは無事に希望する部署に配属されるよう願った。

「レイモンド団長」

廊下を曲がったところで、以前会ったアルフレッドの侍従長が声をかけてきた。

「マホロ様、ようこそお越しくださいました。陛下がお待ちです」

侍従長はマホロに丁寧に礼をして言う。レオンとは顔馴染《かおなじ》みらしく、互いに目配せして軽く頭を下げる程度だった。

侍従長の後ろをついて歩く形になり、階段を上り、接見の間へ通された。天井にはシャンデリアが輝き、深紅の壁紙が華麗な印象の部屋だ。壁沿いに椅子が並び、中央には大きな大理石のテーブルと凝った意匠の椅子がある。侍従長に促されて、マホロとレオン、団長は腰を下ろした。

「失礼します」

メイドがノックの音と共に入ってきて、マホロたちの前に飲み物を置く。純銀のホルダーがついた陶器のカップには、柑橘系《かんきつけい》の香りがする紅茶が注がれた。メイドは中央にクッキーやプチケーキが並べられた器を置くと、一礼して去っていった。

「待たせてすまない」

ほどなくしてアルフレッドが部屋に入ってきた。アルフレッドは白い詰め襟の服をまとっていて、王冠もなければ、マントも羽織っていなかった。ラフな格好と言えるだろうが、それでも胸元を飾る宝石やカフスボタンは値の張る稀少なものだと分かった。マホロたちはいっせいに立ち上がり、跪《ひざまず》いて挨拶をしようとした。

「挨拶は必要ない。座ってくれ」

アルフレッドはマホロたちの行動を制すると、侍従長を部屋の外に出して椅子に座る。マホロたちは気後《きおく》れしつつ、席に着いた。二カ月ぶりのアルフレッドは以前よりさらに輝いている。自信と威厳が備わり、マホロたちを見つめる目も力強い。我知らず、ぽーっとなってアルフレッドを仰いでしまい、団長に苦笑された。

「マホロ、呼び立ててしまってすまないね。君に頼みたいことがあるんだ」

アルフレッドはマホロの瞳をまっすぐ見つめ、柔らかな笑みを向けた。

「は、はい。何でしょうか。あの、爵位の件……ありがとうございます」

マホロは先に礼を言っておかねばと、立ち上がって頭を下げた。アルフレッドは大したことではないというように軽く手を上げた。

「……おや、今日はノアがいないんだね？　あの男がよくマホロだけで来ることを許したな」

アルフレッドは念のためにか、室内を見渡して言う。

「振り切ってまいりましたよ。陛下が連れてくるなとおっしゃるから」

団長が紅茶のカップに口をつけて説明する。

「強引についてくると思っていたよ。では、俺も忙しい身なので本題に入ろう。実は——オボロという司祭が行方不明になったそうだ」

マホロは驚きのあまり身を固くした。そんな話題だとは思っていなくて、とっさに言葉が出てこない。オボロは光魔法の血族で、司祭を務めている少女だ。マホロの隣に座っていたレオンもオボロを知っていたので、顔を強張らせた。レオンにとって、オボロは勝手にレオンにギフトを与え、結果として女王の命を奪う原因を作った忌まわしい存在だ。

「行方不明……ですか？」

団長も初耳だったらしく、眉根を寄せている。

「森の人と王家の間には、伝達ルートがある。公にはしていないが、何か起きた際は鳥を使ってやり取りをしている。ヴィクトリア女王の時代も、立ち入り禁止区へ入る者がいる場合、鳥を使って知らせていた」

初めて聞く話にマホロは驚いた。確かに立ち入り禁止区へ入るには王の許可がいる。鳥を使ってやり取りをしていたとは知らなかった。

「その知らせで、オボロという司祭の行方が分からないと連絡がきた。森の人は困っている。司祭がいないと闇の獣が森の人の居住区まで入ってくるそうだ。どうやらオボロは拉致《らち》されたのではないか、という話だ」

「拉致？」

団長とレオンが声を揃えて気色ばむ。物騒な話だ。そうだとすれば、おのずと犯人は見当がつく。

「ジークフリートのしわざだと……？」

団長は歯ぎしりをして、吐き出す。

「ジークフリートがクリムゾン島へ侵入したらしき形跡があったのは知っています。もしやその時にオボロを攫《さら》ったとお考えでしょうか？」

レオンも緊迫した声で問う。マホロもその考えに至った。ジークフリートが島へ何しに来たのか謎だったが、オボロを攫うつもりだったなら、納得がいく。

「光魔法の司祭を攫って、どうするつもりでしょう？　光の民にはまだ知られざる力が多い。ジークフリートはその力を利用するのでしょうか。マホロが警戒されているから、代わりに少女を……？」

団長が自問自答するように呟く。マホロもジークフリートの考えが読めなかった。オボロにはおそらくマホロと同じ力が備わっていると思うが、基本的に光魔法の力は人を癒すものが多い。ジークフリートが求めるものとは真逆だ。

「理由は分からない。念のため王都内で光の民らしき少女を見かけたら保護するよう手配している。そちらはともかく、マホロには水晶宮へ赴いてほしい」

アルフレッドに厳《おごそ》かな声音で指示され、マホロは背筋を伸ばした。

「司祭がいなくなり、残った光の民はどうしていいか分からないようだ。森の人が言うには、連絡もおぼつかないらしい。マホロなら、水晶宮へ行き、残った子どもたちに話が聞けると思うのだが、どうだろう？」

確認するように聞かれ、マホロはおずおずと頷いた。

「多分……話を聞くことはできると思います」

「それはよかった。できればすぐにでも向かってほしい。ついでに謎に包まれた光の民の暮らしも調べてもらえると助かるな。どれほどの人数がいて、どんな生活を営んでいるのか……」

アルフレッドの瞳に好奇心が漲《みなぎ》り、マホロは苦笑した。光の民が望んでいないことはマホロには明かせない。そんな思いを読み取ったのか、アルフレッドが小首をかしげる。

「できる範囲でいいよ」

優しく囁かれ、マホロはホッとして頷いた。

「前にも聞いたが、君に司祭は務められないのか？　ギフトを与えられるのは、司祭だけなのだろう？」

気軽な調子でアルフレッドに聞かれ、マホロは戸惑ってレオンをこっそり見た。レオンはギフトの話になると暗い面持ちになる。

「俺には……無理だと」

マホロは言葉を濁してうつむいた。マギステルはマホロに水晶宮へ戻って司祭の役目を果たせと言っていたが、それを言う気にはなれなかった。ギフトという呪いを人々に与える役目をしたくなかったのだ。

「司祭がいないと、水晶宮の住民はどうなるのだろう？」

アルフレッドは素朴な疑問を述べる。

「いないと……、いないと日々の営みが……」

何かが脳裏を過《よ》ぎって、マホロは額を押さえた。おぼろげな記憶では、日常のあらゆる場所で司祭の指示を受けていた気がする。物事のすべてを決めるのは司祭で、絶対的な君主のようだった。

「すみません。俺にも分かりません」

マホロが頭を下げると、アルフレッドは何か言いたげにしばらく黙っていたが、すっと立ち上がった。

「では、団長、レオン。ふたりはマホロの護衛として一緒に行ってくれ。必要なものがあったら、侍従長へ申しつけるように。何でも用意させよう」

アルフレッドは返事を待たずにドアへ向かう。

「では、立ち入り禁止区から戻ってきたら、また話そう」

振り返りもせず、アルフレッドは侍従長が開けたドアから出ていった。よほど忙しいのだろう。

王族の多くが死に、残ったのは五歳の幼いナターシャと彼女の世話をしている遠縁の者だけだ。急遽《きゅうきょ》、引退した身の王太后を王宮へ呼び寄せ、執務を手伝ってもらっていると団長から聞いている。

マホロたちはきちんとした挨拶もできないまま、アルフレッドと別れた。

「というわけで立ち入り禁止区へ行くことになったが、俺も少し外せない用事がある。今、十一時だから……昼食を終えて、二時に中庭で待ち合わせでいいだろうか？　泊まりになるのも見越して食料や寝袋はこちらで用意しよう。森の人の居住区ならあまり危険はないはずだが、一応武器も取り出せるようにしておく」

団長はポケットから取り出した懐中時計を確認しながら、てきぱきと指示を出した。マホロたちは承諾し、いったん団長と別れた。入れ替わりにメイドがやってきて「昼食はこちらで召し上がりますか？」と尋ねてくる。マホロたちは顔を見合わせて、頷いた。

「私はローズマリーの兄だが、彼女を呼んでもらえるだろうか？」

レオンは屈《かが》み込《こ》んでメイドに問いかけている。メイドは快く頷き、部屋を出ていく。マホロたちは再び椅子に腰を下ろした。

「レオン先輩……大丈夫ですか？」

立ち入り禁止区へ、しかも水晶宮へ行くことになり、マホロはレオンが心配で、そっと声をかけた。

「俺はもう大丈夫だ。彼女への殺意はない。あの時、理由は分からないが怒りが水に流されるように消えていった……。俺には視えなかったが、あの場に光の精霊がいたのではないか？」

その時のことを思い出したのか、レオンが苦笑する。前回、水晶宮へ強引についてきたレオンはオボロを殺害しかけた。けれど他の光の民の子どもたちに止められ、光の精霊王から癒しの力を送られ、オボロを死には至らせなかった。

「はい……。そうです」

マホロが静かに答えると、レオンは代々の王の肖像画がかけられている壁を仰いだ。

「やはりそうなんだな。……今は、後悔している。幼い少女を殺しかけるなんて、どうかしていた。ギフトに関してはわだかまりがあるが、あの子に会えたら謝りたい」

自分の罪を認めるレオンは、マホロにとって頼れるいい先輩だった。レオンが元のレオンに戻ってくれたようで、心から嬉しかった。

「レオン先輩は、いい人です」

マホロはにっこり笑ってレオンの腕に手を添えた。ふっと空気が柔らかくなって、レオンにじっと見つめられた。その視線が熱く、何かを乞うようで、マホロはドキドキした。

「マホロ……」

レオンの手がマホロの手に重なろうとする。それを制するかの如く、ノックの音が響いた。すぐに薔薇色の頬の愛らしい女性が部屋に入ってきた。

「ローズマリー」

レオンが椅子から立ち上がり、ドアに駆け寄る。

「お兄様、会いたかった」

ローズマリーは顔をほころばせ、レオンに抱きつく。豊かに波打つ金髪を綺麗に結い上げ、白にオレンジ色のリボンのついたドレスにショールを身にまとった姿は、マホロの目には夢のように綺麗な女性に映った。ローズマリーはレオンの三歳下なので、十七歳くらいだろう。

「あなたはマホロ様ですね。ごきげんよう、お会いできて嬉しいです」

レオンとひとしきり抱擁《ほうよう》を交わすと、ローズマリーがドレスを持ち上げ、令嬢の礼をする。マホロも急いで近づき、胸に手を当てて一礼した。

「一緒に食事をできるよう、頼んでおきました」

ローズマリーはマホロに熱のこもった視線を注いで、先ほどまでアルフレッドが座っていた席についた。マホロたちもそれに倣《なら》う。

「宮殿での暮らしはどうだ？　何か困っていないか？　マホロはここでの会話を漏らすような人ではないから、気にせず話してほしい」

お茶のカップに口をつけながら、レオンは優しくローズマリーに話しかけた。レオンはローズマリーといると兄の顔になる。マホロに兄弟はいないので分からないが、身内特有の絆《きずな》を感じて微笑ましかった。ノアとニコルのように、このふたりも信頼し合っているのだろう。

「王妃教育の行儀作法は大変ですけれど、やりがいがあります。私、ダンスも刺繍《ししゅう》も上手いでしょう？　アルフレッド陛下もお優しくて、何も問題はありませんわ」

桜色の唇からはローズマリーの可愛い声がこぼれた。問題ないなら、何故レオンは「ローズマリーはマホロに話があるそうだ」と言ったのだろう？　疑問を感じつつも、マホロは入ってきたメイドがテーブルに昼食を並べていくのを見守った。昼食には卵とポテトのサンドイッチやサンデーローストが運ばれてきた。

食堂の食事とはまた異なるが、さすが王宮で召し抱えている料理人らしく、味は抜群によかった。マホロはレオンとローズマリーの話に相槌《あいづち》を打ちながら、昼食を堪能した。

「……ローズマリー、そろそろ話してくれないか？　我々は二時にはここを出る」

食後の紅茶を飲み始めた頃、レオンがそっと話しかけた。メイドも部屋を出ていて、接見の間には三人だけだ。すると、ローズマリーが茶器を置いて、うるうるした目をマホロに向けてきた。

「マホロ様、助けて下さい」

先ほどまで何事もない順風満帆に見えたローズマリーが、一転して心細そうな表情を浮かべる。そこでようやく貴族というのは表向きの顔とそうでない顔を持っているのだと思い出した。

「な、何でしょう？」

年下の少女から助けを求められるなんて、マホロの人生で初めてだ。恐々として聞き返すと、ローズマリーがハンカチで目元を拭《ぬぐ》う。

「私と陛下の結婚は建国式の二カ月後、十一月に執《と》り行《おこな》われます」

ローズマリーは悄然《しょうぜん》と語りだす。マホロは世事に疎いので知らなかったが、すでに国民に向けて婚姻の日取りは公表されているそうだ。

「まさか結婚が嫌とか……？」

マホロが青ざめて聞くと、ローズマリーがキッと眦《まなじり》を上げる。

「冗談でもそんなことをおっしゃらないで。私、陛下以外の方と結婚するくらいなら、修道女になります。私はずっと陛下をお慕いしていて……その夢が叶う今は、幸せの絶頂です」

ローズマリーがうっとりと言い、マホロは安堵した。確かにあのアルフレッドと結婚できるなら、喜んで身を投げ出す女性が多そうだ。

「陛下に問題は、ないんだろう？」

レオンが先を促すように言う。

「ええ。もちろんです。……ですが、結婚を前に、宰相から言い渡されてしまったのです」

何かを思い出したのか、ローズマリーが悲しそうにうつむく。マホロも気になって、前のめりになった。

「婚姻して一年の間に子が成せなかったら、側室を迎えると……」

悲愴な様子でローズマリーに告白され、マホロはローズマリーが憂えている理由を理解した。今の王室は王族不足だ。宰相としては、王族を増やすために側室を迎えたいのだろう。だが、まだ若いローズマリーにとっては、愛するアルフレッドに別の女ができるというのはショックな出来事だ。

「ローズマリー。陛下はもう個人の身ではない。王室のために、側室を迎えることを受け入れなければならないだろう」

レオンはローズマリーに同情しつつも、窘《たしな》める。

「分かっています……分かっては、いるけど……。でもたった一年なんて、あんまりです。私は宮廷医から健康上に問題はないと言われています。でも、子どもができるかどうかなんて、誰にも分からない。マホロ様、早く身ごもれる光魔法はありませんか？　私はすぐにでも身籠もらないとならないのです」

思いつめた様子で頼み込まれ、マホロは絶句した。ローズマリーの頼み事が、あまりにも思いがけないものだったからだ。

「それをマホロに頼みたかったのか……」

レオンもどうしていいか分からないと言いたげだ。

「えっと……俺も光魔法にくわしいわけじゃないから……」

妊娠する魔法と言われても、困ってしまう。そもそも妊娠できなくて頼まれるのなら分かるが、ローズマリーはまだ婚姻前で、そういった行為もしていないだろう。焦る気持ちは分かるが、時期尚早と言わざるを得ない。それだけローズマリーはアルフレッドに他の女性ができるのが嫌なのだ。その気持ちはマホロにも理解できたので、考え込んだ末、こう言った。

「もしなかなか身ごもれないようでしたら、光の精霊王に聞いてみます。でもそんなに心配しなくても、大丈夫だと思いますよ」

気休めかもしれないが、マホロは安心させるようにローズマリーに言った。ローズマリーはマホロの言葉に力を得たように、涙ぐんで何度も頷いている。王家に嫁ぐと大変だなぁとマホロは同情した。好きな人と結ばれたのに、また他の問題が降りかかる。

しんみりしていると部屋のドアが、派手に開けられた。びっくりしてそちらに目を向けると、幼い少女が駆け込んでくる。

「天使様ぁ！」

ブルネットの長い髪をしたナターシャだった。今日は水色のドレスを着て、走りやすそうな可愛い靴を履いている。ナターシャはマホロを見るなり、胸に飛び込んできた。

「王女殿下……？」

マホロが細い腕でぎゅーっと抱きついてくるナターシャに面食らっていると、ナターシャを追いかけてきたらしき侍女が数人部屋に押しかけてくる。

「ナターシャ殿下！　まずは挨拶を！」

侍女たちははぁはぁと息を切らせ、マホロの腕からナターシャを引き剝がそうとする。それを細い足で蹴り上げ、ナターシャはきゃっきゃと笑った。ナターシャはつぶらな瞳をマホロに向け、首にしがみついてきた。

「お話の途中に申し訳ございません。マホロ様がいらしていると知って、ナターシャ王女殿下がどうしてもお会いしたいと」

侍女の一人が頭を下げる。

「ずいぶんお元気になられたんですね」

マホロは小さなナターシャを抱き上げ、椅子から離れた。前回はベッドに横たわり、今にも死にそうだったのに、とても同一人物とは思えない。

「天使様のおかげなの！　私、ずっとベッドで寝てばかりで、いつか思い切り走り回るのが夢だった！　天使様、大好き。ナターシャ六歳になったんだよ！」

ナターシャの本来の気質はおてんばだったようで、マホロが床に下ろしても、部屋中を駆け回りはしゃいでいる。肺が悪かったようだし、これまでは全力疾走などできなかったのだろう。

「ねぇ、天使様、私の大事なものをあげるから部屋に遊びに来てぇ。一緒に遊ぼうよ」

ナターシャはマホロの腕にしがみつき、ねだるように引っ張る。

「ナターシャ王女殿下は、マホロ様の治療以来、すっかり元気になって皆を明るくしてくれているのです」

ローズマリーに微笑まれ、ナターシャが誇らしげに鼻を擦る。元気になってマホロも嬉しいが、心の隅には憂いもあった。光の精霊王は、ナターシャの病気を治す際、こう言った。寿命は延ばせない、と。はっきりは聞かなかったが、ニュアンスとしてあまり長命とは思えなかった。

（そういえばノア先輩に頼まれてたんだっけ）

マホロはナターシャの小さな手を取った。

「王女殿下、お願いがあるのですが」

マホロが床に膝をついて目を合わせると、ナターシャがにこっと笑う。

「なぁに？」

「あの、もし王女殿下に婚約の話がきましたら……」

マホロが声を潜めて切り出すと、ナターシャが首をかしげる。

「婚約……？」

ナターシャには婚約の話はこれまでなかったのか、ほとんど知識がないようだ。すかさずローズマリーが傍に寄って「私とアルフレッド陛下のような関係ですわ」と説明する。

「じゃあ私、天使様と婚約する！」

ナターシャにとってアルフレッドとローズマリーの関係は憧《あこが》れるものなのか、目をキラキラさせてマホロに抱きついてくる。

「え、っと私の身分では殿下には釣り合いません。そうではなくて、この先、年が離れた方と婚約する話がきても、どうか受けないでもらえませんか？　その方はとても顔が綺麗なのですが大変恐ろしく、きっとひどい目に遭うでしょう」

はっきりノアの名前は出せなかったので、マホロは遠回しに伝えてみた。ローズマリーもレオンもマホロが何を言いだすのか分からないようで困惑気味だ。

「ふーん。よく分かんないけど、年の差がありすぎると話が合わないっていうものね。分かったー。天使様の言うことだもの。そうするね」

あどけないそぶりで、ナターシャが大人びた発言をする。これで仮にノアとの婚約話が本格的に進められても、ナターシャが止めてくれるだろう。

「王女殿下、この後予定がありますので、また次の機会に」

ナターシャはもっとマホロといたかったようだが、団長との約束の刻限まであと二十分くらいになっていた。がっかりしたナターシャは侍女に抱き上げられる。

マホロはローズマリーやナターシャと挨拶を交わして、レオンと中庭へ赴いた。

王宮に知り合いが増えるのを不思議に思いつつ、澄み渡った青空を見上げた。


中庭では、すでに団長が薔薇のアーチの前で待っていた。

「来たか、では島へ移動する」

団長はマホロとレオンの腕を摑み、こちらが何か言う前に魔法陣を光らせた。強引に転送され、気づいたらクリムゾン島の演習場に立っていた。てっきり校長の部屋へ転移すると思っていたので、きょろきょろしてしまった。

「ノアに見つかったら、無理についてくるだろうからな」

団長はあまりノアが好きではないのか、極力出会わない方法を探している。ノアの異能力は役に立つと思っているようだが、ノア自身を扱いかねているのだろう。そんなノアが魔法団に入って大丈夫なのだろうか？

団長を先頭にマホロたちは演習場を横切り、立ち入り禁止区との境にある大岩を目指した。夏の日差しが強く、制服を着ているマホロは暑さで倒れそうだった。光の民は太陽に弱く、基本的に陽の当たらない神殿の中で暮らしている。他の子に比べればマホロはまだ耐えられるほうだが、それでも暑い時季は眩暈《めまい》がした。

（オボロが行方不明……。あの子も太陽の下では生きていけないはずだ）

オボロの行方が分からないことは、マホロの心に影を落としていた。ジークフリートの目的が読めないからだ。まさかギフトを手に入れようとしているのだろうか？　ノアが二つめのギフトをもらったように、ジークフリートも二つ目のギフトを望んでいるのかもしれない。

（もしジークフリートが二つ目のギフトを手にしたら……）

マホロは軽く首を振って、団長の背中を追いかけた。ジークフリートの目的は不明だが、今はオボロのいない森の人や光の民の心配をするべきかもしれない。

一時間ほど森の中を歩くと、巨大な岩が現れた。

「着いたな」

団長は大岩の前に立ち、手をかざした。大岩は鋭利な刃物ですぱっと斬ったような絶壁で、見上げるほど大きい。

「我が名はレイモンド・ジャーマン・リード。リチャードとジュエルの子で、雷魔法とボルギニオ族の子なり。ここに真名を記す。三名の人の子を通してもらいたい」

団長が岩に向かって告げると、杖を取り出し紋章を描きだした。岩壁に一筋の光が差し、瞬《まばた》きをした時には扉に変わった。上部にアーチ状の飾りがある、古めかしい扉だ。それが開き、マホロたちは並んで潜《くぐ》っていった。

「よし、ここから飛ぼう」

立ち入り禁止区に入ると、再び団長がマホロとレオンの腕を摑み、《転移魔法》を使った。何度飛んでも、浮遊感に慣れない。マホロは着地の際にぐらついて、レオンに支えられた。視界にはどこまでも広がっているかのような草原が現れた。左のほうに集落がある。

「連絡はいっているはずだ」

団長は森の人の居住区へ向かって歩きだす。

森の人は、光魔法と闇魔法の血族以外で、唯一ここに暮らすのを許された人々だ。魔法や機械を使わず、自然と共に生活を営んでいる。集落の入り口には枝葉を広げた大きな木が二本、門のように生えている。村には柵が巡らされ、お椀《わん》を伏せたような形の家があちこちにある。入り口の近くには三つ編みの女性が立っていて、白い貫頭衣に凝った刺繡の腰紐《こしひも》をしていた。

「マホロ様、おいでをお待ちしておりました」

三つ編みの女性はマホロを見るなり、恭《うやうや》しく跪いた。森の人にとって光の民は神に近い存在なので、マホロと会うたびにこんな仰々しい礼をする。

「お出迎え、ありがとうございます。あの、アラガキさん、いますか？」

慣れない傅《かしず》きに焦りつつ、マホロは問いかけた。

「はい、すぐにお呼びします。どうぞ」

三つ編みの女性は立ち上がり、村の中へ先導する。マホロの後ろに団長とレオンもついてくる。マホロたちが村の中へ入ると、表に出ていた人たちは慌てたように地面に膝をつき始めた。しなくていいと三つ編みの女性に伝えてみたが「とんでもないです」と恐縮して断られた。

村の一番奥に、村長であるアラガキの住居がある。家は泥のようなものをこね上げて造った素朴なもので、出入り口の部分だけ半円の形にくり抜かれている。

「これはマホロ様、お待ちしておりました」

マホロたちの来訪に気づいたのか、アラガキが住居から出てきて恭しく挨拶をした。アラガキは白い肌に黒い瞳、白い貫頭衣の老人だ。白いひげを生やし、柔和な顔立ちをしている。アラガキはレオンと団長にも会ったことがあるので、簡単に挨拶をしていた。

「司祭が消えたとか……？　まだ見つかっていないんですか？」

マホロは家に招こうとするアラガキを手で制し、質問した。

「はい……、今朝も闇の獣が近くに現れました。弓矢で追い払いましたが、若者が二人、怪我《けが》を負いました。一人は今夜が峠でしょう……」

アラガキが苦渋の表情を浮かべる。マホロは胸を衝《つ》かれてつい後ろを振り返った。何か言いたげに村民がこちらを遠目から見ている。ジークフリートが王宮を襲撃した際に、闇の獣が暴れているのを目撃した。獰猛《どうもう》で恐ろしい獣だ。

「司祭は毎日祈りを捧げると聞きます。その祈りがあれば、闇の獣はこの辺りには来ません。闇の獣が現れるということは、司祭が祈りを捧げていないという証《あかし》なのです」

苦しそうに呟くアラガキに、マホロも沈痛な面持ちになった。新しい司祭もいないということか。

「水晶宮へ行かれますか？」

アラガキに期待に満ちた眼差しで言われ、マホロは少し考えた。

「先に、怪我をした人を治しましょうか？　あの、神殿なら魔法が使えるみたいですし」

マホロは村を見回して言った。この村にも神殿はあるはずだと考えたのだ。するとアラガキがうなだれる。

「この村に神殿はないのです。環状列石は神聖な場所とされていますが、神殿といえるかどうか……」

「えっ、ないんですか⁉」

マホロはびっくりした。

「じゃ、じゃあ水晶宮はどうだろう？　一緒に水晶宮へ……」

水晶宮なら神殿と呼べる場所があるのではないかとマホロが言うと、アラガキが首を横に振る。

「我ら森の人は、水晶宮へ入れません。過去に何度も試してみましたが、誰一人として入れませんでした」

「そんな……」

マホロは唖然とした。森の人は自然に反した力を使うのをよしとしない。本来なら魔法で怪我を治癒するのもよしとしないのかもしれない。

「よければ、俺が神殿へ怪我人を連れていこうか。陛下から、朽ちた神殿でも魔法が使えるか試してほしいと言われている」

団長がマホロに耳打ちする。ここへ至るまで徒歩で移動すると、いくつか神殿を通りすぎるのだが、どれも廃墟と化していた。神殿なら魔法が使えると聞いたアルフレッドは、その精度を確かめたいようだ。

「もし朽ちた神殿でも駄目なら、一度立ち入り禁止区を出て治療する方法もある。どうだろう、マホロはこの後、レオンと水晶宮へ行くのだろう？　その間に俺が怪我人を治療しよう」

団長の申し出に、マホロは大きく頷いた。そのやり方なら、怪我人が治る可能性は高いはずだ。

「レオン先輩を連れていったほうがよくないですか？　水魔法の血筋ですし」

団長はレオンを置いていくつもりのようだが、回復魔法といえば、水魔法の十八番《おはこ》だ。

「しかし、マホロをひとりにするわけには……」

「水晶宮に危険はないと思います」

マホロは団長と話し合い、レオンを伴うよう説得した。団長は考え込んだ末に、了承した。レオンは水晶宮へ入りたくないようだったので、どこか安堵した様子だ。

「なんと、怪我を治せるのかもしれないのですか？　立ち入り禁止区の外へ出る可能性もあるのですか……ううむ……」

アラガキはこの地を離れる可能性があることに、逡巡した。けれど村民たちが、治る可能性があると聞き活気づくのを見て、決まりより命が助かる方を選ぶと決めたようだ。彼らに説明すると言って、集まっていた村民に駆け寄っていった。

かくしてマホロは単独で水晶宮へ行くことになった。マホロはふたりにしばしの別れを告げ、環状列石へ赴いた。本来なら白い貫頭衣を着るところだが、時間が惜しかったので制服のまま、手のマークが刻まれた巨岩の前に立った。

「う……っ」

足下が発光し、浮遊感の後、水晶宮内部へ移動していた。

水晶宮は文字通り水晶でできた宮殿だ。果てしなく長く続く廊下や、一定の間隔で並んでいる柱、壁や天井も光り輝いている。マホロは靴音をさせて奥へ進んだ。

「お兄さん」

ほどなくして柱の陰から、白い貫頭衣を着た小さな子どもたちがわらわらと出てきた。皆一様に白い肌に白い髪という光の民特有の外見をしている。たどたどしく歩く者から十歳くらいまでと年齢はさまざまだが、どの子もマホロを見つけると笑顔で近づいてくる。

「この前来たお兄ちゃんだぁ」

「お兄さん、会いに来てくれたの？」

「オボロがどこにいるか、知ってる？」

子どもたちはマホロを囲み、わいわいと騒ぎ立てる。やはりオボロは戻っていないのかとマホロは顔を引き締めた。

「オボロが連れ去られたと聞いて来たんだ。何か知ってる？」

マホロは子どもたちの目線に合わせて、しゃがみ込んだ。

「赤毛の怖いお兄さんが連れていったの」

一人の男の子が怯《おび》えた目つきで言う。赤毛の怖いお兄さんで考えられるのは、ジークフリートしかいない。

「そうか……。オボロがいなくて皆、どうしてるの？　司祭がいないと、闇の獣が森の人の住む場所まで来てしまうみたいなんだ。誰か、代わりに司祭をやれないかな？」

あまり子どもたちを怖がらせてはまずいと、マホロは話を変えた。子どもたちは顔を見合わせ、きょとんとした。

「でもオボロはまだ生きてるよ。新しい司祭を置いたら、オボロは司祭じゃなくなるでしょ？」

少女に首をかしげられ、マホロはハッとした。マホロは司祭についてあまり知らない。おぼろげな記憶は時々蘇るが、あくまでおぼろげであって全体には程遠い。

「司祭について教えてくれないかな？　オボロがいない今、誰がリーダーなの？」

マホロは子どもたちを見回し、彼らを率いている子を探した。子どもたちの中でも年齢が高そうな男の子を見ると、困ったようにうつむく。

「今は僕が皆を見ているけれど、僕は一年もすれば死ぬから司祭はできない」

男の子の口から寒々しい発言が漏れた。他の子どもたちは慰めるように男の子に抱きつく。男の子の年齢は十四、五歳といったところだろう。自分の寿命を知っているのだと察しがついた。ここでは死は遠い世界の話ではない。

「司祭について教えるよ」

そばかす顔の男の子がマホロに手を差し伸べた。その小さな手を握ると、ふっと光景が変わった。先ほどまで柱廊にいたはずなのに、今は大きな部屋にいる。壁や天井は水晶でできているが、床にはふかふかの白い絨毯《じゅうたん》が敷き詰められていた。どこか見覚えのある部屋だった。だだっ広い部屋の奥には等間隔でベッドが並び、その手前に長いテーブルと椅子が揃えてある。壁にはいくつもの大きな水晶が飾られていて、あらゆる種類の色があった。子どもたちはマホロの手を引き、黄水晶を指さす。

「お腹《なか》が減ったら、これを触るといいんだよ」

子どもに教えられ、マホロは記憶が蘇った。幼い頃、確かに自分はここにいた。お腹が減ったら黄色の水晶を触る。咽《のど》が渇いたら青い水晶を触る。そうすれば、空腹は満たされ、咽の渇きは癒える。

「そうだ……、俺もこれを使っていた」

ここには食事を作るキッチンも身体を洗う浴室もない。すべてそれに適した水晶を触れれば、何もかも満ち足りる。光の民の生きる世界は、外の世界に比べ、あまりに異質だった。早すぎる寿命を耐えられるのは、彼らの生活が生きているという感覚とは遠いからだ。ここにはあらゆる苦しみがない。身体の不調を感じたら紫水晶を触ればたちどころに治るのだ。

「知識は……煙水晶、だね？」

マホロは男の子を振り返った。男の子が頷く。マホロは壁沿いに歩き、煙水晶を見つけ、手をかざした。

「う……っ」

煙水晶に触れたとたん、水晶宮でのあらゆる知識が頭に流れ込んできた。それはあまりに膨大で、わずか数秒でマホロは混乱して手を離した。ここでの暮らしと、司祭のなり方、彼らの名前、歳、すべてが脳裏に叩き込まれる。

「あ……」

マホロは子どもたちを振り返った。子どもたちがきらきらした瞳でマホロを見上げる。もう彼らは初めて会う子どもではなかった。スグロ、カンナ、カノト、ヒノエ……子どもたちの名前を知り、彼らの性格や声までマホロには手に取るように分かった。

司祭は一人しかなれない。新たな司祭になるためには、司祭が死ぬか、司祭が職を解かれたという手続きをとらなければならない。司祭には光の精霊王の祝福が必要――マホロは司祭に関する知識をひととおり頭でなぞり、ふーっと息をこぼした。

司祭を務めると、光の精霊王から加護がもらえる。勝手にオボロの司祭の任を解いていいか分からなくなった。

「司祭がいなくても、闇の獣を追い払う祈りはできるよね？」

マホロは改めてそばかす顔の男の子――アカツキに聞いた。知識の中にはこの周囲に結界を張る祈りがあった。オボロが週に一度は子どもたちと一緒に祈りを捧げていた。

「できるよー」

「うんうん、できる」

子どもたちがいっせいに手を上げて、はしゃぎだす。マホロが指示するまでもなく、子どもたちは自然と円を作った。皆、目を閉じ、跪いて、両手の指を絡める祈りの姿勢をとる。

「我らの光よ、精霊よ、我らを守《まも》り給《たま》え……」

子どもたちは慣れたしぐさで祈りを捧げる。すると光が子どもたちの輪から放射され、遠くまで放たれたのが分かった。マホロにも、聖なる光がこの辺りを包んでいるのが感じられる。オボロがいなくても彼らがいれば闇の獣を追い払うくらいはできるだろう。

「この祈りを毎日してくれるかな……？」

マホロは皆の様子を窺い、手を合わせた。

「いいよー」

「分かったー」

子どもたちは邪気もなく、快諾してくれる。これで当面は森の人たちも安心して暮らせるだろう。

「……皆、ここにずっといて、外に出たくならないの？」

遊ぼうとマホロの手を引く子どもたちを見やり、気になって問いかけた。太陽に弱い光の民だが、それでも外の新鮮な空気を吸いたいのではないだろうか？

「外に出たいなら、こっちだよ」

カグラという名前の女の子がマホロの手を引っ張る。壁際に連れていかれたので何かと思っていたら、突然目の前に扉が現れた。

「どこ行く？　お花畑にする？」

女の子は嬉々《きき》として扉を押す。マホロは驚愕《きょうがく》した。扉の先には、一面の花畑が広がっていたのだ。マホロが戸惑っているうちに子どもたちは走りだし、花を摘んだり、地面を転がったりと騒ぎだす。おそるおそる扉を潜ると、そこはまるで本物の花畑のようだった。空も青いし、風も感じる。何より花の芳《かぐわ》しい香りが鼻をくすぐる。

（本物⁉　……な、わけないよな……？）

扉一つでまったく違う場所に行けるなんて、ありえない。団長の使う転移魔法が施されているのだろうか？　けれどももし本物なら、太陽の下で彼らが平気なわけがない。これはあくまで仮想空間だとマホロは結論づけた。

「皆は一日、何をして過ごしているの……？」

遊んでいる彼らに疑問を抱き、マホロはアカツキに聞いた。十三歳のアカツキは隣にいる少女の手を取った。少女の名前はカゲロウ。まだ十四歳だが、そのお腹にはアカツキの子がいる。

「好きな場所で遊んだり、繁殖行動をしたり、赤子の世話をしたり、かな」

何でもないことのようにアカツキが言い、マホロは絶句した。繁殖行動は彼らにとって当然の行為だ。マホロの目にはまだ幼すぎる少女が、これから子どもを産むという。こんなに幼い身体では出産の際に危険があるかもしれない。それと分かっていても、短命の光の民は子どもを産むしかないのだ。

（ああ……）

マホロは深く落ち込んだ。

同じ血族である彼らに対する負い目が、マホロを苦しめるのだ。マホロは光の民のために何もしていない。幼い彼らが子を作るのを咎《とが》める権利もない。

（彼らがこの世界で暮らすのは間違っているんだ……）

光の精霊王が光魔法の血族と闇魔法の血族をこの世界から切り離そうとしている理由がよく分かった。マホロもそうすべきだと思った。このままでは彼らは絶滅する。

（俺はそれを止められるのに）

光の精霊王は扉を開けよと言っていた。扉を開けて、次元を戻せばこの問題は解決すると。

（それなのに俺は……）

扉を開けるのは自分の義務かもしれないと思うのに、どうしてもそれをやると言えない自分がいた。マホロはまだ死にたくない。自分勝手だとしても、ノアと別れたくない。自分が決意すれば彼らを助けられるのに、扉を開けると言えないのだ。光の精霊王は本心から望まなければ、成し遂げられないと言っていた。今の自分では扉を開けられないだろう。

「ごめん……」

マホロは彼らに申し訳なくて謝った。アカツキやカゲロウがびっくりして慰めるようにマホロの背中を撫でる。子どもたちが、どうしたの？　と集まってくる。

光の民は、おそらくどんな場所でも行けるし、腹が減ることもなく、毎日遊んでいられる。大抵の怪我は祈りで治るし、心の綺麗な子どもたち同士、諍《いさか》いも起きないだろう。けれど——それらはすべて仮想世界だ。これで生きていると言えるのだろうか？　生きている実感が、彼らにあるだろうか？　苦しみの末に得た達成感や、喜びは、彼らにはない。

（分からない……。これもひとつの幸せなのか？）

一方で、彼らは飢えることもなく、痛みを感じることもない。あらゆる苦痛は存在せず、ただ楽しいことがあるだけだ。

マホロには到底判断がつかなかった。彼らは見たところ、皆明るい。苦しんでいる様子は微塵《みじん》もない。箱庭の生き物は、箱庭の中だけで幸せに暮らせるのだろうか？

マホロは悲しみに囚われた。彼らを抱きしめることでそれを解消するしかなかった。

森の人の居住区へ戻ると、団長とレオンが待っていた。怪我人は立ち入り禁止区を出て治したそうだ。朽ちた神殿では魔法が使えなかったらしい。きちんと祀《まつ》られた神殿でなければ、魔法は使えないのだろう。

「おふたりのおかげで、彼らが元気になりました。何とお礼を言っていいのか……」

アラガキは目に涙を溜めて、団長とレオン、マホロに礼を言っている。重傷だった二人の若者は、すっかり元気になり家族と喜び合っていた。

「司祭は戻っていませんが、毎日祈りを捧げてもらうよう頼んだので、闇の獣も近づかなくなると思います」

マホロはアラガキに伝えた。とはいえ、本当に祈りを捧げてもらえるか心配なので、これから週に一度は顔を見せると約束した。団長もそれに頷いてくれた。

マホロたちは森の人に挨拶を交わし、立ち入り禁止区を出た。すでにとっぷり日が暮れ、森の人には泊まっていくよう言われたが、それを断り戻ることにした。

教員宿舎の近くに団長の《転移魔法》を使って移動すると、マホロは無意識のうちにため息をこぼした。

「大丈夫か……？」

レオンが気遣うようにマホロの髪を撫でる。

「あ、すみません……。ちょっといろいろ思うところがあって。オボロはやっぱりジークフリートが攫ったようです」

マホロは目を伏せて団長とレオンに報告した。団長とレオンが顔を見合わせた。

「目的はギフトだろうか……？」

団長もマホロと同じ考えに至っている。

「……第二のマホロを作ろうとしている可能性はありませんか？」

レオンが苛烈な気を放ちながら言った。マホロも団長も慄然《りつぜん》とした。マホロの心臓には魔法石を食べた竜の心臓が埋め込まれている。それが、魔法の力を増大させる要因だ。ジークフリートは同じことをオボロに施そうとしているというのか。

「あり得ない話ではないな。マホロを捕まえることができず、代わりにあの少女を……」

団長が悩ましげに腕を組む。

「だがそもそも、マホロの心臓に埋め込まれているものが何か分かっていない。ただの魔法石ではないというのは研究者の一致した意見だ。施した医師は賢者の石と言っているが、眉唾だ」

団長に探るように言われ、マホロは答えられずに目を逸らした。マホロの心臓に埋め込まれたのが魔法石を食べた竜の心臓というのは知られざる事実だ。これを明かしてしまったら、王国も同じことをするかもしれない。王家や軍が不当な行為をしないとはマホロには言い切れない。マホロにとって、これは絶対明かせない秘密だ。

「……さて、夜も更けてしまったが、マホロは陛下の元へ一緒に行って報告してほしい。レオンはこのまま寮へ戻ってくれ。ダイアナへの報告は頼んだ」

団長はこれ以上話しても埒《らち》が明かないと思ったのか、レオンの肩を叩いて言った。分かりましたと、レオンが生真面目に頷く。

「マホロは明日帰るとダイアナに言っておいてくれ」

団長はマホロの背中を押し、レオンに伝言を頼んだ。今夜は王宮に泊まることになるのだろうか？　それとも魔法団宿舎だろうか？　マホロは決定権がないまま、団長と行くしかなかった。

レオンと別れ、団長と《転移魔法》で王宮へ戻った。すでに深夜になっていて、兵士たちも夜の勤務者に交代していた。真夜中だったが、アルフレッドが報告を受けるというので、マホロたちは特別に許されてアルフレッドの私室に招かれた。王にふさわしい広い部屋には、長椅子やテーブル、書棚や酒瓶が並んだ棚があった。寝室はまた別にあるらしく、ここはプライベートな空間のようだ。

「遅くまでご苦労だった」

アルフレッドは寝間着姿で、長椅子に座っていた。侍従長が一礼して部屋を去り、マホロと団長はアルフレッドの向かいの長椅子に腰を下ろした。メイドが三人分のハーブティーを用意して、夜食と共にテーブルに並べる。森の人の居住区で軽く食事はしたものの、テーブルに並べられた果物やサンドイッチが出てくるとお腹が減ってきた。アルフレッドに勧められ、マホロは素直にサンドイッチを頬張った。

「マホロ、どうだった？」

寝間着のせいか、あるいは私室のせいか、アルフレッドはふだんよりもリラックスした様子で声をかけてきた。

「はい……。オボロは赤毛の男に連れ去られたと、光の民は言っていました。オボロの代わりに、止まっていた祈りを再開するよう頼んでおいたので、闇の獣は村には近づかなくなると思います。一応心配なので、これから週末に彼らの様子を見に行くことにしましたので、許可をいただきたいのです」

マホロが居住まいを正して言うと、アルフレッドが鷹揚に頷いた。

「もちろん、構わない。むしろ、そうしてくれると助かるね。それで、光の民はどれくらいの人数がいた？　どういう暮らしをしているんだ？　差《さ》し障《さわ》りのない程度でいいから聞かせてくれないか？」

　優しく微笑まれて、マホロはどぎまぎしながら彼らの人数や暮らしぶりを話した。食事をしないことや知識を水晶で共有できることは、アルフレッドにとってかなりの驚きだったようだ。短命故に存続が難しいのもつけ加えた。

「なるほど……。この国の王としては、何かできないか悩ましいところだな」

　ハーブティーのカップに口をつけながらアルフレッドが呟き、マホロはかすかに動揺した。アルフレッドが立ち入り禁止区も自分の領地と思っていると気づいたからだ。考えてみれば当たり前の話だが、マホロは立ち入り禁止区は治外法権だと思っていた。光の精霊王から、クリムゾン島が天空にあったと聞かされていたせいかもしれない。

「光の民の短命問題が解決できる方法があるなら、助力は惜しまないから、何でも言ってくれ」

　アルフレッドの真摯な態度に、マホロは思わず「はい」と答えてしまった。

「これは君の気分を害してしまうかもしれないが、他の光の民も君のように治癒能力があるのだろうか？　水晶宮から出て、それを行うのは可能か？」

　鋭い眼差しでアルフレッドに聞かれ、マホロは少しの間考え込んだ。気分を害する、の意味がよく分からなかったが、あの子どもたちが人を治癒する場面を想像してみた。

「光の民は太陽の下では暮らせません。団長の異能力で夜に移動して治癒することはできるかもしれません。光の精霊を呼び出すのは誰でもできるはずですから」

マホロが真面目に答えると、アルフレッドの目がすっと細まった。

「そうか……」

アルフレッドの放つ気が、マホロを震え上がらせるものに変化したのを肌で感じ取った。自分は今、危険な発言をしたかもしれない。王家の力なら、彼らを連れ出して無理やり治癒させるのも可能だ。アルフレッドの魅了の力で余計なことを言ったと後悔した。

「ただ、彼らは人前に姿を現しません。以前もレオン先輩と行った時には、姿を見せませんでした。俺ひとりで行った時には出てきましたが……」

水晶宮は謎の空間で、彼らは見知らぬ人の前には出てこない。きっとそういう教えを受けているのだろう。人前に現れるのは司祭だけ、と。

「ああ、そうだったね。すまない。不安にさせてしまったかな？　光の民は保護すべき血族だ。その力をみだりに乱用しないと言っておくよ」

アルフレッドはマホロの不安を感じ取り、先回りして述べた。マホロは安堵した。

「それから、朽ちた神殿では魔法は使えませんでした」

団長の報告に、アルフレッドはがっかりしたように首を振った。

「残念だな。立ち入り禁止区では、使える神殿は闇魔法の一族の村にあるものだけ、ということか？　水晶宮では使えないのか？」

森の人の居住区に神殿がないと知り、アルフレッドは落胆している。

「うーん……。水晶宮へ入ったところに祭壇らしき場所はありますが……。多分、使えなかったと思います」

マホロは上目遣いで言った。水晶宮の奥でマホロはかつて死にかけたが、あの時は瀕死《ひんし》のまま立ち入り禁止区を出るまで回復魔法は使えなかったと聞いている。そもそも水晶宮で使えるなら、マギステルも死ななかったはずだ。おそらく、光の民の暮らす場所に、あらゆる怪我や病気を治す紫水晶があるので、他の場所では魔法が使えないのではないだろうか。

「森の人の居住区に神殿を建てるわけにはいかないのだろうか？」

アルフレッドの提案はマホロには返答できなかった。次の週に様子を窺いに行く時に、アラキに聞いてみるということで落着した。立ち入り禁止区に並々ならぬ興味があるアルフレッドは、どんな些細なことも聞きたがった。

深夜になり、さすがにこれ以上引き留めるのはまずいと思ったのだろう。マホロが食事を終えるのを見計らい、アルフレッドが言った。

「団長、報告ご苦労。行っていい」

アルフレッドは団長を見やり、顎をしゃくる。マホロは自分の名前が出なかったことに驚き、不安になって団長を振り返った。団長も自分だけ退席を命じられたことに、困惑している。

「しかし……」

「マホロは、今夜は宮殿に泊まってもらう。もう遅いからね」

有無を言わせぬ態度でアルフレッドが告げ、団長はそれ以上何も言えず立ち上がった。

「では、明日マホロを私のところへ寄こして下さい。ちゃんとダイアナの元へ帰さなければなりませんから。明日は一日本部に詰めています」

　釘を刺すように団長が言い、アルフレッドは破顔した。

「大丈夫。何もしないよ」

　アルフレッドは団長の邪推を笑い飛ばすように、軽く手を払った。団長は敬礼して、アルフレッドの私室を出ていく。扉が閉まり、アルフレッドとふたりきりになり、マホロは緊張した。何故、自分だけ残されたのだろう。

「空気が堅くなったな。俺は君を大事に思っている。得がたい存在だとね。君を傷つける真似は一切しないと誓うよ」

　アルフレッドはにこやかな笑顔で立ち上がり、マホロを手招きした。おずおずと立ち上がり、マホロはアルフレッドに連れられて、部屋の奥へ向かった。奥にはドアがあり、アルフレッドはそれを静かに押し開ける。

　隣の部屋には大きなベッドが置かれていた。ベランダもあり、閉めていないカーテンから月が見える。アルフレッドはベッドにマホロを誘うと、近くに置かれたテーブルのランプに火を灯《とも》した。部屋が少し明るくなり、綺麗にベッドメイクしてあるのが分かる。

「今夜はここで眠ってくれ。俺は別の部屋で寝るから」

　にこりと頬を弛めたアルフレッドに言われ、マホロはきょろきょろと寝室を見渡した。ずいぶん豪勢な寝室だ。客室にしては綺麗すぎるし、調度品も高級だ。

「あ、ありがとうございます……」

マホロが頭を下げると、アルフレッドは笑みを絶やさず近づいてきた。そしてマホロの頭をぽんぽんと軽く叩く。まるで小さな子どもにするようなしぐさに、マホロはつられて顔を上げた。

「あの……？」

「権力を持つということは、数多《あまた》の誘惑に打ち克《か》たねばならないということだな。俺は人一人くらい、やろうと思えば簡単に意のままにできる。君を手元に置いておきたいという誘惑を、いつも俺は我慢しているんだよ」

にこやかにアルフレッドが言い、マホロの額にキスをしてきた。驚きでマホロが身動きできずにいると、アルフレッドが唇の端を吊り上げる。

「そうそう、ノアに伝言があるんだよ」

悪戯っぽい口ぶりでアルフレッドが言う。

「――アリシアが、建国祭に合わせてデュランド王国に戻ることになった。いずれ彼女と対面してもらう」

心臓がきゅっとなる話を、アルフレッドは事もなげに言った。

ノアを産んだ実の母親であり、かつて闇魔法の血を引いていた女性――。彼女が王国に戻ってくるというのか。他国の公爵家へ嫁いだ姫だが、夫が亡くなり、子どももできなかったという。

アリシアにとって、ノアは唯一の子どもだ。

「それは……」

マホロは息を呑んだ。ノアがどんな反応をするか見当もつかなかった。実の親子が再会するなんて、ふつうに考えれば感動ものの話だが、ノアとアリシアに限ってはそう楽観できない気がした。アルフレッドはこれを伝えるために、マホロを残したのだろうか？

「ではおやすみ、マホロ。いい夢を」

アルフレッドは軽くマホロを抱き寄せ、今度は髪にキスをして背中を向けた。マホロはしばらくその場に留まり、不安を抱えたままベッドに腰を下ろした。


翌日は深い眠りからなかなか覚めず、お昼に起きるという寝坊っぷりをさらしてしまった。というのもベッドがふかふかで、最高に寝心地がよかったせいだ。侍従長に起こされて、部屋まで顔を洗う水を運ばれ、マホロの身体にぴったり合う衣服まで贈られた。仕立てのいい青い絹のシャツに、サスペンダーつきの麻のズボンだ。麻のズボンは夏でも過ごしやすい風通しのよいもので、マホロはいたく感激した。

「お食事の用意ができておりますので、こちらへどうぞ」

侍従長に丁重に案内され、マホロは恐縮して頭を下げた。

「す、すみません。お手数をかけて……。あの、ベッドがすごくよかったです」

マホロが身支度を調えて部屋を出ると、侍従長が当然のように頷いた。

「それは当然でございます。陛下の使われる寝台ですから」

さらりと恐ろしい話をされて、マホロは狼狽《ろうばい》した。

「って、えっ⁉　陛下のベッド⁉　ってことは、あの部屋は……っ」

驚愕してマホロが身を縮めると、「陛下の寝室です」と侍従長に言い渡された。アルフレッドが案内したのはゲストルームだと思ったのに、どうしてそんなことになっているのか。しかしよくよく考えれば、アルフレッドの私室と繋がっている部屋だった。

「陛下の大切な方とお聞きしております。どうぞ、何でもお申しつけ下さい。ああ、陛下なら寝室はもう一つございますので、そちらでお休みになられました」

侍従長が珍しく微笑んで言った。マホロは身の置きどころがなく、小さくなって侍従長の背中を追った。

食堂らしき部屋に通され、マホロは侍従長に椅子を引かれて腰を下ろした。長いテーブルには今朝摘んだばかりと思《おぼ》しき花が飾られ、テーブルにはカトラリーがセットされている。マホロの分と、上座にもう一人分のカトラリーがある。メイドが飲み物を運んできた後に、従者と共にアルフレッドがきちんとした身なりで入ってきた。

「へ、陛下、昨夜は分不相応なベッドを占領してしまい……」

マホロが慌てて立ち上がり、へどもどして言うと、爽やかな笑みを浮かべ、アルフレッドが
「よく眠れたようだな?」とマホロの頭を撫でた。

「共に昼食をとれるようでよかった」

アルフレッドが上座に腰を下ろし、ナプキンを広げる。すぐにメイドが食事を運んでくる。ア

ルフレッドとマホロの前には焼きたてのパンやハムエッグ、豆と野菜のサラダ、コーンポタージュが並べられる。するとアルフレッドの隣に若い侍従が立ち、アルフレッドの食事を少しずつ皿に取り分けて食べ始めた。

「問題ございません」

侍従はひととおり食べ終えて、会釈して壁際に控える。毒味だと気づき、マホロは我知らず動揺した。アルフレッドは常に死と隣り合わせになっていると感じたせいだ。

たわいもない話をしながら、アルフレッドと一緒に昼食をいただいた。

「あまり引き留めていたらノアを逆上させてしまうな。好きなだけいていいが、帰りたくなったら魔法団本部へ行ってくれ。団長は今日一日、書類仕事をしているはずだから」

マホロもそろそろ帰りたかったのでホッとして頷いた。王宮にいると緊張するし、まだ貴族でもないマホロには居づらい場所だ。

(気のせいじゃなく、アルフレッド陛下に気に入られているなぁ)

食後の紅茶を飲みながらマホロはそれを痛感した。何となくあまり踏み込んではいけない気もした。アルフレッドと話していると、その魅力に惹《ひ》かれて、何でも言うことを聞いてしまいそうになるせいだ。

(いけない、いけない。己の立場を忘れないようにしないと)

これ以上親しくなるとノアも怒るだろうが、ローズマリーにも悪い。ローズマリーといえば、変な依頼をされたものだ。手っ取り早く身ごもる方法と言われても、困ってしまう。

食後に侍従長が洗濯したという制服を袋に詰めて手渡してきた。いつの間にと驚き、制服を支給された日と同じくらい綺麗に洗濯されていることに二度驚いた。しかも袋の中には、ノアのために髪染め液まで入っている。きっとアルフレッドが気を利《き》かせてくれたのだろう。

侍従長に帰ることを告げると、自ら魔法団本部へ案内してくれた。場所は分かると言ったのだが、団長の元へ連れていくまでが仕事だと断られた。

魔法団本部は、王宮の隣にある四階建ての石造りの建物だ。地下は問題のある囚人を拘束する部屋になっている。

「では、これで失礼します」

侍従長は四階にある団長の部屋の前で丁寧に頭を下げた。マホロも急いで「ありがとうございます」と礼を言う。団長の部屋に入るのを見届けて、侍従長は戻っていった。

団長は私室で書類仕事をしていて、マホロの顔を見るなり、頬を弛めた。

「昼時まで陛下に引き留められたのか？　念のために聞くが、陛下から無理な要求をされていないだろうな？」

団長は書類を脇に押しやると、机を回ってドアの前に立つマホロの全身を確認する。

「無理な要求なんてされてませんよ」

何を疑っているのだろうかとマホロが首をかしげると、団長がふーっと肩を落とす。

「それならいい。ひょっとして陛下は君を寵愛《ちょうあい》するつもりかと思ったものだから」

「ちょ、寵愛って」

マホロが真っ赤になると、団長が人目を気にするようにドアへ目を向ける。

「私が知る限り、アルフレッド陛下が他人にこれほど興味を持つのは珍しい。扱いも妙に気を使っているし……こう言っては何だが、陛下は綺麗なものより珍しいものに惹かれる傾向が強くてな」

勘ぐりすぎだとマホロは訂正しておいた。ローズマリーのように美しいお妃候補《きさきこうほ》がいるのに、マホロに不埒な想いを抱くはずがない。

「では、ローエン士官学校まで送ろう」

団長はそう言ってマホロの身体を抱き寄せた。床に魔法陣が光り、マホロは一瞬にしてローエン士官学校の寮の傍に移動した。ぐらつく身体を厭《いと》い、マホロは団長に礼を言って別れた。今日は日曜日だ。寮のほうからは学生の騒ぐ声がする。団長は校長に会っていくと言って、教員宿舎へ向かっている。

マホロはこのまま自分の部屋へ戻ろうかと考えたが、先にノアに会おうと思い直し、プラチナルームへ足を向けた。

「泊まりとは聞いていなかったぞ」

部屋のドアをノックするなり、怒り顔のノアが現れ、強引に中に連れ込まれた。ノアは薄手のシャツにズボンという楽な格好だ。

「いろいろありまして……」

マホロが説明しようとすると、ノアは持っていた荷物を奪って放り投げ、マホロを抱き上げた。

そのままベッドに投げ出され、唖然とする。

「まずは浮気していないか確かめる」

ノアはそう言うなり、マホロのシャツのボタンを外し始めた。

「えっ、何で……、あのぅ、ノア先輩？　俺は立ち入り禁止区へ行ったんですけど……？」

浮気を疑う要素はなかったはずと、マホロは首をかしげた。ノアはムッとしたように額を突きつけ、サスペンダーを下ろす。

「それなのに何故見たことのない服を着ている？　どうせ、腹黒王に着させられたんだろ？　ということは制服を脱いだんだな？」

疑惑の眼差しで睨まれ、マホロはぽかんとした。確かに着ている服はアルフレッドからもらったものだ。よく気がつくなと感心した。

「陛下と会ったのは、わずかな時間ですよ。陛下はお忙しくて……。いろいろあって王宮で報告した時には深夜になっていたので、泊まっただけです。制服のまま寝るのは可哀想と思ったんじゃないですか？」

ノアにシャツを剝がされつつ、マホロは言い訳した。ノアはマホロの身体をじっくり眺め、匂いを嗅《か》ぐ。

「あの……お風呂は入ってないので……」

犬みたいに匂いを嗅がれ、マホロはぽっと赤くなった。暑かったので汗を搔いているはずだ。

「ふーん、見たところ何もされていないな。俺はあの腹黒王を信じていない。気まぐれにお前に手を出されたらたまらないからな。下も確認するぞ」

ノアはマホロのズボンを引きずり下ろす。こうなったら全部確認するまで許してくれないのだろうと、マホロも諦《あきら》めて従った。まだ外は明るいというのに、ノアの部屋で裸になっている。下着も脱がされ、うつぶせにされて、ノアに尻のはざまをじっくり観察される。

「うう……。気は済みましたか？　陛下が俺に手を出すわけないじゃないですか」

マホロの尻の穴に指を入れるノアに、マホロは身を縮めて文句を言った。

「お前は自分の魅力を分かっていない。俺だったら、ここぞとばかりに犯す。権力にものを言わせて犯した上に、どこかの塔に閉じ込める」

平然と悪役っぽい発言をするノアに、マホロは顔を引き攣らせた。

「ノア先輩は悪人です……」

マホロがじとっと睨み返すと、ノアがふんと鼻を鳴らす。

「お前といると理性を養われる。お前が嫌うから、やってないだけだ。さすがの俺も、そこまでとち狂っていない。何もなかったようで安心した。それで？　王宮へ連れていかれたところからくわしく話せ」

ノアはマホロの身体を抱き寄せ、膝の間に裸のまま閉じ込めた。ノアの背中にもたれる形になり、マホロは居心地が悪くて、膝を抱えた。

「あの……それはいいのですが、何か服を……」

自分だけ裸では恥ずかしいとマホロがもぞもぞする。するとノアの手が股間に伸び、軽く揉まれた。大きな手でまだ萎えている性器を揉まれ、マホロはびくっとした。

「ひゃ……っ」

マホロが身をすくめると、ノアがマホロのこめかみや首筋に音を立ててキスをしていく。

「こ、こんな真っ昼間から……？」

耳朶《じだ》の穴に舌を差し込まれ、マホロはうろたえた。

「最近、お前がやらせてくれないから、溜まってる」

当たり前のように耳元で囁き、ノアが耳朶のふっくらした部分を噛む。耳朶を甘くしゃぶられて、マホロは頬を赤く染めた。優しく性器を揉まれて、自然と身体が熱くなっていく。記念パーティーの夜以来、何となく引っかかるものがあって、ノアの誘いを避けていた。ここまできたら、今は受け入れるしかないかとマホロは諦めの境地にいた。

「早く説明しろ」

ノアに愛撫されながら促され、マホロはオボロが攫われたことと、立ち入り禁止区へ行って、水晶宮にいる子どもたちに祈りを捧げてもらった経緯を話した。ローズマリーの話は、ノアには黙っていた。女性のそういった話を触れ回るのはよくないと思ったのだ。

「また行くというのか？」

マホロの胸元を撫で回し、ノアが不満そうに肩を甘噛みする。週に一度、立ち入り禁止区へ様子を窺いに行くという話をしたら、案の定、不機嫌だ。

「俺が行かないと、光の民は姿を見せないので……、あ……っ、う、ン……ッ」

乳首を摘まれ、ひくっと腰が震える。ノアは両方の乳首を弄ぶように、指先で弾《はじ》く。

「気に食わないな。アルフレッド王はお前を自分のものと勘違いしているんじゃないのか？　いいように使いやがって……」

ぶつぶつ文句を言いつつ、ノアが乳首を引っ張る。両方いっぺんにやられると、腰が自然と浮いてしまう。

「うう、は……っ、はぁ……っ、そ、それで陛下が……」

マホロはびくびくと身体を浮かせ、これを伝えなければと肩越しにノアを見た。

「ノア先輩のお母さんが、建国祭に国へ戻ってくるから、いずれ対面させると……」

マホロが上擦った声で言うと、ノアの手がぴたりと止まり、空気が強張った。ノアはまさかそんな伝言を聞かされると思っていなかったのだろう。

「ノア先輩……」

マホロが気になって振り返ると、ふーっと大きな息が肩にかかる。

「俺は会う気はない。向こうはどうだか知らないが」

低い声音でノアが呟き、マホロの身体を反転させた。ベッドに横たわる状態になり、ノアが上から覆い被さってくる。ノアの表情はいつもと変わらなくて、ノアがどう思っているかマホロには分からなかった。

「アリシア様が会いたいと言ったら……どうするのですか？」

マホロは唇を近づけてきたノアに問うた。

「……分からん」

ノアはもやもやする心を厭うように、マホロの唇を吸ってきた。角度を変えて、深く、唇を重ねてくる。舌が差し込まれ、マホロはそれ以上何も言えなくてノアの舌を吸い返した。互いの吐息が絡まり合い、ノアがマホロを抱きしめる。重なってきたノアの腰が熱くなっていくのが、キスの間に伝わってきた。

「マホロ……」

ノアが濡れた唇を舐めて、サイドボードから小瓶を取り出す。

「入れたい、今日は長く繋がっていたい」

じっと目を見つめて言われ、マホロは「え、えっと、……はい」としどろもどろになった。目の縁を赤く染めて、身をよじる。マホロがうつぶせになって尻を剝き出しにした状態になると、ノアは小瓶からマホロの尻の穴に潤滑油を垂らした。ノアは液体を尻の穴に塗り込める。

「ふ……っ、は……っ、はぁ……っ」

ノアの長い指で、尻の穴を広げられる。ぬるついた液体が中に注ぎ込まれ、マホロは枕を抱えた。ノアはわざと音を立てて、指を出したり入れたりしている。

「ひゃ……っ」

ノアの指がぐっと奥まで入ってきて、内部で折り曲げられる。しこりの部分を指で突かれ、マホロは息を荒らげた。そこを重点的に攻められ、どんどん身体が熱くなる。

「あ……っ、は……っ、ひ……っ、ひ、ああ、あ……っ」

増やした指で内部を攻められ、マホロは甲高い声を上げた。ノアの空いた手が背中を撫で、脇腹をくすぐり、乳首を弄《まさぐ》る。尻の奥は性感帯で、指だけでマホロはかなり気持ちよくなってしまう。時折、腰がびくっ、びくっと跳ね上がるのが恥ずかしくてたまらない。

「気持ちいいか？」

ノアが指を揺らして、聞いてくる。

「は、はい……、は……っ、あ、あ……っ」

マホロは耳まで赤くなり、かろうじて頷いた。ノアの指は激しく奥を突いたかと思うと、感じる場所からすっと離れて、内壁をぐるりと辿る。奥を弄られ、マホロの性器からはしとどに蜜があふれて、シーツを汚している。ノアの指先に翻弄される。

「感じやすくなったな……。どこも可愛い、食べてしまいたいくらいだ」

ノアはうっとりした声音でマホロの肩や首を甘く噛み、尻の奥に入れた指を動かす。くちゅくちゅという卑猥《ひわい》な音が、静かな室内に響き渡って、耳からマホロを辱める。

「可愛いマホロ……。指だけでイくなよ」

耳朶をしゃぶり、ノアが意地悪するように指を激しく揺らす。マホロは息を詰め、腰を浮かせた。スイッチが入ったみたいに内部が柔らかく解けていくのが分かった。セックスに慣れてきた身体は、ノアの熱いものを欲している。

「ノ、ノア先輩……、い、入れて下さい……、はぁ……っ、はぁ……っ」

徐々に指だけの刺激ではもどかしくなり、マホロは潤んだ目を向けた。ノアが息を呑み、指を

引き抜く。

「お前……誘い方も上手になったな」

ノアは何かを堪《こら》えるように息を詰め、着ていたシャツを脱ぎ去る。手早くズボンも脱ぎ、下着と一緒に床へ放り投げていった。

「こっちを向け」

ノアに腕を引っ張られ、仰向けになる。マホロの脚が抱え上げられ、胸に押しつけられた。ノアはとっくにいきり立っている性器の先端を、マホロの尻の穴へ押しつける。

「はぁ、はぁ、は……っ、ノア先輩」

息を乱して覆い被さるノアをマホロが見上げると、弛んだ穴に性器が押し込められていく。ぐぐっと先端の張った部分が内部に入り、マホロは仰《の》け反《ぞ》った。ノアの性器は硬くて熱くて、大きかった。

「はぁ……、お前の中、熱い……」

ノアが腰を進めて、艶《つや》めいた息を吐く。狭い内壁を、ノアの熱くなった性器が潜ってきた。挿入の苦しさにマホロが息を喘《あえ》がせると、腰を引き寄せられ、一気に奥まで犯される。

「ひ……っ、は……っ、は、あああ……っ、くる、し」

マホロは目尻から涙をこぼし、忙《せわ》しなく息を吐き出した。鼓動が激しく打ち、串刺しにされた衝撃で身体がびくびくする。男を受け入れるのは苦しくて、それでいて興奮する。熱くて硬いモノが腹の奥にある。

「……大丈夫か？」

繋がった状態で屈み込み、ノアが汗で張りついたマホロの前髪を掻き上げる。視線が合い、自然と唇が吸いついた。ノアに上唇や歯列を舐められる。

「は、はい……、まだ動かないで……」

マホロは息も絶え絶えで、ノアにしがみついた。ノアの性器は太くて、まだ馴染《なじ》んでいない身体は快感よりも圧迫感のほうが強い。マホロがはぁはぁと息を切らすと、ノアが首筋をきつく吸い、乳首を弾く。

「お前と繋がっている時が、一番安心する……」

ノアはかすれた声で言う。マホロは目を潤ませ、胸を上下させ、ノアを抱きしめた。互いに全裸で、くっつく肌が気持ちいい。ノアはマホロの身体を撫で回し、官能を引き出す。

「可愛いマホロ……、他のやつに目を向けるなよ」

ノアはからかうように言って、マホロの目尻からこぼれる涙を舌で掬《すく》った。何度もキスを繰り返し、感度の高い乳首を弄《いじ》られているうちに、銜《くわ》え込《こ》んだ奥から力が徐々に抜けていった。ノアの性器と身体の奥が馴染み、じんじんと疼《うず》いてくる。

「ああ……、よくなってきたな？」

ふっとノアが笑い、軽く腰を揺さぶる。とたんに甘い電流が全身に走り、マホロは真っ赤になって喘いだ。ノアの性器が奥で揺れると、甘い刺激が広がってくる。

「はぁ、あぁ、ひ……っ、んぅ……っ」

ノアが小刻みに腰を揺らし、マホロは嬌声《きょうせい》を上げた。ノアはマホロの感じている様子を窺い、少しずつ奥を突いてくる。

「あ……っ、あ……っ、あ……っ、やぁ」

カリの部分で感じるところを突き上げられ、マホロはたまらずにシーツに頭を擦りつけた。突かれるたびに甘い声がこぼれていく。気持ちよくて、呼吸が乱れる。

「もうイきそうだな……？　我慢するな、イっていいぞ」

ノアが上半身を起こし、マホロの腰を引き寄せて、激しく揺さぶる。ずぷっ、ずぷっと出し入れするたびに卑猥な音が起こり、マホロはつま先をぴんと伸ばした。

「あ、あ、あ……っ!!　やぁ、や……っ！」

ノアの性器で奥を穿《うが》たれているうちに、マホロは甲高い声を上げて身を反らした。気づいたら白濁した液体が腹に飛び散っている。

「待って、ま……っ、ああ……っ、やだ」

達している間も奥を突かれ、マホロは悲鳴じみた声で身悶《みもだ》えた。容赦なく奥を突き上げられ、精液が顔にまで飛び散る。

「ひ……っ、ひ、は……っ、うう……」

マホロがぐったりと身を投げ出すと、ようやくノアの動きが止まり、身を屈めてきた。飛び散った精液を、ノアが指先で拭う。

「未《いま》だにウブそうなこの顔が乱れるのが、興奮する」

蕩《とろ》けるような瞳でマホロを見下ろし、ノアが言う。ノアはマホロの精液がついた指を舐める。汚いとマホロが重い腕を動かしてやめさせると、今度は汗ばんだマホロの指を口に含んできた。

「パーティーの時……」

マホロの指に舌を絡め、ノアが呟く。マホロはまだ息を喘がせていた。

「女のお前を拒否するような言い方をして、悪かった」

指先を柔らかく噛みながら言われ、マホロはハッとして息を詰めた。マホロがずっと気にしていたのを、ノアも知っていたのか。

「ノア先輩……」

マホロが目をうるうるさせて見つめると、べろりと指を舐められる。

「お前が女になったら、きっとすぐ孕《はら》んでしまうだろう。俺は性欲を止められないだろうし、女性の身体はさらに受け入れやすくなるだろうから」

ノアはマホロの手の甲にキスをして、ぐっと身体を近づけてくる。

「子どもができたら、俺は闇魔法の力を失って、お前とこうして繋がれなくなるかもしれない」

マホロの鼻先にキスをして、ノアが囁く。

「……そんなことで?」

マホロはやっとノアが拒絶した意味が分かり、胸を震わせた。てっきり女性の自分は嫌なのだと思っていた。

「そんなことじゃない。重要なことだろ。お前と俺の子どもに興味はあるが……、お前を抱けなくなるのは死んでもごめんだ」

マホロの背中に腕を回し、ノアが耳元で吐露する。じわじわと喜びが広がり、マホロはノアに抱きついた。そんな理由だったのなら、もっと早く言ってほしかった。ノアは座位でマホロを抱え込み、頬やこめかみ、首筋や鎖骨にキスをする。

「でもノア先輩、そうしたらもう髪を染めなくていいし、立場を偽る必要もなくなるんですよ？それに抱けないかどうか、まだ分かりません」

マホロはノアの肩に顔を埋《うず》め、ためらいがちに言った。

「もしもの可能性があるなら、したくない。お前をこうして抱けることは、偽る以上に重要なんだ。俺にとっては」

ノアは軽く腰を揺さぶりながら、吐き出すように告げた。優しく揺さぶられ、マホロはまた息が上がってきた。内部で蠢《うごめ》く熱は、マホロの呼吸を荒らげる。マホロにとって、セックスよりもノアが闇魔法の血族ではなくなるほうが大事だが、ノアにとってはそうではない。互いの価値観の違いが、マホロの心に影を落とした。

「はぁ、すごく気持ちいい……。中に出していいか？」

マホロを揺さぶる力が強くなり、呻《うめ》くような声でノアが言う。マホロが頷くと、腰を抱えられ、激しく下から突き上げられる。

「は……っ、ひ……っ、あ、あ……っ」

がくがくと身体が前のめりになり、下から突き上げる速度が増した。ノアは感極まったようにマホロをシーツに押し倒した。そのまま、脚を押さえつけられ、強く穿たれる。肉を打つ音が響き、マホロは荒波に揉まれるみたいに嬌声を上げた。奥を否応《いやおう》なく打ちつけられ、その動きがピークになった頃、内部で性器が膨れ上がり、熱い液体を吐き出してきた。

「はぁ……っ、はぁ……っ、う、っぅ」

ノアは汗ばんだ身体で、肩を上下して喘いだ。どこか苦しそうに腰を振り、マホロの奥に精液を注ぎ込んでくる。

「あー……っ、すごく、いい……」

ノアが気持ちよさそうな吐息をこぼして、マホロに覆い被さってくる。互いに息遣いは獣のようで、マホロははぁはぁと息を乱してノアを受け止めた。

「今日はずっと繋がっていたい……。抜かないで、ヤろう」

マホロの耳朶を食《は》み、ノアが恐ろしいことを言いだす。夕食にありつけるのだろうかと不安を抱きながら、マホロは呼吸を繰り返していた。

4 進級

ローエン士官学校では、八月頭に年度末の試験が行われた。マホロはぎりぎりで赤点を回避し、どうにか一年生の課程を終えることができた。

試験が終われば、今期は終業式と卒業式を残すのみだ。八月十日に行われる卒業式のために、現場実習に行っていた四年生が島へ戻ってきた。島にはこれまで見かけなかった人が増え、マホロはそわそわと落ち着かなかった。

妨害や事件が起こらないのを祈っていたマホロは、真夏の晴れた日、聖堂で無事に卒業式を終えた。校長が卒業生に「今、我々は困難に直面している」と述べたのが、心に残った。今のところジークフリートの襲撃はないが、いつ何時またクリムゾン島を血の海にしてもおかしくない状況なのだ。

卒業式の五日後には終業式も執《と》り行《おこな》われ、マホロたちは二週間だけの短い夏期休暇に入った。九月からは二年生に進級だ。

「ノア先輩にとっては学生最後の夏休みですね」

島を出る船の上で、マホロは隣にいたノアに微笑みかけた。夏期休暇はボーンモスにあるノアの家の別荘で過ごすことにした。涼しい土地として知られるボーンモスは夏の暑さにうってつけの避暑地らしい。夏の間はノアの兄夫婦やセオドアも利用するそうだ。

「荷物が思ったよりも多かったな」

四年生になる学生は寮の自室に置いていた私物をいったん、自宅に持ち帰る決まりになっている。ノアはプラチナルームの個室だっただけあって、スーツケース四つの荷物になった。ふつうなら船に運び込むだけでも手間だが、別れを惜しむノア様親衛隊が全部運んでくれた。彼らはノアと死に別れるくらいの嘆きっぷりだった。

「よかったですね。希望する場所に行けて」

潮風を受けながら、マホロはノアを振り返った。ノアの黒髪が風になびいている。ノアは希望通り魔法団で一年間、実習生として過ごすことになった。しかもクリムゾン島勤務という希望も通ったのだ。

「何で俺がお前の護衛に任命されないんだ？　あいつらよりずっと役に立つぞ」

喜んでいるかと思いきや、ノアは後ろに控えているヨシュアとカークを睨《にら》み、文句を垂れている。ノアはマホロの護衛をしたかったようだが、さすがにそれは団長が許可しなかったらしい。

「ノア先輩は俺を襲うから、護衛は無理では？」

マホロが真顔で言うと、ノアに頬を引っ張られる。

「ほう。お前も言うようになったじゃないか？　つまりお前はあれを愛の営みではなく、無理やりだと？」

ぎゅうぎゅう頬をつねられて、マホロは涙目になって抵抗した。マホロの頭の上に乗っていた白いチワワのアルビオンが、キャルキャルと唸《うな》っている。

「そ、そこまでは言ってないですよ！　ただちょっと俺の意思を無視してヤりすぎでは……」

「お前を気持ちよくさせているだけだろうが。抵抗らしい抵抗もしないくせに」

頬をつねっていたノアの手がマホロの唇を撫でて、口内に入ってくる。船の上で淫らな行為をするノアにびっくりして、マホロは大きく後ろに飛《と》び退《すさ》った。とたんに背中が誰かに当たり、マホロは慌てて背後を見た。

「何をしているんだ。騒がしい」

後ろにいたのはレオンだった。レオンは希望通り近衛騎士の実習生として王宮に配属されるそうだ。しばらくは気軽に会えなくなると思うと感慨深い。レオンの制服の肩には、白い鷹《たか》がいる。鋭い嘴《くちばし》とぎょろりとした目で、マホロの頭の上にいるアルビオンを威嚇《いかく》する。アルビオンは白い鷹に震え上がり、尻尾《しっぽ》が股の間に入っている。

「レオン先輩、しばらく会えませんがお元気で」

マホロは船上でレオンと握手をした。

「そうだな……。だが今後も会う機会はあるだろう。俺はアルフレッド陛下の傍に常にいるつもりだから」

レオンはマホロに優しく微笑む。

アルフレッドに頼まれ、週に一度は水晶宮へ赴いていたマホロだが、子どもたちが定期的に祈りを捧げてくれていると分かったので、今では二週間に一度彼らの顔を見る程度になっている。最初はマホロの護衛につきそっていたレオンも、今は問題ないと判断してつきそわなくなった。

「ノア……今後もお前を注視しているぞ。陛下の期待を裏切るな」

レオンは甲板のへりに寄りかかっているノアに、厳しい声音で告げる。それに対するノアの返答は肩をすくめるだけだった。

水晶宮を思い出し、マホロは海へ視線を向けた。

水晶宮に何度も足を運ぶようになって、マホロは光の民と交流を重ねた。彼らと一緒にいるのは心地よく、同じ血族であるという説明しがたい安心感を得た。以前、ノアが血族の異なる相手とは結局分かり合えないと言った時はショックだったが、今では少しその感覚が理解できてしまった。

同じ血族同士が感じる言葉では言い表せない共感覚——光の民といると、それが強く感じられた。言葉を紡《つむ》がなくても分かってもらえるし、相手の意図もすぐに呑み込める。血というのは本当に不思議だ。

船は順調に航行し、昼過ぎには本土の港に着いた。

「ではまた」

レオンはマホロに軽く手を振って、迎えに来ていたエインズワース家の馬車に乗り込み、去っていった。マホロたちはセント・ジョーンズ家の馬車に乗り込んだ。ヨシュアとカーク、テオも一緒だ。相変わらず狭い場所に男三人が押し込められて、不平をこぼしている。

「そういえば、テオさんも魔法団なのですか?」

ふと気になって、マホロはテオに尋ねた。ノアの従者であるテオは常にノアと共にいる。

「いいえ。残念ながら俺は、陸軍の実習生になります」

申し訳なさそうにテオがノアを見やる。

「俺の心配なら必要ない。実習先では上手くやるさ」

ノアは面倒そうに手を振った。

「何かあったら、今後は俺たちがノアを叱ってやるぞ」

カークは名実ともにノアの先輩になるとあって、嬉しそうに歯を見せる。

「魔法団は実力主義なんだろ? せいぜい俺に追い抜かれないようにな。マホロに何かあったら、すぐ交代してもらうぞ」

ノアは臆《おく》した様子もなく、平然と言い返す。カークのこめかみが引《ひ》き攣《つ》り、ヨシュアがやれやれと額を押さえる。

「ノア先輩とレオン先輩のプラチナルームには誰が入るんでしょうか……」

マホロは気になっていた質問をした。校長からマホロはそのままプラチナルームと言われている。空いた二部屋にはおそらく新三年生の優秀な学生が入るのだろう。

「多分、ラザフォード家のジェミニとジャーマン・リード家のフィッツだろうな。あのふたりは抜きん出ているから」

ノアは同じ魔法クラブに所属するふたりの名前を挙げている。遠目にしか見たことはないが、ノアが認めるくらいなら相当優秀なのだろう。魔法クラブといえば、マホロはザックに何度も「入ろう」と誘われていた。自分の魔法は他人に迷惑をかけるレベルなので断ってきたが……。

「寂しいですね……。もうノア先輩は学校にいないんだなぁ」

しんみりとしてマホロが言うと、ノアが嬉しそうに顔を近づけてきた。気づいた時には唇にキスをされていて、マホロは真っ赤になってノアの顔を押しやった。

「ノ、ノア先輩！　こんな場所で！」

目の前にヨシュアとカークとテオがいるというのに、ノアはまるで見えないかのようにやりたい放題だ。目の前で男同士のキスを見させられたヨシュアとカークは居心地悪そうに目を逸らしている。テオは無の境地に至ったのか、表情は変わらない。

「あー、俺たちのことは気にせず……」

カークは作り笑いをして、そっぽを向いている。

「気にしないでいいなら……」

ノアの手がマホロの顎《あご》に伸びてきて、またキスをされそうになる。さすがにカークも赤くなって「やっぱり気にしてくれ！」と大声を出す。ヨシュアもカークもノアとマホロの関係は知っているようだが、限度というものがある。

言い合いを続ける皆を眺めているうちに、マホロは楽しくなっていつの間にか微笑んでいた。護衛をしてくれているヨシュアとカークがノアと親しくなっているのが嬉しかったのだ。他人を拒絶するノアだが、マホロの傍にいる人には敬意を示してくれる。

ノアの学生最後の夏期休暇を、マホロは楽しく過ごしたかった。

夏期休暇は、穏やかに過ぎた。ノアに連れられて初めて海水浴をしたり、キャンプをしたりと充実した日々を過ごした。

水晶宮へは二度ほど団長と共に赴いたが、立ち入り禁止区も取り立てて変わったことはなかった。とはいえ、オボロは未《いま》だ戻らず、どこにいるのかも定かではない。子どもたちはオボロが生きているのは分かるようで、新しい司祭を決めることには消極的だった。

夏期休暇が終わり、マホロはクリムゾン島へ戻った。ノアは魔法団に配属されたが、やることが山積みでしばらく個人的に会う時間は取れないらしい。クリムゾン島へも別々に戻ることになり、マホロを寂しがらせた。

ヨシュアとカークと共に船でクリムゾン島へ向かう途中、マホロは見慣れない女性を目にした。つばの広い帽子を被った二十代後半のおしゃれな女性だ。黄緑色のワンピースを着ていて、美人と言える顔立ちで、海面をじっと眺めている。ちらりと見えた横顔に、マホロは胸がざわっとした。どこかで見たことがあるような気がしたのだ。どこだろう?

「あの……、すみません。あの女性は?」

マホロは気になって船長である少尉に声をかけた。船はクリムゾン島直行便で、船上にいる客は全員ローエン士官学校の関係者のはずだ。クリムゾン島に常駐する魔法団の者ならば、制服を着ていないとおかしい。

「ああ、彼女は新しい保健医らしいですよ」

少尉は彼女を遠目で見て、快活に答える。カウンセラーのマリーがいなくなって以来、医務室には代わりの教員がいなかった。もともと回復魔法を使える人が多いので、医務室に責任者がいなくても問題なかったのだ。

「そうなんですか……」

マホロは少尉に礼を言った。

「彼女が気になるのですか？」

ヨシュアが船室に移動し、小声で尋ねる。

「うーん……どこかで見たような気がして」

記憶を辿っても誰だか思い出せない。するとヨシュアが「私が声をかけてみましょう」と意気揚々と離れていった。大丈夫かとカークと共に階段の陰から窺《うかが》っていると、ヨシュアは親しげに彼女に話しかけ、楽しそうにおしゃべりをしている。

「エリーゼというそうです。笑顔が素敵な人でした。平民で魔法は使えないとのことです」

戻ってきたヨシュアはすっかり彼女に夢中で、得た情報を語ってくれる。魔法を使えないと聞き、どこかホッとした。女性で平民なら、少なくとも脅威ではない。

気になったものの、その理由は分からないまま、マホロは島に上陸した。スーツケースを自分の部屋に下ろすと、マホロはヨシュアとカークと共に教員宿舎へ向かった。

「お帰り。何事もなくてよかった」

校長は庭のハーブ畑の世話をしていて、元気な姿で戻ってきたマホロに手を振った。今日の校長は黒髪に作業着姿だ。

「あの、校長。新しい保健医が来るとか……？」

宿舎の中へ招かれ、冷たいハーブティーとアップルパイをご馳走になりながら、マホロは尋ねた。

「エリーゼ・ヘンドリッジだね。町医者として働いていた女性だ。マリーの例もあるので、魔法が使えない女性というのが雇用条件だった。新任保健医なので、当分、監視対象になっている」

校長は船で見かけた女性について滑らかに説明してくれる。

「そういやシリルもすでに島に来ているよ。相変わらず舌のよく回る奴だ。頼むから揉め事を起こさないようにね」

拝むように校長に言われ、マホロは苦笑した。シリル・エインズワースはもうクリムゾン島に上陸したのか。四賢者の一人で、元宮廷魔法士という経歴の持ち主だ。宮廷魔法士の前は魔法団に所属していたらしく、カークとヨシュア曰《いわ》く、意地悪で嫌な男らしい。

「ノア先輩はいませんし、大丈夫では……？」

希望的観測でマホロが言うと、校長が眉を下げる。

「それを期待したいものだ。他にも新しい講師と事務員が三人来ている。現状で新人がやってくるのは好ましくないが、異動があってね。彼らの情報を渡しておこう」

校長は新任の講師や事務員の情報をマホロたちに開示した。事務員は年配の女性だったが、講師はふたりとも若い男性だ。事前の身辺調査では問題なかったが、ジークフリートの息がかかっていないか、念には念を入れて半年は監視対象とするらしい。

「アルビオン、しっかりマホロを守るんだよ?」

校長はマホロの膝で寛《くつろ》いでいるアルビオンに優しく声をかける。アルビオンは意気込んでワンと鳴き、ぴんと耳を立てる。守るのは無理だろうが、何かあったら連絡係として役立つだろう。

「校長のアップルパイは美味しいですね」

ヨシュアは三人分のアップルパイを食べ、悦に入《い》っている。和やかなムードでマホロは寮へ戻った。これから二年生としての学校生活が始まると思うと、身が引き締まる。

(今年は去年よりいい成績を収めたいなぁ)

口には出さなかったが、ひそかな野望を抱き、マホロは誓いを立てた。


ローエン士官学校に新一年生が揃い、講堂で入学式が行われることになった。黒地に装飾の入った制服は、いかにも軍服といった装いだ。金ボタンをしっかりと嵌《は》め、まだ暑さはあったが、黒いコートを羽織った。編み上げブーツの紐《ひも》をしっかり結べば、正装になる。

「マホロー。とうとう二年生だねっ」

講堂に行く途中でザックが後ろから抱きついてきて、はしゃいだ声を上げた。マホロもどこかウキウキしてザックと一緒に回廊を進んだ。講堂が近くなると多くの新入生が見えて、微笑ましい気分になる。去年は自分もこんなふうに初々しかったのだろう。

「ほら、あれ……」

「あの白い髪の子が……」

どこからかざわめきが聞こえて、マホロは振り返った。とたんに新入生の間から、わっという声が上がり、マホロを物珍しげに眺める。

「うわー、マホロってば有名人。その髪、目立つもんね」

ザックが同情するようにマホロの肩を抱く。ノアが嫌がるので最近は髪を染めていない。髪や肌の色が白いマホロは目立っているようだ。囁《ささや》き声《ごえ》の中に「光魔法の……」という言葉が聞こえた。マホロの存在はある程度周知されているらしい。

自分が目を引くのは不思議な気がすると思いつつ、マホロは講堂の二階に着席した。講堂は舞台に向かって半円形の造りになっていて、一階席には新入生が、二階には二年生と三年生が座っている。去年と違うのは、講堂の四隅に魔法士が立っていることだ。万が一にも入学式を妨害されないために、魔法団の魔法士が警護している。

「はぁ……我々は生きる指針を見失った……」

近くの席からため息と嘆きが聞こえて、マホロはザックと同時に振り返った。そこにはノア様親衛隊が固まって座っていて、お通夜みたいにうなだれている。

「うう……。もう学校にノア様がいらっしゃらないなんて……」

ノアの信者たちは涙ぐんで互いを慰め合っている。冗談かと思ったが、本気で泣いているので怖くなった。ノアもカルト教団を作れるのではないだろうか。

「あれ……あそこ！」

ふいにノア様親衛隊の一人が声を上げて、一階席の壁際を指さした。つられてマホロとザックがそちらを向くと、そこにはなんと、ノアが立っていた！　しかも白地に金のラインが入った魔法団の制服を着ている。

「うおおお、ノア様ぁ！」

「ノア様、麗《うるわ》しすぎます！　ああ、このまま死んでもいい！」

「ノア様は永遠なりぃ！」

ノア様親衛隊は俄然《がぜん》息を吹き返し、涙を流してノアに向かって拝んでいる。

「うっわぁー、ノア先輩かっこいいね！　黒のイメージだったけど、白もいい！」

ザックも狂喜乱舞して、マホロの背中を激しく叩く。マホロもそのかっこよさに見蕩れて、身を乗り出した。すると、ふっとノアがこちらを向き、マホロを見つけて手を振ってきた。

「ぎゃああ、ノア様ぁ!!」

「神はいた！」

「私たち、これからもノア様をお慕い申し上げますっ！」

自分たちに手を振ったと勘違いしたノア様親衛隊のいる一帯は、興奮のるつぼと化している。

定刻になると、入学式が粛々と始まった。今年の在校生代表挨拶は、三年生のジェミニ・ラザフォードだった。丸眼鏡の、髪が爆発したみたいに広がっている風変わりな外見の先輩だ。情報通のザックによると、プラチナルームにはジェミニとフィッツ・ジャーマン・リードが入ったそうだ。ノアの予想通りだった。一年生代表の挨拶は、ボールドウィン家のひょろりとした青年だ。

校長の華麗な魔法でクライマックスを迎え、入学式は順調に終わった。マホロは一階席に下りて、ノアを探した。ノアは学生に囲まれて褒《ほ》め称《たた》えられていた。本人は面倒そうな態度を隠さず、マホロを見つけるなりころりと態度を変えた。

「ノア先輩、魔法団の制服もかっこいいです」

ノアに腕を引かれ、人のいない場所に連れていかれると、マホロは嬉々《きき》として言った。ノアはいつもしているチョーカーを嵌めていなかった。どうやらチョーカーは父親と話し合って、もう必要ないと判断したらしい。

「最初にお前に見せたかったが、時間が合わなくてな。進級おめでとう」

ノアはうっとりするような笑みを浮かべて、マホロの頰を撫でる。茂みの辺りからノア様親衛隊が覗いているのが見えて、長話は無理だなと苦笑した。

「島にはいるから、何かあったら必ず連絡しろ」

ノアはそう言って杖を取り出す。何かと思いきや、ノアは使い魔を呼び出した。ノアの使い魔であるピットブルのブルが現れる。黒い艶《つや》のある毛並みに、凶暴な顔つきの犬だ。アルビオンはブルが苦手なので、飛び上がってマホロの背中によじ登ってきた。

「え、これをどうしろと？」

マホロが困惑して聞くと、ノアは満足そうにブルを撫でる。

「こいつを連れていけ。何かあったらブルに言ってくれ、そうすれば、俺にも伝わるから」

凶暴な犬を押しつけられ、マホロは断り切れなくて困った。ブルは主人の命令に忠実で、マホロの後をついてくる。魔法団の仕事があるノアとは講堂で別れることになったが、マホロの後ろにぴったり寄り添うブルは、他の学生たちに注目を集めている。しかもブルは手を出そうとする輩《やから》には容赦なく牙を剝くマッド犬だ。マホロの頭の上のアルビオンは可哀想なほど震えている。

「うわー。ノア先輩の犬、強烈ぅ」

ザックもブルの威嚇《いかく》にたじろいでいる。今度会ったら、別の使い魔にしてもらえるよう頼もうと決意し、マホロは教室へ移動した。


二年生になり、授業科目も様変わりした。一年次との大きな違いは錬金術と薬草学の授業が増えたことだ。錬金術の授業はカミラという白髪《しらが》の老婦人が講師として指導する。カミラは厳しいが錬金術自体はマホロに向いていた。魔力で物質を他の物質に変換する作業なので、魔力量の多いマホロには比較的簡単なものだった。他の学生が一時間かけて魔力を練り上げるところを、マホロはほんの一分で完成できる。

「俺、初めて授業が楽しい」

これまで落ちこぼれだったマホロは自信に漲《みなぎ》り、錬金術の授業が待ち遠しいほどだった。

「かーっ、こっちは汗だくでやってるっつうのに……」

同じDクラスのジャックが釜《かま》をかき混ぜながら文句を言う。教室には大きな釜がいくつか並んでいて、魔力量によって組む相手を決める。一人で十分な魔力を持つマホロは単独でやっているが、隣の釜ではジャックとビリーのコンビが必死に釜に魔力を注いでいた。

「マホロ、ちょっと俺たちの釜に魔力注いでくれねーか?」

ビリーが講師のカミラの目を盗んで、肘を突く。

「聞こえていますよ。別の班員の魔力が混ざっていたら、居残り授業ですからね」

カミラにじろりと咎《とが》められ、ビリーが首をすくめる。ジャックもビリーも鍛えられた身体を持つ体育会系の学生なので、こういう授業は好まないようだ。

「よーしっ、できてきたぁ」

後ろの釜ではザックとトムが懸命に釜に魔力を注ぎ込んでいる。二年生になりクラス替えが行われたが、マホロはまたDクラスになった。総合成績でクラス分けをされるので、体術系の科目が苦手なマホロは落ちこぼれクラスだ。CクラスとDクラスの面子《メンツ》は昨年とほとんど変わらず、AクラスやBクラスで多少変動があった程度らしい。三年生になると選択授業が多くなるので、クラスメイトが大きく変わると聞いている。

錬金術の授業では自信を得たマホロだが、その次の薬草学ではなるべく目立たないように大人しくしている。

「はぁ。こんなこともできないとは、君たちは愚鈍な亀か？　その無駄な脳みそを取り出して、犬にでも食わせてやれ」

教壇に立ったシリル・エインズワースが学生を見回し、呆れたとばかりに言う。

九月から新しい薬草学の講師として赴任したシリルは、ノアに負けないくらいの毒舌家だった。ノアと違うのは、本当に陰湿な点だ。見た目は小柄な少年なのに、本当の年齢は六十歳前後で、四賢者の一人で強力な魔法士だ。

薬草学の授業では、多様な効能のある植物でいろんな薬を作ることを学んだ。もともと校長の提案でハーブ畑を育てていたマホロは植物に馴染《なじ》みがあるので、薬草学は思ったよりも理解しやすい科目だった。けれどマホロ以外は全員、植物の区別が苦手らしく、薬草学の授業は毎回シリルの嫌みから始まる。

「また間違えているな、ザック・コーガン。君のように頭の悪い学生は、人生をやり直したまえ」

机の間を移動していたシリルが、蔑んだ眼差しで座っているザックを見下ろし、ねちねちといたぶる。大きなテーブルには数十種類の植物が並んでいて、中には似ていて見分けのつきにくいものも多い。選んだ植物が間違っていたのだろう。シリルはザックの前に置かれた長く細い葉の植物を手に取り、ザックの頭に突き刺した。

「これは同じショウブ科だが、違うものだ。君は目が悪いのか？　見えていないのか？　私は馬鹿で無能で目が見えませんと謝罪したまえ。大きな声で」

シリルは少年の顔に邪悪な笑みを浮かべ、ザックに顎をしゃくる。シリルは学生に大声で謝罪させるのが大好きで、間違えた学生によく復唱させる。

「うう……、私は馬鹿で……無能……」

薬草学が苦手なザックは目に涙を溜めて復唱している。

「あいつ、マジで性格悪いな」

隣にいたジャックが潜めた声で言う。マホロが「しっ」と口に指を立てると、それまでザックをいたぶっていたシリルがにやにやしながらジャックに近づいてくる。

「何か言ったか？　ジャック・ハート。おしゃべりができる余裕があるなら、抜き打ちテストにも対応できるんだろうな？　ではこれらの薬草を使って、薬を作りたまえ。疲れがとれる薬ができるはずだ」

シリルはテーブルに置かれていた植物を三種類とって、ジャックの前に置く。ムッとしたジャックがそれぞれの植物を細かくちぎってすりこぎに入れた。薬草学において重要なのは、植物のどの部分をどれだけ入れるかだ。ジャックが植物を全部使ったので、マホロは嫌な予感がした。

「こんなもんか……？」

ジャックは三種類の植物を棒で粉砕し、水と魔力を注ぎ込んだ。緑色の青臭い匂いのする液体ができて、マホロは思わず鼻を覆った。

「では飲みたまえ」

嬉々としてシリルが促す。飲めと言われると思っていなかったジャックは、わずかに怯《ひる》んですり鉢を見つめた。他の学生も固唾《かたず》を呑んで見守る。

「クソッ」

ジャックは勢いをつけてすり鉢の液体を口にした。半分ほど飲んだ時点で、「げぇっ」と激しく床に吐瀉《としゃ》する。

「うっ、ううっ、いってぇーっ‼」

ジャックは腹を押さえてもんどり打って倒れる。顔色が真っ青で冷や汗がどっと吹き出している。その異常な様子に、マホロはびっくりして駆け寄った。

「大丈夫⁉」

ジャックは腹を押さえて、ひーひー苦しんでいる。それをシリルは笑いながら見下ろす。

「大馬鹿者め。この植物で使えるのは実の部分だけだ。葉っぱを口にしたら下痢《げり》を起こすんだ」

シリルの指摘に、ジャックは顔を歪めて教室を飛び出していった。おそらく突発的な下痢に襲われたのだろう。

「これだから習いたてのガキはからかい甲斐《がい》がある。さぁ、ザック。復唱がまだ終わってないぞ。邪魔が入ったからな、十回繰り返せ。お前のせいで授業が遅れるんだ、さっさとしろ」

おかしそうに笑いながら、シリルはザックのところに戻ってくる。他の学生は皆、身を縮めて、シリルの目につかないよう息を潜めている。

（こんなんで授業になるのかな？）

薬草学の授業は毎回、誰かしらが痛い目に遭っている。Dクラスだけかと思ったが、どうやら他のクラスも漏れなく犠牲者が出ていて、あの優秀なキースでさえ悪の餌食《えじき》になったそうだ。校長の元にはシリルの被害に遭った学生からの直訴が後を絶たないという。まだ赴任して一ヶ月も経っていないのに、どうなってしまうのだろう。

「ほうどれどれ、さすが光魔法の子だ。君は優秀なんだなぁ」

マホロの煎《せん》じた薬草を確認し、シリルが猫撫で声を出す。

他の学生への手痛い仕打ちも困るが、マホロが一番頭を抱えているのはシリルの自分に対する過剰な褒め言葉だった。マホロに対してだけ、シリルは嫌がらせを行わない。もちろん間違えていないというのもあるが、それにしても気味悪いくらいマホロを称賛するのだ。

「皆も彼を見習うように。なんと素晴らしく得がたい人材か」

嘘くさい笑顔でシリルが他の学生へ言い聞かせる。マホロは真っ赤になってうつむき、早くシリルが目の前からいなくなるようにと願った。他の学生からのどこか冷ややかな視線も痛いし、こんなことが続くと自分は孤立してしまう。シリルはマホロだけを可愛がることで、学生間の不満を焚《た》きつけている。

薬草学の授業が終わると、マホロは教科書を抱えてザックと素早く教室を出た。幸い、ザックにはマホロを避けるそぶりはない。中にはマホロに「気に入られていいね」と嫌みを言ってくる学生もいるが、ザックはむしろマホロに同情気味だ。

「ジャック、大丈夫かなぁ」

　ザックは教室を飛び出したまま帰ってこなかったジャックを心配している。哀れなジャックを慰めるため、マホロたちはジャックの教科書を持ってトイレに向かった。


　ノアはクリムゾン島で実習生として働いている。島中を歩き回り、異変が起きていないか異常がないか確認するのが主な仕事らしい。魔法団の魔法士と何か問題を起こすのではないかとマホロは心配していたが、意外と順応しているようで、まだクビになっていない。週に一度は休日があるので、日曜日と重なった時は、同じ時間を共有している。

「……というわけでシリル先生はとても恐ろしいです。ノア先輩がいなくて本当によかったです。絶対に一悶着《ひともんちゃく》起こしていたと思いますから」

　船に乗るため港に向かって歩きながら、マホロはノアにあれこれと話した。明日は建国祭で、マホロは招待状をもらっている。一泊のつもりなので小さな旅行鞄《りょこうかばん》で荷物は事足りた。少し離れた場所に護衛のヨシュアとカークもいて、ノアに別れを告げるマホロを待っている。

「ノア先輩は、魔法士の先輩に不遜な物言いをしていませんか？　先輩は敬うべきですよ？　王様みたいに、あれしろこれしろとか言ってませんか？」

　魔法士の制服を着ているノアを、マホロは上目遣いで見た。

「俺は上手くやっている。今のところ問題はない。ちょっとイラッとする発言をした奴は、こうやってじっと見つめてやるんだ」

栈橋で足を止めたノアは、マホロを熱っぽい目で覗き込む。綺麗な顔のノアに近くから見つめられ、マホロはぽっと頬を赤らめた。ノアの眼差しに胸がときめく。

「王族が少ないせいか？　俺に見つめられると、大抵の奴は黙り込んでそそくさと立ち去るぞ」

マホロの頬を撫でて、ノアがうっとりする華やかな笑みを浮かべる。王家には魅了の力があって、見つめるだけで相手を虜《とりこ》にしてしまう。王族の母親の血を引くノアにも、魅了の力があるのだろう。現に慣れているはずのマホロでさえドキドキしている。

「……ノア先輩、本当に会わなくていいんですか？」

つい気になってマホロはそっとノアを窺った。建国祭にはノアの実の母親が来ているのだ。

「まだその気になれない。お前のことは心配だが……、許可も下りなかったしな。代わりに兄に頼んでおいた」

マホロを守るため、ノアは建国祭に同行することを団長に申請してみたが、却下された。いつもなら無理にでもついてくるところだが、実習生の身ではさすがに無理だったのだろう。

「しっかりブルを連れておけよ？」

ノアは足下にいるブルを目で示す。

「はぁ……。あのう、ノア先輩。使い魔以外で何か伝達系の魔法具はないんでしょうか？　アルビオンのストレスがひどくて」

マホロは腕に抱えたアルビオンを撫でながら聞いた。アルビオンは連日ブルに追い回され、頭に禿ができてしまった。ちょっとした物音でびくっとするし、すっかりノイローゼになってしまったのだ。

「使い魔がストレスって」

ノアは冗談だと思って笑っている。マホロもアルビオンの繊細ぶりに驚いている。

「ひとりで行かせるのは心配だな」

ノアはマホロを抱き寄せ、頬や額にキスをして呟く。着岸している船をノアの肩越しに見やりつつ、マホロはノアの胸に顔を埋《うず》めた。

「ぜんぜんひとりじゃありませんけど……。王都でお土産買ってきますね」

ノアとついばむようなキスをして、マホロは耳打ちする。ふっとノアが笑い、マホロの髪を弄《まさぐ》る。その手が急に強張り、ノアがマホロを脇に除《よ》けた。

「ノア先輩？」

マホロがおたおたしてよろめくと、ノアは足下を凝視している。足下に蛙がいた。手のひらサイズの紫色の醜悪な蛙だ。

「蛙、嫌いなんですか？」

急に身体が硬くなったので、てっきりノアは蛙が嫌いなのだと思い、マホロは笑って尋ねた。

ノアは蛙から目を離さずに、やおらブーツで蛙を踏み潰した。

「ピギイイ！」

蛙は断末魔の悲鳴を上げる。内臓が飛《と》び散《ち》り、マホロは慌てて飛《と》び退《の》いた。まさか殺すとは思っていなかったので、ノアの行為に言葉を失った。

「……マホロ。この蛙をまた見かけたら、用心しろよ」

ノアはマホロに向き直り、低い声音で言う。

「え……？　は、はい。何か問題が？」

「魔力を感じた。ただの蛙じゃない」

ノアは死んだ蛙を靴先で示し、物騒な気配を漂わせる。魔力と聞き、マホロも背筋を伸ばした。

「そろそろ出港の時間だな。気をつけて行けよ？」

困惑しているとカークとヨシュアが近づいてきた。マホロは護衛と共に船に乗り込み、ノアに手を振った。一体あの蛙は何だったのだろう？　不安を覚えて、マホロは落ち着かなかった。


本土に着くと馬車を使い、マホロたちは王都に入った。王都では建国を祝して、華やかなムードだった。ノアは王都のセオドアの屋敷に寝泊まりしろと言っていたが、ノアがいないのにお世話になるのは心苦しくて、今回は王宮にある宿泊所に申し込んでいた。爵位授与者は、王宮の宿泊所を利用できると聞いたからだ。

宿泊所は王宮の堀の外にある翡翠《ひすい》の宮《みや》と呼ばれる屋敷で、先々代の闇魔法の血族の襲撃で亡くなった傍系の王族が使っていたものらしい。カークとヨシュアと共に訪れると綺麗に掃除されていて、メイドや使用人が常駐しているという。

「街に出てもいいですか？」

すでに日は暮れかかっているが、お祭りを見たくてマホロが聞くと、カークとヨシュアも頷いてくれた。学生服と魔法団の制服では目立つので、着替えて街に繰り出した。広場では大道芸やダンスを見ることができ、屋台や市場も大賑《おおにぎ》わいだ。マホロはノアにお土産を買いたかったが、何でも持っている大貴族の御曹司のノアにふさわしいものは見つからなかった。

（ノア先輩がいないと物足りないなぁ）

カークとヨシュアは親しくしてくれるが、ノアがいないと寂しいし、安心感が違う。人混みの中をついてくるブルを撫でながら、ノアに会いたいと思った。

お祭りを愉《たの》しんで翡翠の宮に戻ると、なにやら慌ただしい。

「ああ、戻ったか」

玄関ホールで靴の汚れを拭《ふ》いていると、魔法士の制服を着たニコルが駆け寄ってきた。何か起きたのかとカークとヨシュアが血相を変える。

「実はデヴォンにある鉱山が襲撃された」

周囲に人がいないのを確認して、ニコルが小声で伝えてくる。マホロはぎくりとして、立ちすくんだ。

「鉱山で働く者、すべてが睡眠魔法で眠らされていた。死者はいないが、発掘した魔法石を根こそぎ奪われたそうだ。おそらくラザフォードの息子の仕業だろう」

嫌な報告だった。ラザフォードの息子とは、オスカーのことに違いない。以前は仲間だったはずの先輩だが、今ではジークフリートの仲間になっている。ギフトで得た異能力《誘惑の眠り》は周囲にいる人々を深い眠りに陥れる。

「建国祭は引き続き行われるのですか？」

ヨシュアは不安そうだ。

「中止の連絡はない。くれぐれも警戒してくれ。あ、マホロ。式典用の服を部屋に運んでおいた。ノアからのプレゼントだ」

ニコルはマホロを安心させるように微笑み、去っていった。式典には制服で参加するつもりだったが、いつの間にかノアが用意してくれていたのだ。

翡翠の宮には警備の兵士が増員され、魔法団の魔法士も周囲を警戒している。そわそわと不安になったが、気を強く持たなくてはと深呼吸した。

「また魔法石を奪われたのか。こりゃあ、次の支給はやばいかもな」

カークはうんざりしたように、ため息をこぼす。魔法団の魔法士には定期的に魔法石が支給されるのだが、ジークフリートに魔法石を大量に奪われてからというもの、支給頻度が減っているそうだ。

「魔法石を使わない、もともと持っている血筋の魔法が重要になってくるな」

ヨシュアも顎を撫でて、考え込んでいる。軍に魔法石の支給が減るのであれば、ローエン士官学校にはさらに魔法石の支給が減ってもおかしくない。校長の嘆きが聞こえてきそうだ。

「マホロ君、ヨシュア、カーク」

タイミングよく、玄関ホールに校長が入ってきた。校長も建国祭の来賓《らいひん》として参加するのだ。

「鉱山襲撃の件、聞いたかい？」

校長は水色の髪に、身体のラインに沿った黒いボディスーツを着ている。マホロの予想通り魔法石が奪われたと嘆かわしげに頭を抱える。

「しばらく大人しくしていたが……。明日は私もマホロ君の傍についているよ」

校長に肩を抱かれ、マホロはほっとして頷いた。護衛と校長がいてくれるなら大丈夫に違いない。式典が終わったら、すぐに島へ戻ろう。

「私はマホロ君の隣の部屋だ。何かあったら呼んでくれ」

宛《あて》がわれた部屋に行くと、校長が軽く手を振った。ヨシュアとカークは反対側の部屋に泊まる。部屋に入ると、ニコルが言っていた式典用のスーツが置かれていた。いかにもオーダーメイドという質のよさが伝わってくる服で、嬉しい反面恐縮した。試着してみると、身体にぴったりだった。

明日は爵位が授与される。何が起きても冷静に対応できるようにと、マホロは早々にベッドに潜り込んだ。

朝早くにメイドに起こされ、マホロは用意された風呂で身体を綺麗に洗った。メイドはあらかじめ言いつけられているようで、マホロの髪をブラシで梳《す》き、式典用のスーツの着替えまで手伝ってくれた。手際よくタイを締められ、仕上げに香水を噴きかけられる。丁寧に誂《あつら》えられた服を着ると、髪が白いのを除けば、いいとこのお坊ちゃんに見える。

身支度をすませて部屋を出ると、ヨシュアとカークがすでに待機していた。ふたりとも魔法団の制服姿だ。

「おっ、マホロ、緊張してんのか？」

カークは着慣れないスーツにかちこちに緊張しているマホロの背中を、リラックスさせるように摩《さす》る。式典では大勢の貴族が注目する中で授与式が行われる。

「あまり人前に出たことがないので……」

マホロが心細くなって言うと、ちょうど隣の部屋のドアが開き、校長が出てきた。校長は黒髪に身体のラインに沿った白いドレスを着ていて、とても綺麗だった。胸元に淡いピンクのコサージュをつけていて、薔薇《ばら》の髪飾りも華やかだ。

「やぁ、いい感じじゃないか。少し緊張しているのかな。式典には四賢者も列席する。私が見守っているから、安心しなさい」

校長はマホロの肩を強く叩き、励ますように笑う。四賢者が揃うなら、シリルもいるのかと却《かえ》って不安になってきた。

校長と連れ立って翡翠の宮を出て、王宮へ向かった。いつにも増して近衛兵が多く、人の出入りもひっきりなしだ。王宮の狭間窓《はざままど》や張り出した窓からは、不審者がいないか不審な現象が起きていないか、確認している魔法士が数人いた。王宮へ出入りする際の身元確認も厳しく、招待状を忘れた者は貴族でも門前払いを食らっていた。

マホロは校長をエスコートしながら王宮へ入った。エスコート自体が初めてで、校長より背が低いので、不釣り合いで申し訳なくなる。校長はあらゆる場所に顔見知りがいて、数歩歩くたびに声をかけられている。

（わぁ、すごい）

大広間は豪華絢爛《ごうかけんらん》に装飾されていて、中央の奥に国王が座ると思《おぼ》しき見事な椅子がある。他にも椅子が三つあるので、王族は四人来るのだろう。入り口から奥まで、赤い絨毯《じゅうたん》が敷かれている。左右に主立った貴族の席が配置され、王族の座る椅子の手前に四賢者の席がある。授与式に招待された者は入り口から入ってすぐの席だ。マホロを含めて爵位を与えられたり功績を称えられたりする者は七人いて、先代が亡くなり爵位を継ぐ者が十人いると聞いている。爵位継承の儀は年に二度あるそうだ。この国では、貴族の爵位継承は王が認可しなければ、その爵位は認められない。

「こちらへどうぞ」

マホロは案内され、指定された席につく。アルビオンとブルは、カークとヨシュアに預かってもらっている。ふたりはマホロの後方に立って、周囲を警戒中だ。マホロ以外にも護衛されている者がいて、彼らの後ろには護衛騎士や魔法士が控えていた。すでに席は半数以上が埋まって、どの顔を見てもこういう場に慣れているようで、平然としている。マホロは一番若く、ほとんどが中年男性だ。数少ない青年は、父親が急逝して若くして爵位を継ぐことになったそうだ。

（陛下のところまで進んで、書状を受け取って礼をする……。うう、転ばないようにしなきゃ）

式典の開始時刻が近づき、マホロは緊張して深呼吸を繰り返した。

「もしや、あなたは光魔法の血族の方ですか？」

緊張をほぐしそうと深呼吸をしていると、隣の席の中年男性が話しかけてきた。興味津々といった態度を隠しもせず、マホロは「は、はぁ」と口ごもった。

「噂に聞いております。どんな病人、怪我人《けがにん》も治せるとか？　聖人だと評判ですよ。本当に神々しくていらっしゃる」

熱のこもった目で美辞麗句を並べられ、マホロは戸惑う。聖人——とんでもない言われようだ。

「ぜひあなた様にお助けいただきたい病気の方がいるのです。私はこういう者です。どうか話を聞いていただきたく……」

中年男性が身を乗り出して話しかけてくると、背後から咳払いが聞こえる。

「ブラウン卿、個人的な話はお控え下さい。マホロ様との接触は陛下の許可が必要です」

聞いたことのない冷たい声でヨシュアがあしらう。とたんに中年男性は気まずそうに愛想笑いを浮かべてから前を向いた。

（えっ、俺との接触って陛下の許可が必要なの？）

中年男性を追い払ってくれたのは助かるが、聞き捨てならない発言だった。そういえば光魔法に関しては無闇やたらに使うなと陛下から釘を刺されていた。今みたいにすり寄ってくる輩《やから》が本当にいるのだと実感した。

(聖人なんて……ぜんぜん違うのに)

マホロはもやもやして、気分が沈んだ。世間では本当にそんな噂が広まっているのだろうか？

(あ、校長)

前方を見ていると、四賢者が出揃い、王族の席の両脇に並んだ。校長と団長が右手に立ち、左手にシリルと見知らぬ男性がいる。シリルの隣にいるのが四賢者の一人、オーウェン・セント・ジョーンズなのだろう。がっしりした身体つきの、白髪の男だ。軍服をまとっているので、賢者というより武人に見えた。

観察している間に席がほぼ埋まり、高らかにラッパの音が鳴り響いた。式典が始まる合図だ。王族の入場を知らせる声が響き、席に座っていた人々がいっせいに立ち上がった。皆、胸に手を当て、王族が玉座に座るのを待つ。マホロもそれに倣《なら》った。

「ルドワナ共和国公爵夫人、アリシア様のご入場です」

拡張器を使った声に、マホロはハッとした。貴族の間からもざわめきが起こる。マホロは王族の席に足を進めてきた女性を凝視した。

(こ、これは……)

マホロは息を呑んだ。アリシアはひと目で分かるくらい、ノアにそっくりだったのだ。切れ長の瞳に通った鼻筋、ため息の漏れるような美女だった。胸元には大きな宝石が輝き、鳥の羽根の髪飾りをつけた美しく艶やかな黒髪を垂らし、黒いレースをふんだんに使ったドレスをまとっている。年齢は三十代後半くらいだろうが、美貌と超然とした態度が周囲を圧倒している。妖艶《ようえん》な魅力の持ち主だ。

アリシアは三つの席のうち、一番端の席の前に立つ。アリシアの存在は貴族の間でもあまり知られていないのか、ざわめきはなかなか収まらなかった。

「ナターシャ王女殿下のご入場です」

ざわめきを制すように声が響き、侍女に手を引かれてナターシャが入ってきた。ナターシャは可愛らしいリボンが印象的なドレスを着て、頭にも大きなリボンをつけていた。前回のおてんばぶりが嘘みたいに、アリシアに並んでおしとやかに立つ。

「アルフレッド陛下とご婚約者、ローズマリー様のご入場です」

最後に、アルフレッドにエスコートされてローズマリーが登場した。再来月には王妃になるローズマリーは堂々たる態度でアルフレッドにエスコートされている。ふたりとも絵巻物語の主人公みたいに華麗だった。アルフレッドは頭上に王冠を戴《いただ》き、王家の紋章が刺繍《ししゅう》された煌《きら》びやかなマントを羽織っている。戴冠式の時のものだ。アルフレッドが腰を下ろすと、ローズマリーやアリシア、ナターシャが腰を下ろす。それを見たアルフレッドが頷くと、マホロたちも腰を下ろした。

（華やかな世界だなぁ。アルフレッド陛下って俺の二つ上なんだよな、あんなに堂々としていて、

とてもそうは思えないけど）

デュランド王国に君臨しているアルフレッドは、大広間にいた人々の視線を一身に集めている。もう何十年も王様をやっているみたいな顔をしているが、まだ数ヶ月前に戴冠式を終えたばかりなのだ。王族も平民も命の価値は同じと考えているマホロでさえ、王家に流れる血の前に知《し》らず識《し》らずのうちに平伏してしまう。

（それにしても……ノア先輩がいなくてよかったかも）

マホロはアリシアに目を向け、胸に重苦しいものが沈んだ。

アルフレッドが言っていた通り、アリシアとノアは似すぎている。ふたりが並べば、絶対に親子にしか見えない。何故、彼女は戻ってきたのだろう。アルフレッドから戻るよう言われたとしても、ルドワナ共和国での暮らしに満足していたなら戻らなかったはずだ。血を分けた息子に会いたかったのだろうか？　アリシアは息子をどう思っているのだろう？　闇魔法の血族は一子相伝だ。生まれた時は黒髪でも、ノアに闇魔法の血が受け継がれたのは分かっていたはずだ。母として息子に生きづらい宿命を背負わせたことを、悔やんでいるのだろうか？

マホロはノアに会いたくなった。ノアが苦しむ姿は見たくない。ふたりが仲のいい親子になってくれたらマホロも嬉しいが、アリシアの氷のように冷たい眼差しを見ると、楽観できなかった。

気分が晴れないまま式典は進み、授与式が始まった。数人呼ばれた後に、マホロの名前が告げられ、「はい」と急いで立ち上がる。

マホロの功績を称える説明が行われる中、マホロは慎重に玉座に向かって進んだ。ちょうど説明が終わったところでアルフレッドの前に跪《ひざまず》く。

「これからもデュランド王国と王家の発展のために尽力してほしい」

アルフレッドはマホロの前に立ち、書状を手渡す。腰を上げて書状を受け取ると、アルフレッドと目が合って、にこりとされた。アルフレッドはマホロの胸に勲章をつける。大勢の人の前だったが、マホロはポッと頬を赤らめた。アルフレッドの魅了の力は健在だ。

ぎくしゃくした足取りでマホロは席に戻った。

粛々と式典は進み、三時間後にようやく閉会の宣言がされた。王族が退出すると、マホロたちも案内人に連れられて別の場所へ移動する。

大広間を出ると、やっと緊張から解放されて、マホロは大きく息を吐き出した。書状にはマホロが男爵の地位を得たという内容が記されている。式典が終わったので、あとは晩餐会《ばんさんかい》に出席すればマホロのすべきことは終わる。とりあえず翡翠の宮に帰ろうと思ったが、案内人が近づいてきて、「こちらへどうぞ」と誘導される。いつの間にかヨシュアとカークが後ろにいる。案内人はマホロを客間へ通して「少々お待ち下さい」と部屋を出ていった。

「なぁ、アリシア様ってあんなに綺麗な人だったのか？」

三人だけになると、興奮した様子のカークがヨシュアの肩を揺さぶる。

「あまり表舞台に顔を出していらっしゃらない方でしたから……。ぞくっとするくらい美しい人でしたね。これは今後の社交界の勢力図が変わるかもしれません。アルバート王の弟君の子どもだったはずですが……」

ヨシュアもアリシアの美しさに戸惑っている。幸いにもふたりの口からノアに似ているという意見は出なかった。

「失礼します」

三人で話していると、先ほどの案内人が現れ、マホロに大きな袋を差し出した。

「褒賞の金子《きんす》でございます。お確かめ下さい」

慎重に渡され、マホロは中を確認する。見たことのない大金が詰まっていて、驚きのあまり床にゴトンと落とした。

「え、え、こ、これは……？」

マホロは落とした袋を慌てて拾い、ぶるぶる震える。

「マホロ様の功績に対する褒賞です。こちらにサインを」

案内人に微笑まれ、マホロは目玉が飛び出そうになった。爵位を授与されただけでなく、大金までもらえるのか。いくらあるのか正確には分からないが、これだけあればこの先十年は豪勢に暮らしていけるだろう。

「では、確かにお渡しいたしました」

サインした書類を受け取ると、案内人はお辞儀をして去っていく。マホロは大金を抱えたまま、右往左往した。こんな大金、どうしたらいいのか分からない。

「どうすれば？」

マホロが初めて持つ自分のお金に困っていると、ヨシュアに笑われた。

「まぁ、少しだけ残して、残りは銀行に預けたらいいんじゃないですか？　晩餐会まで時間がありますし、銀行へ行きます？　お供しますよ」

ヨシュアにアドバイスされて、マホロは一も二もなく頷いた。これまでほとんど自分のお金を持ったことがなかったので、なんだか恐ろしかった。

「これで、ノア先輩に見合うお土産が買えるなぁ」

それに気づくとマホロは嬉しくなってきた。帰る前に宝石店に行って、ノアへのお土産を探そう。そう心に決め、マホロはヨシュアとカークと銀行へ向かった。


銀行にお金を預けると、マホロは別にしておいたお金で宝石店へ行った。王都でも指折りの名店だとヨシュアが言うので、そこでノアに似合いそうな赤いカフスボタンを買った。ルビーで作られたカフスボタンは光り輝いている。

ザックや友人へのお土産も購入して、翡翠の宮へ戻った。購入した荷物を置いて、晩餐会へ臨《のぞ》む。

晩餐会は王宮の百合の間で開かれた。護衛の騎士は入室を許されなかったので、廊下で待機になった。百合の間は百合の花をあしらった壁紙や白を基調とした調度品で部屋を調えている。長テーブルには純白のクロスが敷かれ、洗練された食器が並んでいる。

晩餐会へ出席したのは、アルフレッド王と王族のアリシア、ナターシャ、婚約者のローズマリー、それに団長を除く四賢者、式典で功績を称えられた男女七名だった。団長は鉱山襲撃事件もあって、多忙らしい。

長テーブルは優美に飾られ凝《こ》った料理が並び、銀杯には稀少なワインが振る舞われた。マホロは校長の隣に座らせてもらえたので、あまり緊張しなくてすんだ。ボールドウィン家にいた頃マナーを習ったが、少し前まで使用人の立場だった自分が、こうして国王陛下の開く晩餐会に招かれているのだから、人生は何が起こるか分からない。

「久方ぶりにアリシア様にお目にかかりましたが、ルドワナ共和国はいかがでしたかな」

四賢者のオーウェンがワインを嗜《たしな》みながら、アリシアに声をかける。出席した者のほとんどは、戻ってきたアリシアに興味津々だったので、オーウェンの声で自然とアリシアに注目する。

「デュランド王国より識字率は低いですが、国民性は明るく、肌の色も多様性があるので多くの刺激を受けました。王政ではありませんので、貴族は名誉職といったところでしょうか」

アリシアはにこりともせず述べる。他国についてはよく知らないが、アリシアの話を聞くと、興味をそそられた。

「ほう」

オーウェンは眉を上げ、何か言いたげに唇を歪めた。

「私もまさか、再びこの国へ舞い戻ろうとは夢にも思いませんでしたわ」

アリシアは挑むようにオーウェンに微笑みかけた。その笑みはまさに絶世の美女で、近くにいた男性は皆アリシアに見蕩れていた。食事する姿も優雅だし、アリシアはそこにいるだけで場の空気を変える力を持っている。

「ぶしつけなお願いですが、ぜひお聞かせ下さい」

文化の発展に尽くしたことで功績を認められたマック伯爵が、興奮した様子で言う。マック伯爵は三十代半ばの壮健な男性だ。

「アリシア様は再婚されるお気持ちはおありでしょうか？　式典に出席した独り者は、皆それを知りたがっております」

マック伯爵が紅潮した頬で大胆な発言をする。アルフレッドに窘《たしな》められるのではないかと気になったが、アルフレッドは穏やかに話を聞いている。

「私は王家の為に戻って参りました。王家のためになる婚姻ならば、喜んでお受けしましょう」

艶然と微笑んでアリシアが言うと、マック伯爵をはじめ男性陣が目を輝かせた。

「ふふふ。今日の主役はアリシアのようだな」

アルフレッドが称賛するかのようにグラスを掲げる。

「お戯《たわむ》れを。陛下あっての王国でございます」

アリシアはアルフレッドに如才《じょさい》ない笑みを浮かべて会話する。その隣でナターシャが、苦手なにんじんをそっとローズマリーの皿に移動している。

「そうですよ。ローズマリー嬢が王妃になられる日も迫っております。王国中が喜びで沸く婚姻式となるのでしょうね」

オーウェンが言い、アルフレッドとローズマリーが微笑み合う。

和やかな空気の中、晩餐会は終わった。

マホロは聞いているばかりで、ほとんど会話には加わらなかった。隣の校長と少ししゃべった程度だ。シリルも黙々と食事をしていて、他人に興味はないようだった。

百合の間の扉が開いてやっと解放されると、マホロは早々に廊下へ出た。百合の間ではまだ話し足りない者たちが、サロンへ移動して酒とつまみで談笑している。

「マホロ」

廊下にいた近衛騎士に声をかけられて振り返ると、レオンだった。レオンはもう何年も着ているかのように近衛騎士の制服が馴染んでいる。

「レオン先輩、実習先はどうですか？」

レオンに会えて思わず頰を弛めると、向こうも微笑んでくれる。

「ああ、やりがいのある仕事を任されている。マホロも進級したのだろう？　勉強についていけているか？」

「そ、それはまぁ……相変わらずといいますか……」

辟易《へきえき》しながらレオンと話していると、すーっと背後に影が映った。マホロはぎょっとして振り返った。いつの間にかシリルがいた。

「やぁ、レオン・エインズワース。久しぶりだねぇ」

シリルは虎視《こし》眈々《たんたん》と、レオンを仰ぎ見る。そういえばふたりは同じ血族だ。仲が良いのだろうかと考えた。

「シリル様……お久しぶりです」

シリルに対して声音が硬くなったことで、レオンの気持ちは伝わってきた。人から好かれていないと評判のシリルは同じ血族の間でも疎まれているのだろうか。四賢者という立場にあっても、人となりが重要なのだろう。

「君たちふたりは、立ち入り禁止区へ一緒に行っていたな?」

ねっとりとした言い方でシリルに迫られ、マホロはついレオンの後ろに退《ひ》いてしまった。何を言いだすのかと警戒していると、レオンは涼しい顔で「シリル様」と呟く。

「立ち入り禁止区で起こったことは、国王陛下以外に話してはならない決まりです。ご存じだと思っておりましたが」

レオンは臆した様子もなく、堂々とシリルに答える。シリルが苛立ったようにこめかみを引き攣らせ、マホロをひやっとさせた。シリルは以前もマホロからクリムゾン島での話を聞き出そうとした。あの、女王陛下が亡くなった要因に、シリルは勘づいているのではないだろうか?

「もちろん知っているよ。そこで何が起きたか、宮廷魔法士の任を解かれた私には知る術《すべ》はない……。誰がどんなギフトをもらって、どんな代償を払ったか、とか」

ニヤニヤしてシリルがレオンを見上げる。

「偶然だろうが、あの時、女王陛下が亡くなられたじゃないか。ギフトの代償に大切な人を喪《うしな》うのはよくあることらしい」

潜めた声でシリルが言い、マホロは胸を衝《つ》かれて固まった。やはりシリルは疑惑を抱いている。レオンがギフトを得たと、確信を持っている。マホロはひやひやしたが、レオンは表情ひとつ変えない。

「そうなのですか」

レオンはマホロと違い、微動だにしなかった。平然とシリルを見返し、だから何だと言わんばかりだ。レオンの動揺を期待していたシリルは、口惜しそうに顔を背けた。

「それにしても羨《うらや》ましいね。私はぜひ、もう一度立ち入り禁止区へ行って、司祭に会いたいのだよ。レオン、マホロ。ふたりは陛下に気に入られているだろう？　よかったら口添えをしてくれないか？」

シリルは急に無邪気な様子で、とんでもないことを言う。外見が子どもなので、より一層シリルの気味悪さが際立つ。シリルは司祭に会って、ギフトを得たいのだろうか？　校長も言っていたが、まだギフトへの執着を断てないのか。

「司祭はいませんよ」

シリルに対する憐《あわ》れみを感じたせいか、マホロは気づいたらそう口走っていた。とたんにシリルがわななき、マホロの胸ぐらを摑んでくる。

「司祭がいない⁉　どういう意味だ‼」

突然激高したシリルに、マホロは動転した。すぐに近くで控えていたカークとヨシュアが、シリルを引き剝がす。ふたりに預けていたアルビオンとブルもやってきて、ワンワンとシリルに向かって吼《ほ》え立《た》てた。咆吼《ほうこう》とシリルの大声で、廊下に出ていた校長と百合の間に残っていたアルフレッドが様子を窺いにやってきた。

「何事だ」

アルフレッドがシリルに気づいて、目を眇《すが》める。シリルは舌打ちして、ヨシュアとカークの腕を振り払った。

「何でもありません。――マホロ君、学校に戻ったらくわしい話を聞かせてもらうぞ」

シリルは睨《ね》めつけるような視線でマホロを見ると、アルフレッドに軽く会釈して去っていった。

シリルは司祭が攫《さら》われたことを知らない。今さらだったが、この情報は明かしてはならないものだったのかも。

「陛下、すみません。司祭がいないことをシリル先生に言ってしまいました……」

マホロが青ざめて頭を下げると、アルフレッドがふんと鼻を鳴らす。

「シリルは未《いま》だにギフトに固執しているからね。どうせ、また司祭に会いたいと希望してきたのだろう？　そんなに行きたいなら、次の機会に同行を許可すると言っておいてくれ」

思いがけず、アルフレッドはあっさりとそれを認めた。

「よろしいのですか……？」

レオンも気がかりそうに、眉を寄せている。

「構わない。どうせ……、いや、それもすべて司祭が戻ってからの話になるだろう」

アルフレッドは口元を押さえて、気になる発言を呑み込んだ。学校に戻ったらねちねちと探りを入れられそうだったので、アルフレッドの許可が出て助かった。シリルの陰湿な性格では、レオンの秘密を知ったら何をするか分からない。レオンのギフトに関する話は、誓いの契約を交わしたマホロには何も話せないのだ。

「ああ、そうだ。マホロ、アリシアを紹介しよう」

アリシアが廊下に出てきたのに気づき、アルフレッドがにこやかに腕を引く。会いたくないとも言えず、マホロは緊張してアリシアの前に立った。アリシアと目が合い、汗を掻く。ノアに似た美貌の妖艶な女性に見つめられ、どうすればいいか分からない。

「アリシア、彼はマホロだ」

アルフレッドはマホロの背中に手を当て、紹介する。

「よ、よろしくお願いします」

マホロは深く頭を下げた後、おそるおそるアリシアを見上げた。まさかあなたの息子さんとつきあっていますと言うわけにもいかないし、と困っていると、アルフレッドがアリシアに何事か耳打ちする。とたんにアリシアの目が見開かれた。あからさまにアリシアの顔が歪み、恐ろしい目つきで見据えられた。

「そう……あなたが光魔法の……」

アリシアは低い声で呟き、不快そうに目を伏せた。光魔法の血族と知り、明らかにアリシアの態度が変化した。戸惑うマホロをよそに、アルフレッドはマホロがいかに素晴らしい力を持っているかをアリシアに語っている。マホロの気持ちには気づいてもらえず、こわごわとアリシアを窺った。

「陛下のお気に入りでございますのね。まぁ、羨ましいこと」

アリシアは扇子で口元を覆いながら、目でマホロを威嚇してきた。言葉の端々にマホロに対する悪意を感じ、鼓動が速まった。アリシアは――光魔法の血族が嫌いなのだろうか？

「また会う機会もあるでしょう。その時にでも」

アリシアは口元だけ微笑んで、マホロの前から立ち去った。アリシアは美しく優雅だが、一般的な母親像からはほど遠く、ノアの母親と言われても親近感は湧かなかった。実際にふたりが出会ったらどうなってしまうのだろう。しかも、何もしていないのにマホロは嫌われてしまったようだ。

「アリシア様は印象が変わったな。他国で暮らしたせいか？」

アリシアの背中を見送っていると、校長が憂いを帯びた瞳で呟いた。校長はこの国にいた頃のアリシアと交流があったらしく、遠い目つきをしている。思えば校長はアリシアが闇魔法の血を引いていたのを知っている数少ない人物だ。校長はヴィクトリア女王と仲がよかったので、相談を受けていたのかもしれない。

「まぁ、とりあえず予定はすべてこなした。あとは島に帰るだけだね」

校長に腕を軽く叩かれ、マホロの心は早くもクリムゾン島へ飛んだ。

5 再会

建国祭の翌日、マホロは校長やヨシュア、カークと共にクリムゾン島へ戻った。

島に戻ったマホロは、アリシアの話をしたいと思い、ノアのいる宿舎へ向かった。クリムゾン島に常駐している魔法団の魔法士たちは、湖の手前に立つ宿舎にいる。ジークフリートの襲撃があるまでは海軍兵の宿舎しかなかったので、その後、建てられた簡易施設だ。

マホロを護衛しているヨシュアとカークが、宿舎に残っていた魔法士にノアの所在を聞くと、島にはいないことが判明した。

「ノアは団長が連れていったぞ。鉱山への襲撃があったから、各地の鉱山を視察するって」

若い魔法士に教えられ、マホロは消沈した。ノアに話したいことがたくさんあったのだが、お預けのようだ。

「他の鉱山も危険ですよね……」

寮へ戻る途中、マホロは顔を曇らせた。これまでのことを思えば、ジークフリートたちは魔法石を奪うことを重要視している。魔法石があれば、血筋以外の魔法も使えるからだ。オスカーは、自分の血筋以外が風魔法を使うのを嫌っていたから、鉱山への襲撃は彼が任されたのだろう。

「そうだな。今回、死者は出なかったみたいだけど」

カークも気がかりなようだ。ジークフリートの仲間には人を殺すことに喜びを見出《みいだ》している輩《やから》もいる。そもそも鉱山には警備の兵士がいたのに、オスカーのギフトの力で、呆気なく襲撃された。オスカーの異能力は脅威だった。

マホロは気を取り直して友人にお土産を配りに行った。ザックは建国祭の様子を知りたがり、マホロも聞かれるままにくわしく話した。ザックは聞き上手で、マホロからあらゆる情報を引き出していく。

「うわっ、またいる！」

カフェで冷たい林檎《りんご》ジュースを飲みながら話していると、ザックがパニックになって椅子から足を上げた。マホロの膝に乗っていたアルビオンがザックの声で眠りから引き戻され、何事かときょろきょろする。足元のブルが、何かに向かって吼《ほ》えている。

「あ……」

マホロはザックの指さすものを見て、眉を顰《ひそ》めた。

カフェテーブルの下に、蛙がいたのだ。港にいたのと同じで、紫色の毒々しい蛙だ。

「この蛙、大量発生してるのか、めっちゃ見るんだよね。キモい！」

ザックは蛙が苦手なのか、飲み物の氷を投げて追い払おうとしている。

「ヨシュアさん、カークさん。この蛙……調べられます？」

マホロは隣のテーブルにいるふたりに声をかけた。カークも蛙が苦手らしく、震えて「無理」

と言っている。

「ノア先輩が、魔力を感じるって言っていたんです」

マホロが小声で打ち明けると、ヨシュアの目が光り、杖を取り出して蛙に向ける。風魔法で宙に浮かべて引き寄せようとする。すると、蛙は宙でジタバタと暴れ、いきなり——破裂した。

「ぎゃあああ！」

蛙が爆発して、ザックはカフェ中に響き渡る悲鳴を上げた。マホロもとっさに後ろへ身を引いた。ヨシュアは目をぱちくりとしている。

「え、殺したのか？」

目の前で何が起きたのか分からず、カークがヨシュアの肩を掴む。確かに蛙が破裂した——ように見えたのだが、そこには蛙の死骸《しがい》はない。ザックの悲鳴で周囲の学生がいっせいにこちらを見たが、蛙の死骸も何もなく、すぐに興味を失ったようだった。

「えーっ、何で⁉　絶対内臓が飛び散ったと思って、すごい悲鳴上げちゃった！」

ザックは真っ赤になって、辺りに蛙の死骸がないか確認している。

「私は調べるために魔法で引き寄せようとしただけです。……もしかしたら、さっきの蛙、使い魔かもしれません」

考え込むように顎《あご》を撫で、ヨシュアが言う。使い魔——魔法の能力が上がると、動物以外にもさまざまな生き物を使い魔として呼び出すことができるのだ。

「でも港にいたのは本物の蛙だったと思いますよ。ノア先輩が踏み潰したら、死骸が残ったし」

マホロは港での一部始終を思い返して言った。カークが「ふ、踏み潰し……っ」と泡を食っている。

「ふーむ。学校内で多く見かけると言いますし、使い魔と本物の蛙が混じっているのかもしれません。また見かけたら調べてみましょう」

ヨシュアは杖をしまうと、マホロたちを安心させるように言う。蛙が繁殖する季節ではないはずだが、ひょっとして湖の生態系でも変わったとか？　そんなことがあるだろうか？　胸に引っかかりを残したまま、マホロたちはカフェを後にした。

ノアはしばらく島へ戻ってこなかった。やっと会えたのは十月も半ばに入ってからで、マホロのプラチナルームにやってくると、ぐったりしたようにベッドに横たわった。

「悪い。ぜんぜん寝てない。少し横にならせてくれ」

仕事明けに直接マホロの部屋に来たらしく、マホロが何か言う前にすーっと眠ってしまった。日曜日の昼だったので、マホロはノアのブーツを脱がせ、衣服を弛めると、毛布をかけた。数時間寝れば起きるだろうと考え、歴史書の予習と復習をする。ところが相当疲弊していたのか、ノアは夜になっても目を覚まさず、仕方ないのでマホロは食堂へ夕食をとりに行った。自分は食堂ですませ、ノアの分を頼んで作ってもらう。魔法団で実習中だが、ノアはまだ学生なので食堂が使えるのだ。

（ノア先輩、目の下にクマができてるなぁ）

マホロはベッドで死んだように眠るノアが心配になった。団長と共に各地の鉱山へ行っているそうだが、眠っているノアの身体からほとんど魔力を感じ取れない。きっと魔力が尽きるまでこき使われたのだろう。

ノアが起きる気配はなく、仕方なくマホロはノアの身体をずらして、同じベッドで眠った。

朝が来て、明るい日差しが部屋に入る頃、マホロは目を覚ました。いつもの時間だ。

「うう……」

マホロが上半身を起こすと、眠っているノアが険しい形相で呻《うめ》き声《ごえ》を上げて身じろいだ。重そうな瞼《まぶた》が開く。

「ノア先輩、やっと起きましたか？」

マホロが身を屈《かが》めて聞くと、ノアがぼんやりとマホロを見上げた。

「……今、何時だ」

寝起きの低い声で聞かれ、マホロは朝の七時ですと答えた。

「十時間以上寝ていましたよ。お疲れだったようですね……」

マホロがノアの髪を手で梳《す》くと、大きなあくびをしてのっそりと起き上がる。制服のジャケットは脱がしたものの、それ以外は着たまま寝ていたので、しわになっている。

「団長と一緒に鉱山を見て回る最中に、戦闘が起きた」

目を擦りながらノアが言い、マホロは驚いて身を固くした。戦闘が起きていたとは知らなかった。見たところノアに怪我《けが》はないが……。

「怪我は？　そうと知っていたら、魔法で癒したのに……」

マホロがノアの身体をあちこち触ると、大きなあくびが戻ってくる。

「俺に怪我はない。ジークフリートもいなかったしな。魔法を使える奴も少なかったし……ただ、闇の獣が大量に出てきて、厄介だった。疲れの原因は、団長に前線で闘うよう指示されて、魔力が尽きただけだ。あれ、俺の分か？」

ノアが机の上に置いてあるサンドイッチの皿を指さす。マホロがサンドイッチと飲み物をベッドに運ぶと、ノアががつがつ貪る。

「はー。あの団長、俺のこと何だと思ってやがる？　使い勝手のいい機械兵士とでも思ってるのか？　何で俺が正規の魔法士より前に出て闘わなきゃならないんだ。おかしいだろ、実習生だぞ」

ノアは団長に不満があるらしく、ずっと文句を言っている。そう言いつつも、団長の指示を全部こなしたはずだ。ノアの実力なら、他の魔法士に劣るどころか優っているだろう。何しろノアには異能力もあるのだ。

「大変だったのですね……」

マホロは改めてノアが無事だったことに安堵して、背中からぎゅっと抱きついた。ジークフリートがいたら、戦闘はもっと過酷になっていたに違いない。逆に言えば、ジークフリートがいなくても、使える手駒があるというわけだ。

「捕虜は魔法団に連れ帰った。連続勤務に文句を言ったら、やっと団長が休みをくれた」

ノアはお皿を空にして、人心地がつく。

「お前のほうはどうだった？」

飲み物を口にして、ノアが話を振る。

「あの……何もしていないのですが、たぶんノア先輩のお母様に嫌われました」

マホロはしょんぼりして建国祭での出来事と、アリシアに会った話をした。ノアはアリシアの話を複雑そうな面持ちで聞いている。母親と認めるつもりは今のところないようで、マホロが嫌われたと言っても気にするなと慰める。まだ会う気にはなれないようだ。マホロもノアが母親と会ったほうがいいのか、会わないほうがいいのか見当がつかない。

「綺麗だな、ありがとう」

お土産のカフスボタンを渡すと、やっとノアに笑顔が戻った。

「……覚悟していたが、想像以上にお前と会う時間が減った。実習なんか放り出して、お前と屋敷にこもって領地経営でもしていたい」

ノアはマホロの髪に口づけ、本音を吐露する。

「ノア先輩がいろいろ我慢しているのは分かってますよ」

マホロはノアに微笑みかけた。我慢が苦手なノアが、魔法団で実習をこなしているのは、マホロのためだろう。ノアが自分だけでなく、周囲へ気遣いをするようになったことがマホロは嬉しかった。あとはストレスで爆発しないように、息抜きさせるだけだ。

「ノア先輩、俺は今から食堂へ行きますけど……どうします？」

マホロはベッドから離れ、慌ただしく支度を始めた。教科書を抱えて、食堂で軽く食事をして授業に出る。

「俺はもう少し寝る」

ノアはまだ眠そうに横になる。サンドイッチを食べて腹が満ちたので、より眠くなったのだろう。

「お昼は一緒に食堂へ行きませんか」

ノアと離れがたくてマホロが言うと、ちょいちょいと手招きされた。

「今日は一日休みだ。食堂で落ち合おう」

「楽しみにしていますね」

支度を終えたマホロがベッドに近づくと、うなじが引き寄せられ、優しくキスをされた。いってきますとノアの頬にキスして、マホロは部屋を飛び出した。


薬草学の授業は相変わらず妙な緊張感が漂っているが、最近、授業を受ける学生の態度に変化が起きていた。

以前はかったるそうに授業を受けていた学生たちが、全員、姿勢を正して真剣にシリルの話を聞いているのだ。真面目になったのなら問題ないが、どう見ても鬼気迫る表情で授業に臨《のぞ》んでいて、マホロは気になった。

「ねぇ、ジャック。最近、みんなどうしたの？」

授業が終わってジャックに問いかけると、青ざめた顔で振り返る。以前は愚痴も文句も多い学生の筆頭だったジャックが、今やシリルの前では教育された軍人並みに態度がいい。そのあまりの変貌ぶりに疑惑を抱いた。

「シリル先生には逆らえねぇ……。マホロもあいつには気をつけろ。どこで聞き耳を立てているか分かんないぞ」

ジャックは大柄な身体を丸めて、マホロにこそっと耳打ちした。そのまま、詳しく話すのを厭《いと》うかのように移動教室を出ていく。どういう意味だろうとジャックを追いかけようとした時、教壇にいたシリルから呼び止められた。

「光の子、マホロ。司祭は戻ったのかね？」

教室から学生が全員出たのを見計らって、シリルがマホロに近づいてくる。建国祭で司祭がいないと口にしてから、シリルはたびたびこの質問をマホロにする。

「いえ、まだです……」

マホロが首を横に振ると、シリルは苛立ったそぶりで爪を噛んだ。

「陛下の許可が出たというのに、司祭がいないなんて……。何故新しい司祭を置かない？　お前は司祭の役目を果たせないのか？」

シリルはイライラとマホロを詰問する。クリムゾン島に戻った後、アルフレッドから立ち入り禁止区へ入る許可をもらったとシリルから聞かされた。シリルは最初とても喜んでいた。ヴィクトリア女王の時代は、シリルが立ち入り禁止区に入る許可をもらえなかったそうだ。けれど、一カ月経っても司祭は戻らず、シリルは業を煮やしている。

「いろいろ事情があるようで……」

マホロは言葉を濁した。シリルに光の民の話をするのは気が進まなかったのだ。折しも、明日は水晶宮へ様子を窺《うかが》いに行く日だった。シリルに見られないように行動しなくては。

「何か分かったら、すぐに教えろ。いいな？」

シリルは目をぎらつかせてマホロの肩を摑む。

「は、はぁ……」

摑まれた肩が痛くて、マホロは逃げるように移動教室を出た。

（シリル先生がギフトを得たら、どうするんだろ……）

何となくだが、アルフレッドはシリルがギフトを与えられないと考えているようだった。ギフトをもらえる条件をアルフレッドは知っているのかもしれない。亡くなったヴィクトリア女王は厳選した人物のみ立ち入り禁止区へ派遣した。最初に送り込んだ四賢者のうち、たった一人しかギフトをもらえなかったことで、ギフトには条件があると考えたはずだ。

くわしくは知らないが、ヴィクトリア女王の時代、異能力を持ちながらレスター・ブレアのように国を裏切った者もいる。ヴィクトリア女王にとっては手痛い裏切りだっただろう。だからこそ、裏切らない人物にギフトを得てもらいたいと考えたはずだ。

けれど、オスカーのように、ギフトを得て裏切る人物が再び現れた。

アルフレッドは王家の力になる、王家に忠実な人物だけを立ち入り禁止区へ送り込みたいはずだ。その点、シリルは微妙だ。忠臣とは言いがたいが、アルフレッドとの仲も良好には見えない。さりとてジークフリートたちに加勢するような性格ではないし、ギフトを得たとしても、扱いづらいのではないだろうか。

結論として、シリルはギフトを得られないと、アルフレッドが判断したとしか思えない。なら、何故許可するのか？　そこが分からなかった。

昼休みになって、マホロは食堂へ向かった。食堂の出入り口に人だかりがあって、すぐにノアを見つけた。ノア様親衛隊は、たまにノアが食堂やカフェを使っていると、狂喜乱舞して集まる。

マホロの後ろにいたヨシュアが、「人気者の彼氏で大変ですね」と同情気味に言った。

「マホロが来たから散れ」

マホロに気づき、ノアがうるさそうに手を振る。ノア様親衛隊はその一声でさっとその場からいなくなる。よく調教された羊のようだ。

「ノア先輩、すっきりした顔になってますね」

あれからもうひと眠りしたおかげか、ノアの目の下からクマが消えていた。ノアは白いシャツにズボンという私服姿で、マホロと一緒に食事を取りに行く。今日のAランチはフィッシュアンドチップスで、Bランチはサンデーローストだった。いつものようにサンドイッチを食べようとしたマホロは、ノアにランチメニューにしろとしつこく言われて、Aランチを選ぶ。

「同じものばっかり食うな。だから細いんだ」

ノアはマホロのトレイにデザートや飲み物を無理やり置いて、満足したように頷く。少食のマホロは全部食べきれるだろうかと心配になった。ノアとヨシュアはBランチを受け取っている。

食堂の隅の席で食事をしていると、どこからか蛙の話が聞こえてきた。どうやら例の蛙はトイレや浴室にまで現れているらしい。

「そうだ、ここだけの話なんですが……」

ヨシュアが身を乗り出して、小声でマホロとノアに話しかける。

「あの蛙、シリルさんの使い魔らしいです」

思いがけない情報に、マホロとノアはぽかんとした。

「あんなにたくさんの使い魔を召喚できるのですか？」

マホロが小さな声で聞き返すと、ヨシュアがふうと肩を落とす。

「それが使い魔の蛙は十匹程度で、残りは本物の蛙に魔法をかけて操っているらしいです。だから、大多数は本物の、生きた蛙ですよ」

両生類は召喚に向かない生き物で、これまで奇特な魔法士以外は使い魔にしなかったそうだ。というのも使い魔は、生前の生き物の思考に大きく影響されるため、両生類は意思の疎通が難しいのだとか。

「何で蛙を使い魔にしてるんだ？」

ノアがローストビーフを食べながら、いぶかしげに呟く。

「それがその……おそらく盗聴、のためかと」

ヨシュアはことさら声を落として明かした。盗聴という学校に似つかわしくない言葉に、寒気がする。あの大量の蛙は、盗聴機の役割を果たしていたのか。確かにそれなら、意思の疎通ができなくても問題ない。

「なるほど。脅《おど》す材料を収集しているってわけか。暇人か？　次に蛙を見つけたら、片っ端からぶっ殺そう」

ノアは恐ろしい発言をしている。

「盗聴なんて許されるんですか……？」

マホロが怯《おび》えて聞くと、ヨシュアがアイスコーヒーを口にする。

「倫理的に問題はありますが、使い魔を野放しにしては駄目だという法律はないですからね。まぁ、校長がシリルさんに厳重注意したようで、使い魔の蛙は撤収したらしいです。残っている本物の蛙は、シリルさん曰《いわ》く、撤収は無理だとか……。そんなわけで、念のため、蛙を見かけたら下手な話はしないほうがいいですよ」

ジャックの授業態度が変化した理由が分かった。ジャックはきっとシリルに弱みを握られたのだろう。港でノアが蛙を踏み潰したのを思い出す。あの時、何かまずいことを話していなかったか気になった。

午後の授業でザックに会った際、マホロはこっそり蛙について知らせた。幸いにも蛙嫌いなザックは、蛙を見かけると恐怖でいっぱいになり、会話どころではなかったらしい。

蛙騒動が収まってくれるのを、待つしかなかった。


週末、マホロは団長と立ち入り禁止区へ向かった。ノアもついてきたがったが、あいにく団長はノアに任せたい仕事が山のようにあるらしく、帯同は許可されなかった。

《転移魔法》でいつものように森の人の集落へ行くと、団長はすまなそうに眉を下げた。

「申し訳ないが、王都で急ぎの仕事があって、一度ここを離れる。三時間後には迎えに来るので、それまで待っていてくれないか？」

団長は忙しい身なので、ずっと一緒にいるわけにはいかないようだ。ここへは何度も来ていて、危険はほとんどない。光の民の祈りのおかげで闇の獣は近づいてこなくなったし、水晶宮で過ごすのはマホロの楽しみでもある。

「分かりました。団長が戻るまで水晶宮にいます」

団長に笑顔で答えると、安心したのか頷かれた。

団長と別れて、マホロはアラガキに挨拶してから水晶宮へ移動した。水晶で出来た宮殿の神秘的な柱廊を歩いていると、すぐに光の民が集まってくる。

「マホロー」

「マホロが来たよぉ」

「待ってたぁ、遊ぼう」

子どもたちはマホロに駆け寄って、きゃっきゃとまとわりついてくる。彼らの手を取り、マホロは奥へ進もうとした。

――その時、一人の子が突然、振り返って叫んだ。

「オボロが戻ってくる！」

一人が叫ぶなり、他の子も何かを感じ取ったように、水晶宮の祭壇のあるほうへと走りだした。

「本当だ、オボロが帰ってきた！」

「オボロ！」

子どもたちは口々に大声を上げて駆けだす。マホロは祭壇を見た。

祭壇の前にある空間に、突然人影が現れた。

幼い少女と、黒いマントを羽織った赤毛の男だ。子どもたちは構わず走っていったが、マホロは数メートル手前で、足を止めた。

水晶宮に現れたのは、司祭であるオボロと――全身黒い衣服をまとったジークフリートだった。

足下にいたアルビオンとブルが、毛を逆立てて唸《うな》る。

「皆……」

ジークフリートの腕に抱かれたオボロは、子どもたちに気づいて頬を弛めたが、奥にいるマホロを見つけるとハッとした。ほぼ同時に、ジークフリートもマホロを認めて、眉根を寄せる。

アルビオンとブルは激しく吼え立てて、ジークフリートに向かって駆けだした。

「アルビオン！　ブル！」

マホロが止める間もなく、アルビオンとブルは牙を剝き出しにしてジークフリートの脚に嚙みつこうとする。ジークフリートは眉ひとつ動かさず、ブルを踏みつけ、アルビオンの首を摑んだ。キャンという高い声を上げて、アルビオンがくびり殺される。アルビオンは瞬時に消え去った。ブルは果敢にジークフリートの足を嚙み切ろうとしたが、杖で突かれて同じく消えた。

「——ここで闘わないで」

オボロはキッとジークフリートを睨《にら》み、制する。ジークフリートは無言でちらりとオボロを見やる。子どもたちはオボロに近づきたいものの、赤毛の男に怯えて距離を取っていた。ジークリートの視線が自分に向けられ、マホロはまた異能力を使われるのではないかと震えた。ジークフリートが異能力の《人心操作》を使えば、その対象になった者はジークフリートの言いなりになってしまう。

「ギフトの能力も使わないで。絶対よ？　もし使ったら、あなたに手は貸さないから。マホロにも、子どもたちにも手出しはしないで」

幼いながらオボロがきつく断言すると、ジークフリートは軽く吐息をこぼした。

「……分かった」

面白くなさそうにジークフリートが答える。オボロはジークフリートの腕を軽く叩き、床に足をついた。ジークフリートから離れると、子どもたちがオボロに群がった。

「オボロ、オボロ、どこに行っていたの？」

「寂しかったよぉ」

「帰ってきてくれて嬉しい」

子どもたちが泣きながら喜んでいるのを、オボロは少し寂しそうに受け止めていた。

「ごめんね、みんな、帰ってきたのは、新しい司祭を選ぶため……なの」

オボロは子どもたちの頭を撫でて、唇をきゅっと閉じる。マホロは距離を開けたまま、凍りついたように動けずにいた。オボロはやはりジークフリートの元にいた。それは予測していたが、ふたりの間にある種の繋がりのようなものを感じた。それは想像していなかった。拉致《らち》された者と拉致した者という関係には見えなかったのだ。

「マホロ、彼を攻撃しないで」

オボロはマホロにはっきりと言った。オボロはジークフリートの仲間になったのだろうか？

意味が分からなくて、頭が混乱した。

「どうして……」

マホロが喘《あえ》ぐように呟くと、オボロが子どもたちを連れて歩きだす。

「私、大人になりたかったの。だから、この人に協力することにしたの」

オボロがあどけないしぐさで、胸の辺りを手で押さえる。マホロはぎょっとして、オボロを凝視した。オボロの胸には、魔法石を食べた竜の心臓が埋め込まれている――。

自分と同じように。あの危険な手術を施されたのか――。

「無理やり……？」

マホロが声を震わせると、オボロは目に光を灯《とも》して首を横に振った。

「いいえ、私が受け入れたのよ。聞いて、私は本物の太陽の下を歩けるようになったの！　もう年齢を重ねることに怯えなくてもいい、生きている実感があるわ！　これまでの人生はすべてまがい物だった、私は死の恐怖から解放されたのよ！」

オボロの声は興奮を滲《にじ》ませていた。連れ去られたのは事実でも、オボロはその状況を受け入れたのだ。オボロに悲愴感《ひそうかん》はまったくない。

「……二つ目のギフトを、彼に？」

マホロはおそるおそる、オボロに詰問した。司祭を連れ去ったジークフリートは、自分の仲間にギフトを与えるよう指示したかもしれない。ノアが二つ目のギフトをもらったように、ジークフリートも二つ目のギフトを得たのではないかと恐怖した。

「……いいえ、彼は足りない、から」

オボロはジークフリートを横目で見やり、言いづらそうに答えた。

(足りない……？)

マホロは拍子抜けして、ジークフリートを見た。ジークフリートはかすかに頬を歪め、オボロに顎をしゃくる。

「マホロ、あなたは新しい司祭になってくれる？」

つとオボロが顎を上げ、マホロをまっすぐ見つめた。

「俺は……無理だ」

マホロは拒絶した。司祭になれる条件はいくつかある。そして、マホロはそれをクリアしている。けれど司祭になることを拒否もできる。

「そう……じゃあ、残りの子から選ばなきゃ」

残念そうにオボロが首を振り、子どもたちの注目を集めるために手を叩く。

「新しい司祭を選ぶわ。みんな、こっちへおいで」

オボロは子どもたちの手を取って奥へと進んでいった。その姿がふっと消え、水晶宮の祭壇前にはジークフリートとマホロだけが残った。

「……マホロ」

名前を呼ばれ、つい数歩後ろへ下がると、ジークフリートがあっという間に距離を詰めてきた。逃げなければ、と焦ったが、気づいたらジークフリートに腕を摑まれていて、柱に縫い留められた。

「ジーク……さ、ま」

柱に背中を押しつけられ、両腕を捕らえられ、マホロは呻《うめ》く。ジークフリートを前にすると、下僕同然だった昔の自分が戻ってきて、逆らえなくなる。オボロはああ言ったが、また異能力で思考を操られることを覚悟した。

「……っ」

必死にジークフリートの目を見ないようにと顔を背けていると、やるせないため息とさらさらとした髪が頬に触れた。思わず顔を上げると、ジークフリートは額をくっつけるようにマホロに密着していた。

「何もしない」

囁《ささや》くような声がして、マホロはつい身体の強張りを解いた。視線が合い、思いがけず情熱的な瞳がマホロを射貫《いぬ》いていた。ジークフリートの通った鼻筋がマホロの匂いを嗅《か》ぐように触れてくる。胸が高ぶり、いつ意識を奪われるのかと恐れた。けれどジークフリートはマホロを柱に縫い留めたものの、異能力を使う気配はなかった。

「……オボロを、俺の代わりに？」

マホロは様子を窺いつつ呟いた。ジークフリートの眉がぴくりと動く。

「そうだ」

本当にオボロの心臓に異物を埋め込んだのだと、マホロは衝撃を受けた。悲しみと憤《いきどお》りがない交《ま》ぜになる。

「そんな……、一歩間違えれば死んでいたかもしれないのに……」

自分以外の光の民が死んでいたのを思い返し、マホロはジークフリートを責めた。

「お前が私から離れたからだ」

そっけない声でジークフリートに言われ、マホロは怒りを感じて睨みつけた。オボロに不当な手術を施したこともだが、それ以上に、結局、ジークフリートにとって自分は替えのきく存在だったということが、マホロを憤らせた。

マホロは自分がジークフリートを睨みつけることができるとは思いもしなかったが、ジークフリートはマホロ以上に驚いたようだ。マホロの憤慨する様子に目を見開き、片方の手を自由にして、顎を掴む。

「私にそんな目を？」

珍しいものを見るような目つきで、ジークフリートがマホロを覗き込む。掴まれた顎が痛くて、マホロが腕を放そうと抵抗すると、やおらジークフリートが首筋に顔を埋《うず》め、歯を立ててきた。

「痛……っ」

鋭い痛みに、マホロは身をすくめた。ジークフリートに首筋を噛まれたのだ。マホロが涙目で見上げると、ジークフリートが息を荒らげて、じっとマホロを見つめてきた。

「私の感情を揺さぶるな」

揺れる瞳でマホロを強く射貫き、ジークフリートが吐息をかける。鼓動が跳ね上がり、マホロは足を震わせた。再びジークフリートが近づいてきて、また首を噛まれるのかと、とっさに目を閉じた。

「ん……っ」

気づいたら唇を深くふさがれていて、マホロは空いている腕でジークフリートの胸を押し返した。けれどジークフリートの身体はびくともしなくて、逆に角度を変えて口づけられる。ジークフリートの腕が腰に回り、噛みつくようにキスをされた。マホロはどうしていいか分からず、摑

まれた腕を振り払おうともがいた。

「……お前といると、喪《うしな》ったはずの心が蘇る」

何度かキスをされた後、ジークフリートがわななくように言った。マホロはどうしてか胸を打たれて、ジークフリートの濡れた唇を見つめた。密着した身体が、互いに熱くなっていたのが分かった。ジークフリートの心も身体も氷のように冷たいと、ずっと思っていた。だが、こうして重なり合えば、それは間違いだと分かる。ジークフリートは血の通う人間だ。闇魔法の血族というだけで、機械ではない。

「ジーク、さ、ま……」

見つめ合って、マホロは自分がジークフリートを憎むことはできないと確信した。どれほどひどい真似をしようが、自分はこの人を心底嫌えない。ジークフリートと過ごした年月が、自分の中から消えてなくならないように。

「……ジーク様、もう人を殺すのをやめて下さい」

マホロはどうにかしてジークフリートの心を動かせないかと、言葉を詰まらせた。

「王族を殺しても……、どこかを襲撃しても、ジーク様の望む世界にはなりません」

目を潤ませてマホロが言い募ると、ジークフリートのまつげが揺れた。ジークフリートの力は強いが、国家の力には敵わないとマホロは思っていた。たとえ王族を全部殺しても、新たな人間がトップに就《つ》くだけだ。ジークフリートが支配する世界にはならない。マホロの言い分に、てっきりジークフリートは怒ると思ったが、その表情は変わらなかった。

「私が望む世界などない」

ジークフリートはマホロの顎から手を離し、大きな手で頬を撫でた。昔から、時折ジークフリートがよくするしぐさだった。マホロは完全に抵抗する力を失った。普段は冷たいジークフリートが、時々頬を撫でてくるのが好きだった。ジークフリートはいつだって情がない冷徹な人に見えたが、だからこそ時折見せる触れ合いが、マホロの心を溶かした。この人のために生きようと、あの頃の自分はずっと考えていたのだ。

ジークフリートはこの国を支配したいわけではないのだろうか？

「だが、もしお前が私の元に来れば、争いをやめると言ったら……お前はどうする？」

探るような瞳で聞かれ、マホロは言葉を呑み込んだ。

自分がジークフリートの元に行けば、争いをやめる……。

「俺は……、ジーク様、俺は」

マホロはジークフリートの目を見返せなくて、うつむいた。

たとえそれがジークフリートの本音であったとしても、一緒には行けないと心が言っていた。

自分はノアの傍にいたい。ローエン士官学校にいる皆の傍にいたい。

ジークフリートにこれ以上殺戮《さつりく》をしてほしくないのは本当なのに、そのために自分を犠牲にすることができない。自分はいつの間にか、身勝手な人物になってしまった。

「……お前は変わった」

ジークフリートの声が切なく響き、マホロの胸は痛んだ。

「何故私のために生きてくれなかった？」

ジークフリートの両手がマホロの頬を挟んだ。苦しそうなジークフリートを初めて見た。マホロは何も言えなくて、濡れた目でジークフリートを見た。唇がまた重なる。抵抗しなければと思っているのに、今のマホロにはジークフリートを拒否することはできなかった。ノアとは違う唇、吐息、体温。ジークフリートの切ない感情が自分に流れ込んでくるようで、マホロは眩暈《めまい》がした。

「お前を抱いていれば、何か変わったか？」

ジークフリートは熱い吐息を重ねて、やるせなさそうに告げた。マホロは頬に朱を走らせた。ジークフリートと身体の関係があったら、ノアに迫られても拒否していたかもしれない。

「私はお前を傍に置きたい。こんな感情を抱くのはお前だけだ……、マホロ、私と共に来い。私にはお前しかいない」

強い視線で射すくめられ、マホロはぶるりと震えた。きつくジークフリートに抱きしめられ、泣きたいような感情が迫《せ》り上《あ》がってくる。

「――駄目よ、ジークフリート」

言葉を詰まらせていると、ふいにオボロの声がした。マホロは動揺した。

柱廊からオボロと、アカツキと呼ばれる少年がやってきた。彼が新しい司祭に選ばれたようだ。ジークフリートはマホロを抱きしめる腕はそのままに、冷ややかな視線をオボロに向ける。

「もう行くね。アカツキ」

オボロはアカツキの小さな身体を抱きしめた。それからジークフリートに近づき、幼い顔で睨みつける。

「マホロは連れていかせない！　光の子は一人いればいいはずよ！」

オボロは挑むようにジークフリートに言葉を叩きつけた。マホロはジークフリートの胸を押し、急いで身体を離した。このままジークフリートに連れていかれるわけにはいかない。ジークフリートは唇を噛み、仕方なさそうにマホロを解放した。

安堵したようにオボロが細い腕を伸ばす。ジークフリートは無言でオボロを抱き上げる。

「待って、オボロ！　それでいいのか⁉」

このまま立ち去りそうな気配に、マホロは叫んだ。オボロは分かっているのだろうか？　自身の身体が、魔法の増幅器となっていることを。

「ジーク様に協力するということは、多くの人の死を目にすることなのに！　俺が耐えられなかったように、君に耐えられるはずがない！」

マホロはどうにかしてオボロの気を変えさせようと、心のままに声を上げた。オボロは悲しそうに目を伏せ、ジークフリートの首に腕を回した。

「分かっている。でも、私は大人になれる身体を手に入れた。その代償は払わないと……」

オボロはマホロを見ることなく、行って、とジークフリートに耳打ちした。ジークフリートは祭壇へ足を進める。祭壇の前に立ったジークフリートは、オボロを抱えたまま消えた。森の人の住む環状列石に移動したのだろう。

マホロは力が抜けて、その場にへたり込んだ。

まさか、ここでジークフリートに会うとは思わなかった。ジークフリートはオボロを使って、多くの事を成し遂げるつもりだ。止められる術《すべ》はあったのに、どうしてもマホロにはできなかった。あの幼い少女に、残酷な光景を見せたくなかった。血に弱い光の民が、ジークフリートたちと一緒に行動して無事でいられるわけがない。

「マホロ……大丈夫?」

アカツキがマホロの肩に手を置き、心配そうに尋ねる。

「アカツキ、君は……」

「僕ね。新しい司祭になったの」

アカツキは誇らしげに胸を張った。オボロは、新しい司祭を選ぶために戻ってきたのだ。選ばれたのはアカツキだった。

「そう、か……。オボロは何て言っていた……?」

のろのろと立ち上がり、マホロはアカツキの手を取った。

「オボロは外の世界で妊婦さんにギフトを与えてしまったんだって。妊婦さんは胎児の命を喪って気が狂って自殺したって。僕たちは幼い子どもがいる母親と妊婦には会ってはいけないのに」

アカツキが悲しそうに言う。拉致されたオボロは、しばらくの間、本土で暮らしていたはずだ。オボロを手術した医師が誰だか知らないが、その間に幾人もの人と出会っただろう。ギフトをあげられる相手を前にすると、司祭は自動的にギフトを与えてしまう。司祭の意思でギフトを与えることはできないのだ。きっとオボロはそれが耐えられなくなって、新しい司祭を選ぶためにここへ戻ってきたのだろう。

マホロは気分が沈み、上手くものを考えられなくなった。

アカツキに別れの挨拶をして、水晶宮から森の人の居住区へ移動する。ジークフリートは森の人たちの意識を操っていたらしく、村では騒動が起きていた。

「大丈夫ですか？」

マホロが彼らの無事を確認していく。時の経過と共に、異能力の効果は消える。ジークフリートが去ったことで、森の人は自分を取り戻したのだろう。幸いにもジークフリートは森の人を殺すことはしなかった。オボロがいたので、止められたのかもしれない。ジークフリートはどこへ行ったのだろう？

森の人と話しているうちに団長が戻ってきて、ジークフリートが現れたと知って顔色を変えた。アルフレッドに報告しなければならないことがいくつもある。

落ち込んだまま、マホロは暮れていく空を見つめていた。

6 アリシアの望み

団長は《転移魔法》でマホロを王宮へ連れていくと、一度状況を確認するため、クリムゾン島へ単独で戻った。ジークフリートがまだ島内にいる可能性が高いからだ。

マホロは報告するために、アルフレッドを探した。侍従長を見つけると、アルフレッドは会議中で、いつ終わるか分からないと説明される。仕方なく、接見の間で待つことにした。

広い部屋にひとりきりでいると、ジークフリートのことで頭がいっぱいになった。

ジークフリートへの思いは複雑だ。どうしても嫌いになれないし、ノアには決して言えないが、キスされても嫌ではなかった。ノアの恋人としてはあるまじきことだが、長い間ジークフリートと過ごしてきた時間は何があっても失くならない。マホロにとって、ジークフリートは主《あるじ》であり、自分を庇護する者だった。

（どうして……ジーク様。何故、茨《いばら》の道を歩み続けるのですか？）

ジークフリートが『お前が私の元に来れば、争いをやめると言ったら……お前はどうする？』と言った時、それが真実ならば傍にいると答えるべきだっただろうか？　本当にジークフリートが闘いをやめるのなら、そうするべきだったのではないか。

考えても答えの出ない問いが、マホロを悩ませた。ノアに対する後ろめたさにも襲われ、気分は沈む一方だ。

ふいにノックの音がして、扉が開き、ボブカットの黒髪のメイドが一礼する。

「失礼します。……マホロ様、ですよね？」

メイドはどこかおどおどした態度で近づいてきて、マホロを上目遣いで見る。

「え、はい」

アルフレッドの会議が終わったのかと、マホロは椅子から腰を浮かせた。

「マホロ様がおいでと知り、アリシア様がお茶にお招きしたいとおっしゃっています。陛下の会議はまだ一時間以上かかりそうですので、おいでいただけますか」

メイドに言われ、マホロは困惑した。

アリシアが自分に何の用だろう？

「え、でも……」

晩餐会《ばんさんかい》の様子では友好的にお茶をする雰囲気になるとも思えず、マホロは躊躇《ためら》った。それとも嫌われていると思ったのは勘違いなのだろうか。

「どうか、お越し下さいませ。アリシア様は会議が終わるまでと申しております」

深々と頭を下げられて、マホロは仕方なくメイドについていくことにした。ジークフリートと再会して心が乱れているので気が進まなかったが、どちらにしろ王族の誘いは断れない。

メイドは長い廊下を進み、王宮の東の棟にあるアリシアの部屋へマホロを案内した。メイドは、大きな扉を押し開ける。

「アリシア様、マホロ様をお連れしました」

メイドは丁寧に頭を下げ、奥へ向かって声をかける。アリシアの応接間は、アルフレッドの部屋ほど豪華ではないが、女性らしい華やかで繊細な調度品や優雅な造りのマントルピース、シックな色合いの家具が置かれていた。

「まぁ、光の子。急なお呼び立てをして申し訳ありません」

奥の衝立《ついたて》から現れたアリシアは、先日マホロを威圧してきた時とは打って変わって、にこやかだった。今日は紫のドレスをまとい、長い黒髪を優雅に垂らしている。

「前回はあまりお話できなかったので、少しお話をしたいと思いましたの。どうぞ、お座りになって」

アリシアは衝立の向こうにある丸いテーブルの席を勧める。テーブルには三段重ねのティースタンドが置かれ、ケーキや菓子が載っている。案内してくれたメイドが、ワゴンのところでお茶を淹《い》れていた。気のせいか、メイドの手が震えている。

「あの……あまり長居はできないのですが」

マホロは先に断ってから、白い椅子に腰を下ろした。アリシアはマホロの向かいに座り、微笑んでいる。前回嫌われたと思ったのは気のせいだったのかもしれない。今日のアリシアは、マホロに敵意を向けていない。

「あなたにはお聞きしたいことがあるのですわ。ノア・セント・ジョーンズと親しい仲と伺いましたのよ」

マホロとアリシアの前に湯気の立つ紅茶のカップが出された途端、マホロが身構える余裕も与えず聞かれた。

「え、あの……はい、そうです」

マホロは言いよどみつつ、頷いた。アリシアの耳に入ったのか。メイドは一礼して部屋の隅に移動する。マホロは緊張してアリシアを見返した。メイドがいるから下手なことは言えないが、アリシアはノアが自分の息子だと分かっているはずだ。もしかしたら男同士ということで、文句を言われるのだろうか？　親しいという言葉がどういう意味か、マホロには測りかねた。

「まぁ、本当にそうなのね。どうりで陛下が私にあなたを紹介したわけです」

アリシアは軽やかな声で笑いだした。

アリシアに怒っている気配はない。マホロは拍子抜けして、カップを手にした。もしかしてアリシアはノアを見守っているのだろうか。そんなことを思いながら、マホロはお茶に口をつけた。少し苦みのある紅茶だった。

「光魔法の血族については、聞き及んでおりますわ。どんな怪我《けが》や病気も治せるとか？」

アリシアの目が妖《あや》しく光って、探るように聞いてくる。

「え、ええ、まぁ……」

光魔法の力について聞きたかったのだろうか。二口目のお茶を飲み、マホロは違和感を覚えて、カップを置いた。何だかこの紅茶、舌先が痺れる。そう思った瞬間、マホロは咳き込んだ。

息苦しくなったと思う間もなく、胸の辺りから咽《のど》にかけて、激しい痛みと熱が襲う。

「な、……っ、げほっ、ぐ……っ」

マホロはよろめきながら立ち上がり、迫《せ》り上《あ》がってきたものを床に吐き出した。床に真っ赤な血が飛び散った。マホロは苦悶《くもん》しながら、床に倒れ込んだ。口元を血で赤く染め、マホロはアリシアを見上げる。

「な、何、を……っ」

マホロは理解不能のまま、アリシアと視線がぶつかる。口全体が痺れ、内臓が損傷しているのが分かった。まさか、毒――。マホロがメイドに視線を向けると、メイドは真っ青になって口元を両手で覆い、ぶるぶる震えて涙を流している。

「あなたは光魔法の血族なのでしょう？ ぜひ、お力を使っていただきたいわ。大丈夫、死ぬほどの毒ではないから。半年くらいは苦しむかもしれないけれど」

マホロが血を吐いて苦しんでいるというのに、アリシアは面白そうに眺めている。マホロは必死で震える指を動かした。死ぬほどの毒ではないというが、とてもそうは思えなかった。激しい苦痛と痺れに、意識を保つので精一杯だ。このままでは、毒にやられてしまう。考えている暇はなかった。

「光の……精霊王、俺の中の毒を……消して」

マホロが血を吐きながら光の精霊王を呼び出すシンボルを描くと、部屋の空気が重くなって、光の精霊王が現れた。メイドは泣きながら床にうずくまる。アリシアはかすかに眉根を寄せ、忌まわしそうに頬を引き攣《ひつ》らせた。

『マホロよ、悪意に気をつけよ』

光の精霊王はマホロの頭に手を置いた。とたんに身体中を駆け巡っていた苦痛と、痺れは取り払われた。

『そこにいるのはお前と真逆なる者。決して心を許すな』

光の精霊王が厳しい言葉を残して消えると、マホロはよろよろと立ち上がった。

「な、何故……？」

マホロは後退《あとずさ》りながら、血で濡れた口元を拭《ぬぐ》う。心臓が早鐘を打つ。毒入りの紅茶を淹れたのはメイドだが、それを指示したのはアリシアだとマホロには分かっていた。アリシアも隠すそぶりはない。

「あなたが本物かどうか、確かめたかっただけですわ。まがいものだったら、陛下のためになりませんでしょう？　よかったわ、あなたは本物の光魔法の血族でしたのね」

まるで何事もなかったかのように、アリシアが婉然《えんぜん》と微笑む。マホロには理解できなかった。平気で毒を盛り、悪びれた様子もない。ひょっとして、ノアと親しいのが気に食わなくてやったのだろうか？　マホロが光の精霊王を呼び出す力がなかったら、毒で死んでいたかもしれないのに。

「…………」

マホロはふらつく足で、逃げるように部屋を出た。アリシアに文句を言ったり、摑みかかった

りすることはできなかった。マホロは本能で理解していた。あれは悪の塊《かたまり》。おぞましい生き物だと。ただ恐ろしくて逃げ出した。

（何だったんだ、あの人は！）

マホロは廊下を走り抜け、誰もいない階段の踊り場でしゃがみ込んだ。誰も追ってこない。口止めさえされなかったことが、いっそう恐ろしかった。アリシアの悪意に、身の毛がよだつ。子どもを産んだアリシアは闇魔法の血を失ったはずなのに、これ以上ないくらい闇魔法の血を感じさせた。

（アルビオンを……出しておくべきだった）

マホロは激しく後悔し、使い魔を呼び出した。ジークフリートに消されたままにしておいたのは失態だった。

アルビオンを呼び出すと、クーンクーンと心配そうに鳴きながらマホロの手を必死に舐《な》めてくる。マホロはアルビオンを抱きかかえ、重い身体を堪《こら》えて立ち上がる。早く王宮から出ていきたかった。アリシアにはもう会いたくない。

「マホロ！」

接見の間に向かって歩いていると、ノアの声がした。幻聴かと思い動揺したが、魔法団の制服姿のノアが廊下を駆けてくる姿が見えた。

「ノア先輩……っ」

ノアの顔を見たら、ぐっと胸に込み上げるものがあって、マホロはアルビオンを下ろして駆け寄ってきたノアに抱きついた。

「団長に連れてきてもらった。ブルが突然、消されただろう？　何かあったとすぐ分かって、捜していたんだ。ジークフリートと会ったそうだな？」

ノアはマホロが震えているのを、ジークフリートと会ったせいだと誤解している。マホロは何も言えなくて、黙ってノアの胸にしがみついた。ノアの腕が背中に回り、ぎゅっと抱きしめてくる。それだけで心が落ち着き、冷静さが戻ってきた。

「この血は、何だ……？　怪我を？」

マホロの身体をわずかに離すと、ノアが衣服についている血に顔色を変えた。血を吐いた時についたものだろう。

「いえ……、いえ、これは……怪我は、してません」

アリシアとの出来事を口にする気になれなくて、マホロは言葉に詰まった。ノアは確認するようにマホロの身体に触れる。

「無事でよかった……。お前の顔を見るまで生きた心地がしなかった」

ノアはマホロの額やこめかみにキスをして、切ない息を漏らす。マホロは黙ってノアに抱きついていた。今は話すよりも、ノアの熱を感じていたかった。

接見の間に戻ると侍従長がいて、会議が終わったことを知らせてくれた。マホロはノアと執務室へ案内された。執務室の机には彼の裁可を待っている書類が山積みされていた。待つほどもなくアルフレッドと団長が入ってきて、マホロとノアは胸に手を当てて王族への礼をしようとした。それをアルフレッドは厭《いと》い、長椅子に座るよう促す。

「陛下……、ジークフリートと水晶宮で遭遇しました」

マホロが報告すると、アルフレッドはドアの前で控えていた侍従長に、手振りで部屋を出るよう指示する。

「予測通り、奴らは立ち入り禁止区へ入っていたのか」

アルフレッドと団長、マホロとノアは向かい合った長椅子に座った。ジークフリートと遭遇したものの、オボロのおかげで連れ去られずにすんだとマホロは説明する。

「その血は？」

アルフレッドにも衣服の血について尋ねられ、マホロは「これは……関係ありません」とうつむいた。アルフレッドはこの場では追及しなかった。

「水晶宮で起きたことを、詳しく話してほしい」

アルフレッドに促され、マホロはジークフリートとオボロが突然、祭壇前に現れたこと、ジークフリートがオボロに、マホロと同じ手術を施したこと、オボロが戻ってきて新しい司祭が誕生したこと、森の人たちがジークフリートの《人心操作》で操られたことを話した。アルフレッドとノア、団長は張り詰めた空気でそれらを聞いていた。

「あの少女にどんな魔法石を埋め込んだか知らないが、司祭になる力を持っていたから手術は成功したのだろうか？」

アルフレッドは腕を組んで呟く。

「そうかもしれません……。オボロは大人になりたくて、ジークフリートに協力すると決めたようです」

苦しげにマホロが答えると、アルフレッドが眉根を寄せる。

「ジークフリートの侵入に、誰も気づかなかったんだな？」

厳しい声でアルフレッドに確認され、団長は言葉もなく頭を下げる。クリムゾン島にいる魔法士たちはジークフリートの侵入に誰ひとり気づかなかった。ジークフリートが姿を消して島に入ってくる可能性を考慮し、島の港近くでは海面を見張る魔法士もいたが、異常は発見できなかった。

「竜を使って飛んできたら、それを見つけだすのは困難です」

団長は苦渋の思いで語る。ジークフリートの闇魔法なら、竜ごと身を隠すのは可能だろう。

「情けないことに、ジークフリートの侵入に気づいた団員はおりません。現在、ジークフリートがどこにいるかも不明です。仮に闇魔法の一族の村へ行かれたら、手出しできません。ですが、向こうは《転移魔法》は持っていないはずです。おそらく、まだ立ち入り禁止区に留まっているかと。先ほど戻った際に、竜の嫌う警戒音を島に流すよう命じました。竜を使って逃げようとしても、あの音を聞けば、竜は飛行が困難になります」

団長の言葉に、アルフレッドは考え込みながらテーブルを指で叩く。

「あの……闇魔法の一族の村へは、オボロがいるから行かないと思います。行ったとしても長居はできません」

マホロがおそるおそる言うと、アルフレッドの眉が軽く上がる。闇魔法の一族の村には瘴気《しょうき》が漂っているので、光の民であるオボロは長く逗留できないのだ。

「そうだね。今はとりあえず、ジークフリートが島を出ていないと仮定して、立ち入り禁止区へ兵を送り、魔法士たちに空と海の両方を見張らせるしかない……。ところでマホロ、君はジークフリートが二つ目のギフトを手に入れたと思うか？」

アルフレッドに鋭い視線で聞かれ、マホロは肝を冷やした。その話はあえてしなかったのだが、アルフレッドの目はごまかせなかったようだ。司祭であるオボロを攫《さら》ったことで、ジークフリートが二つ目のギフトを手に入れたのではないかと、アルフレッドは危惧している。

「いえ……。ジークフリートは……二つ目のギフトを手に入れられませんでした」

マホロは仕方なく答えた。アルフレッドの目がパッと光を伴う。

「そうか……!!　なるほど、やはりそうなのか……」

アルフレッドが悦に入《い》ったように唇の端を吊り上げる。アルフレッドはギフトを得る条件がある程度分かっているようだ。

「奴はもらえなかったのか？」

ノアが意外そうだ。ノアは自分が二つ与えられたので、ジークフリートも与えられると思っていたのだろう。マホロもそう思っていたので、アルフレッドの反応は意外だった。

「それは……驚きましたが、助かりましたね。ジークフリートにこれ以上、大きな力を手に入れてほしくありませんから。しかし、ノアは二つもらえたのに、何故……？」

団長も戸惑っている。オボロを攫われた時から、団長はジークフリートが二つ目のギフトを手に入れることを案じていたので、これはいい知らせだったようだ。

「ギフトの件はひとまず置いておいて、ジークフリート側に魔力増幅器となる少女がいるのは厄介だ。少女を攻撃対象とすべきかどうか」

アルフレッドは長椅子の背もたれにもたれ、団長に意見を求める。

「光の民とはいえ、自ら進んで協力しているとなれば、攻撃はやむをえません」

「そんな……っ」

マホロは団長の判断に、腰を浮かせた。

「オボロは光の民です……っ、誰かを攻撃をするような資質は持っていないんです！　どうか、彼女を保護していただけませんか」

オボロを攻撃されたくなくて、マホロはすがるように懇願した。

「無論、保護を求めてくるようなら、攻撃はしない。だが、そうでなければ……」

団長はちらりとアルフレッドを見やり、軽く首を振った。

「それは現場の判断に任せよう。保護できるなら、保護したい。光の民は貴重だ」

アルフレッドがマホロを労《いたわ》るように言う。それ以上無理は言えなくて、目を伏せるしかなかった。マホロだって一時は軍の監視下にいた。すぐに処分されなかったのは、マホロがジークフリートから逃げ出す意思を見せたからだ。

「ジークフリートが現れたとなると、光の民や森の人の居住区へ、兵を派遣すべきかもしれない。とはいえ、立ち入り禁止区に長く逗留するのは不可能だ。マホロ、新しい司祭が誕生したようだが、君には今後も定期的に水晶宮を訪れてほしい。いいだろうか？」

まとめるようにアルフレッドに言われ、力なく頷いた。

「待ってくれ、今後は俺もマホロと同行させてほしい」

それまで黙っていたノアが、毅然とした態度で申し出た。マホロが顔を上げると、隣に座っていたノアが手を強く握ってくる。

「俺が一緒にいれば、ジークフリートを倒すことだって可能だったはずだ。そうだろう？　俺の能力は敵を倒すものだ。あの地では魔法は使えないが、異能力は使えるのだから」

ノアに迫られ、アルフレッドと団長が顔を見合わせる。確かに、もしあの場にノアがいたら、ジークフリートを倒せていたかもしれない。

「……分かった。レイモンド、ノアをマホロの護衛に加えてやれ」

アルフレッドが鷹揚《おうよう》に言うと、団長がこくりと頷いた。ノアが安堵したように息を吐き、握った手に力を込めてきた。

「あの、それならヨシュアさんとカークさんはもう元の仕事に戻ってもらってもいいのでは？これまでジークフリートが俺を狙うのは、魔力増幅器となるからでしたが、彼にはもうオボロがいるのだから」

マホロが思い切って言うと、アルフレッドと団長が再び考え込む。ヨシュアとカークのことは好きだが、ずっと自分の護衛をしてもらうのは心苦しかった。

「俺がいれば十分だろ。あのふたりはいらない」

ノアも加勢する。

「……いや、護衛の二人はそのままだ。ジークフリートがマホロを諦《あきら》めたとは思えない」

アルフレッドは悩んだ末に、首を横に振った。ノアは少し不満げだが、団長も同意したので、それ以上文句は言わなかった。

アルフレッドは直接ジークフリートと会話したことはないはずだが、何故まだマホロを諦めないと思うのだろう。

「では——島へ戻らねば」

今後の指針を確認して団長が立ち上がろうとした時、執務室のドアがノックされた。

「陛下、セオドア様がおいでになりました」

侍従長がドアを開けて、声をかける。ノアの顔がサッと歪み、団長がちらりと目を向ける。

「入ってもらえ。団長は島へ戻れ。必ずジークフリートを捕らえよ」

アルフレッドが重々しく命じ、団長が「必ずや」と胸に手を当てた。団長が執務室を出て、代わりに入ってきたのは、ノアの父親のセオドアだった。軍服に身を固め、いつもの通り厳《いか》めしい顔つきで胸に手を当て、一礼する。

「陛下、お呼びと伺いました」

セオドアはマホロやノアに視線を動かす。アルフレッドは長椅子から立ち上がり、執務室の机に向かった。

「セオドア。来年の頭にアリシアが東マール地方へ視察に向かう。精鋭部隊を連れて、彼女の護衛をしてほしい」

アルフレッドが書類を取り出して、セオドアに差し出す。セオドアの顔色が変わり、躊躇《ちゅうちょ》するように書類を受け取らなかった。アリシアの名前に、マホロは身体を強張らせた。ノアもわずかに身体を硬くして、セオドアを窺《うかが》う。

アリシアは王族の義務の一部を担う目的で呼び戻された。視察はその一環だろう。

セオドアはアリシアと近しくなるのを厭っているとノアが言っていた。かつて関係を持った相手なので、複雑な胸中なのかもしれないが、アリシアの恐ろしい所業を目の当《ま》たり《あ》にした後では、セオドアの嫌悪がマホロにも理解できた。

「これは命令だ。アリシアに強く要望されてね」

アルフレッドは涼しい顔で、書類を突きつける。アリシアが望んでいるということは、彼女はセオドアにまだ想いがあるのかもしれない。考えてみれば、闇魔法の力をなくすために子を作るとしても、女性で未婚だったなら、好きな相手を選ぶはずだ。アリシアは大勢の男性の中から、妻も子もいるセオドアを選んだ。独身の男性も選ぶことができたはずなのに、そうしなかったというのは、つまりアリシアはセオドアを好いていたからではないだろうか？

「……謹《つつし》んで承ります」

ため息と共にセオドアは書類を受け取った。

「ノア。今夜はマホロとセオドアの屋敷へ泊まったらどうだろう？　ジークフリートはまだ島にいるかもしれない。王都のほうが安全だろう」

にこやかにアルフレッドが言う。

アルフレッドの提案という名の命令で、今夜はセオドアの屋敷へ泊まることになってしまった。寮に戻りたかったのでマホロは気が重くなった。

ふっとアルフレッドの瞳が悪戯めいた光を宿す。

「身内しかいないので、いいかな。ノア、アリシアが会うと言っている。この後どうだ？　セオドアとマホロも同席を許可するが」

ふいに横っ面をはたかれたような気分になり、マホロは顔を上げた。絶対に嫌だとマホロは肩を震わせた。先ほどアリシアに毒を盛られたと話してみようか？　そうも思ったが、胸の辺りに重苦しいものがあって言葉は出てこなかった。何よりもノアの実の母親が、そんな恐ろしい人だと伝えたくなかった。ノアに苦しんでほしくない。アリシアのしたことを知ったら、ノアは苦しむだろう。

「俺はけっこうです。部外者ですし、席を外します」

マホロは暗い声で断った。セオドアもノアも暗澹《あんたん》たる空気を漂わせていて、すぐ会おうとは言わなかった。避けていた母親との面談をいきなり言い渡され、ノアは迷っている様子だった。

ノアにはアリシアと会ってほしくない。会うとしても、自分は外してほしい。

「……分かった、会おう」

どういう感情の動きがあったか分からないが、ノアは実の母親と会うことを決意した。

マホロは息を呑み、拳《こぶし》を握った。ふたりが会ったらどうなるのだろう。穏やかに、感動の再会となるのだろうか？

「よかった。では、部屋を用意しよう」

嬉しそうにアルフレッドが呼び鈴を鳴らそうとする。するとそれを見ていたかのように、扉がノックされた。侍従長が一礼して入ってきて「陛下、アリシア様がおいでです」と告げる。

ハッとした時には、アリシアが部屋に足を踏み入れていた。まだアルフレッドの許可を得ていないうちから、アリシアは紫色のドレスをなびかせて、部屋の中央へ進み出る。

マホロは動揺して、今すぐこの場から飛び出したくなった。——アリシアはその場にいた人々を一瞥《いちべつ》し、女王のように微笑んだ。

マホロは長椅子に座ったまま、身動きできなかった。同席するつもりはなかったのに、出ていく前にアリシアが現れてしまった。隣に座っていたノアは、初めて目にするアリシアに驚きを隠せず、立ち上がって歩み寄る。

マホロはアリシアとノアがどんなふうに対面を果たすのかと目が離せなかった。けれど——マホロが想像したようなことは、ひとつも起きなかった。アリシアはノアを凝視したあと、わざとらしくため息をこぼしたのだ。

「セオドア様に似ていないのね……。がっかりだわ」

母親が息子に放つ最初の言葉としては、ふさわしくないものだった。さすがのノアも虚を衝かれて、言葉を失っている。

アリシアはふいっと部屋を見回し、セオドアを見つけた。その顔が華やかにほころび、躍るような足取りで近づいていく。

「セオドア様、お会いしたかったわ。どうして私の招待を無視なさるの？」

アリシアは頬を薔薇色《ばらいろ》に染めて、セオドアの前に立つ。対するセオドアはいつもよりいっそう無愛想にアリシアを見下ろす。

「私たちの息子は、こんなに立派に成長したのですね。セオドア様のおかげですわ」

先ほどがっかりと言った舌の根も乾かぬうちに、アリシアは平然と言う。アリシアはひたすらセオドアだけを見つめている。これだけで、マホロにも理解できた。アリシアはセオドアを愛している。セオドアだけを、想っている。

「それにしても……何故、ここに無関係の光の子がいるのかしら？」

アリシアが冷え冷えとした空気を放ち、マホロを鋭く見据える。マホロはひやりとして、長椅子から立ち上がった。

「失礼します……」

マホロはアリシアとこれ以上一緒の部屋にいたくなくて、頭を下げて部屋を出ていこうとした。するとアリシアが持っていた扇子をパチンと鳴らす。

「まぁ、挨拶もなしに出ていく気？」

アリシアが侮蔑的な笑みを浮かべた。マホロが息を呑むと、ノアが眉根を寄せてアリシアの前に立ちはだかる。

「マホロは俺の大切な人だ。無関係じゃない。無関係なのはむしろそっちだろ」

ノアがアリシアを睨《にら》みつける。ノアの眼光に大抵の人は恐れを抱くが、アリシアは動じた様子もなく見返している。

「大切な人……？　まぁそう。おかしなこと。私の息子がこのような趣味の悪い子だなんて」

アリシアが扇子で口元を隠して笑いだす。マホロは胸に広がる怒りという感情におののき、ノアの衣服を摑んだ。何故、この人は平気で自分に声をかけられるのだろう？　ついさっき自分を毒で殺そうとしたのを覚えていないのだろうか？　何故、被害者である自分がうつむいているのに、加害者のアリシアが堂々と顔を上げているのだろう。

「俺はあんたを母親と認めたことはないが？　突然現れて、迷惑しているくらいだ。言っておくが、マホロに対して失礼な態度をとるようなら、容赦はしない」

ノアは腕を組み、真っ向からアリシアと対峙《たいじ》した。

「あらあら。あなたが認めようと認めまいと、私は生物学上あなたの母親なの。ねぇ、マホロ

――と言ったかしら」

アリシアはノアの背中に隠れているマホロを覗き込んだ。蛇のように狡猾《こうかつ》な目が、マホロの背筋を震わせた。

「私ね——光魔法の血族が大嫌いなの」

アリシアはゾッとするような恐ろしい声音で言った。マホロは恐怖を感じて、ノアの衣服を引っ張った。これまで光魔法の血族を嫌いと言われたことはなく、驚きと疑問が湧く。

「その顔。嫌われる要素が光魔法にはないとでも言いたそうね。あなたたちはお綺麗で純粋で、本当に反吐《へど》が出るくらい目障《めざわ》りだわ。そんな子が息子の大切な人だなんて、許せないわね。めちゃくちゃにしてやろうかしら。私、綺麗なものを汚すのが大好きなの」

アリシアが残酷な笑みを漏らした。精神的打撃を受け、マホロは後退る。アリシアの恐ろしい毒っ気に当てられ、蛇に睨まれた蛙のようだ。

「おい！」

ノアが気色ばんで、一歩距離を縮めてきたアリシアの肩を強い力で押す。アリシアがぐらつくと、とっさにセオドアが駆け寄って、それを支えた。ノアは苛立ったそぶりでマホロを抱き寄せた。

「いい加減にしろ！　突然現れてあんたは——」

我慢の限界を迎えたようにノアがいきり立ち、それを制するように長椅子に座っていたアルフレッドが両手を打ち鳴らした。全員がハッとして、アルフレッドに目を向ける。

「そこまでだよ。家族の修羅場《しゅらば》は非常に面白い見世物だけどね。アリシア、マホロは貴重な人材で俺のお気に入りなんだ。礼節を持って接してくれ」

アルフレッドはにこやかな態度でアリシアに言った。アリシアは居住まいを正し、ドレスを持ち上げて会釈する。

「陛下。お言葉、肝に銘じます」

アリシアはそれまでの毒婦といった雰囲気を消し去り、淑女らしい落ち着いた調子で言った。一瞬で態度が変わるアリシアに不気味さが募り、マホロは動揺を隠せずにいた。アリシアと目が合うと、にたりと笑われる。アリシアはもう闇魔法の力は持っていないはずなのに、まるで闇魔法の一族の村の人と話した時みたいだった。アリシアは人を殺すことも傷つけることも何とも思っていない。

初めての親子の対面は最悪な雰囲気だった。ノアは完全にアリシアを敵と見なしている。セオドアが何故アリシアを厭っていたのか、マホロにも理解できた。アリシアは毒婦という言葉がぴったりの、悪しき花だった。

「――ここは家族水入らずで話すといい。マホロ、俺たちは外で待とうか」

アルフレッドが立ち上がり、マホロの手をとって扉に向かった。ノアは珍しく、どうしていいか分からないようだ。そんなノアを残していくのは気がかりだったが、これ以上アリシアの傍にいたくなかった。

マホロはアルフレッドと部屋を出た。扉を閉めると、アルフレッドが小さく笑う。

「手痛い洗礼を受けたね。ノアの実母は、なかなかの性格をしている」

アルフレッドに頭を撫でられ、マホロは大きく息を吐いた。アリシアと離れてやっと息が上手く吸える。それにしても、アリシアは何故あれほど光魔法の血族を嫌うのだろう。

「俺が思うに、闇魔法の血を引く者は特定の者に執着する傾向があるね。赤毛を失って、魔法が使えなくとも、ノアといい、ジークフリートといい……、アリシアもしかり、だ」

マホロにだけ聞こえるようにアルフレッドが囁《ささや》く。だから、アルフレッドはマホロの護衛を維持したのだろうか。

「ところで、その血——まさかアリシアか？」

廊下を歩きだしたアルフレッドに、見透かすように問われた。マホロがうつむいて頷くと、アルフレッドの手がマホロの髪を撫でた。

「そうか……。すまないことをしたね。アリシアにはよく言って聞かせておこう。あれほど光魔法に含むところがあるとは予想できなかった。見込み違いだったな……」

後半は独り言のように呟き、アルフレッドは侍従を呼ぶ。廊下の窓の傍で控えていた侍従が、アルフレッドに尋ねる。

「陛下、執務室へ戻られますか？　お食事になさいますか？」

アルフレッドはうなじを揉んだ。日が暮れて、廊下のカンテラには火が灯《とも》っていた。

「軽食を執務室へ持ってきてもらえるか？」

忙しい身のアルフレッドは、まだ仕事が残っているようだ。

「さて、俺はまだ仕事があるから執務室へ戻るよ。今後、アリシアが君を呼び出すことがあっても、俺の名を出して断っていい。マホロはここで彼らを待つかい？」

アルフレッドに聞かれ、マホロは躊躇した。アリシアともう顔を合わせたくない。自分のせいでノアと対立もさせたくない。

「そうか。では客間でノアを待つといい。セオドアには帰る際に挨拶は不要だと伝えてくれ。――そうそう、新しい司祭が誕生したなら、シリルが立ち入り禁止区へ行きたいと言ってくるだろう。そうしたら、こう言ってくれ。立ち入り禁止区へ行くのは許可するが、あいにくレイモンドは多忙でね。《転移魔法》は使えないと」

アルフレッドが廊下を進みながら言う。マホロは歩みを合わせつつ、「えっ」と声を出してしまった。

シリルに、徒歩で水晶宮へ行けと言っているのか？

「それと、新しい司祭についてはシリルには内緒にしてくれ。彼がどれくらいの時間で、この情報を得るのか興味がある」

意地の悪い笑みを浮かべ、アルフレッドが立ち去る。慌ててマホロはその後を追った。

「あの、それでいいんですか……？」

アルフレッドの態度は四賢者への敬意あるものではなく、むしろわざと邪魔をしているみたいだ。

「陛下は、シリル先生がお嫌いで……？」

マホロが困惑して言うと、アルフレッドが肩越しにマホロを見やる。

「シリルは、『いい先生』かな?」

逆にアルフレッドに問われ、マホロは言葉に詰まった。シリルの横暴で高圧的な態度に学生たちは皆苦しんでいる。弱みを握るために使い魔の蛙を野に放つし、今のところいい面は見つけられない。

「それは……。でも徒歩で行くと危険も……」

「本人が望んでいることだ。何故、俺がシリルの助けにならねばならない? まぁ、とはいえ護衛くらいは希望通りにつけるつもりだ」

そっけなく言い、アルフレッドは執務室へ行ってしまった。マホロはそれ以上何も言えなくて、すごすごと客間に向かう階段を下りた。

三十分ほどで、ノアがやってきた。ひどい仏頂面《ぶっちょうづら》だった。

「馬車を待たせている。そこで親父《おやじ》を待っていよう」

疲れた声でノアが言い、マホロの手を握って王宮を出た。セオドアはアリシアを部屋まで送り届けるため別行動になったようだ。

王宮の馬車寄せに停《と》まっているセント・ジョーンズ家の馬車のそばには、ノアの馴染《なじ》みの御者が待っていた。突然現れたノアに驚きつつ、馬車の扉を開ける。

「親父はもう少ししたら来るから、このまま待ってくれ」

ノアは御者に指示して、馬車に乗り込む。ノアの手に引っ張られ、マホロも馬車に乗り込んだ。

ノアは動揺しているのか言葉数が少なかった。

「……子どもを産んでも母親になるわけじゃないんだな」

ようやく絞り出すように言った言葉が、それだった。ノアは大きく息を吐き、髪を掻き乱した。実の母親との対面は想定外のものだったのだろう。マホロは返す言葉がなかった。家族だけになってアリシアの態度がいい方向に変化したのならいいが、そうではなかったようだ。

「会って、逆にすっきりしたかもしれない。もう実の母親を気に病む必要はない。あの女に情を持つ理由が消えた。まさに——俺の母親だ」

ノアは乱れた髪を耳にかけ、きっぱりと言った。

「ノア先輩……」

マホロは隣に座るノアの手を握った。

「すまない。お前に嫌な思いをさせてしまったな。まさかあの女があれほど光魔法の者を毛嫌いしているとは知らなかった。今後、あいつに何かされたらすぐ言えよ？　ただの脅《おど》しだとは思うが……。分からない、あの女なら嫌がらせで俺を苦しめそうな気がする」

ノアに真剣に言われ、マホロは安堵が広がってそっと抱きついた。ノアもしっかりとマホロを抱きしめてくれる。

「それと、ジークフリートに何かされなかったのか？　あいつはお前に触れなかった？」

思い出したようにノアに詰問され、マホロは黙り込んだ。

「されたのか？」

マホロの顔を覗き込んで、ノアが神経を尖《とが》らせる。

その時、セオドアが戻ってきて、馬車の扉が開いた。

「屋敷に戻ったら、話そう」

ノアはマホロに耳打ちし、向かいに座ったセオドアに軽く会釈した。扉が閉まり、御者が鞭《むち》を振るって馬車が動きだす。

揺れる馬車の中、ノアはじっとセオドアを見つめていた。セオドアは目を閉じ、腕を組んで黙り込んでいる。

「——あの女と再婚するのか？」

ノアが沈黙を破って、セオドアに問いかける。セオドアのこめかみがぴくりと動き、忌々しそうにノアを睨む。

「ありえない」

短くセオドアが答える。セオドアはアリシアを娶《めと》るつもりはないのか。けれど相手は王族だ。あれだけ情熱的に慕われているのに、拒否できるのだろうか？　しかも、視察の護衛まで命じられているというのに。

「そうだな……。あんたの好きなタイプじゃないもんな」

珍しくくだけた言い方でノアが笑った。いつもの父親に対する悪態とは少し違っていて、マホロは目を瞠《みは》った。ムッとしたそぶりでセオドアが目を開ける。

「あの女に会って、よく分かったよ。俺の母親は亡くなった母さんだけだ。親父、聞かせてくれ。

ずだ。どうしてだ？」

母さんを愛していたんだろう？　俺がギフトの代償で母さんを死なせた時——俺はあんたをすごく責めた。だが、あんたは俺を一度も責めなかった。本当は母さんを殺した俺に、憤《いきどお》っていたはずだ。どうしてだ？」

　ノアが熱のこもった声で、一気にまくし立てた。マホロは胸が熱くなってふたりのやりとりを固唾《かたず》を呑んで見守った。

　セオドアは妻を喪《うしな》ってもノアを責めなかったのだ。

　セオドアはギフトの代償に妻を喪うと予想していたのだろうか？　それともまったく予想外だったのか。もし愛していたのなら、どうしてノアにギフトを与えるために司祭の元に連れていったのか。

「答えろよ、親父。俺にギフトを与えようとしたのは、俺が闇魔法の血を引いていると分かっていたからなんだろう？　あんたはいつも言葉が足りないから、俺は悪く考えてしまうんだ。何で俺にギフトを与えようとした？　母さんが亡くなると思わなかったのか？」

　何も答えないセオドアに、焦《じ》れたようにノアが質問を重ねた。マホロはハラハラした。セオドアからふうと重苦しい息が漏れる。

「ギフトをもらうべきだと言いだしたのは……亡くなった妻だ」

　ぽつりとセオドアが言葉を紡《つむ》いだ。ノアは衝撃を受けて、握っていたマホロの手に力が込められた。

「お前の行く末が心配だったのだろう。大きな力があれば、いつか王家から命を狙われる日が来ても、対処できるのではないかと言ってきた。お前が彼女に心を開いているのを知っていたので、私は反対した。それでも……そうしてほしい、と」

セオドアの明かした話は、思いがけないものだった。その証拠に、ノアは肩をわななかせてしばらく顔を覆ったまま動かなかった。マホロも、ノアの亡くなった母親の深い愛情に、万感胸に迫った。ノアの亡くなった母親は、すべてを予想した上で、ノアに力を与えようとしたのだ。血は繋がっていなくても、ノアを心から愛していた。

「何が起きてもお前を責めるなと、彼女から言われている」

セオドアは在りし日を思い浮かべるように、窓の外へ視線を向け、寂しそうに肩を落とした。

もはやノアは何も言わなかった。マホロはノアが泣くのではないかと案じたが、大きく息を喘《あえ》がせるだけで涙は落ちなかった。

セオドアの屋敷へ着くまで、誰も何もしゃべらなかった。

けれど車内は温かい空気に満ちていた。


屋敷に着くと、執事は突然現れたノアとマホロを驚きつつ歓迎した。

メイドたちがマホロとノアのための夕食を準備し、部屋を調えた。ニコルは各地の鉱山への巡回で忙しく留守にしているため、ブリジットが生まれたばかりの男の乳児と一緒にマホロたちを歓待してくれた。男の子はクリフォードと名づけられ、魔法回路を持っている。いずれはセント・ジョーンズ家の跡継ぎとなる子だ。くりっとした目の、ニコルに似た整った顔だちで、ブリジットはすっかり母親の顔になっている。

セオドアやブリジットと一緒に夕食をとり、マホロは食後に赤ちゃんの相手をした。ブリジットにせがまれ、ノアがおぼつかない手つきで甥《おい》っ子《こ》を抱いている。

湯浴《ゆあ》みの用意ができたとメイドに言われ、マホロは浴室に行って、身体の汚れを洗い流した。今日はいろいろなことが起きすぎて、心が落ち着かない。アリシアからの強烈な嫌悪感と憎悪、ジークフリートと一緒に去っていくオボロの姿が、何度も脳裏に浮かぶ。

（アリシア様とはもう会いたくない……）

アリシアに関しては忘れようと、自分に言い聞かせた。相手は王族だが、アルフレッドも言っていたように、今後呼び出されても行く必要はない。断ってもいいのだ。歪んだ心の持ち主であるアリシアに、マホロは太刀打ちできない。

（……あのままオボロを行かせてよかったのだろうか？）

水晶宮では、あんな小さな少女を、止めることもできなかった。光の民とはいえ、幼い彼女は物事の善悪だってまだ分からないに決まっている。大人になりたくてジークフリートという危険なパートナーを選んでしまっただけだ。

（どうしよう……）

何か別の方法があったのではないかと、後悔が重くのしかかった。光魔法の血族の中で、自分が一番年上だという現実が責任感を芽生えさせていた。何度も水晶宮へ行って、子どもたちと触れ合ったのもあるかもしれない。

憂鬱《ゆううつ》な気分に苛《さいな》まれつつ、マホロは浴室を出た。身体を拭《ふ》いていると、年配のメイドがマホロに白いバスローブを渡してくる。

「ノア様がお待ちです」

一階の浴室からノアの部屋へ案内され、マホロは何も考えずに部屋に入った。中へ足を踏み入れて、寝室だと気づいた。大きなサイズのベッドと、ベッド脇の小さなテーブル、壁際には長椅子が置かれている。窓はカーテンが開いていて、大きな月が覗いていた。今夜は満月だった。薄く開いた窓から夜風が吹いている。

マホロは火照った身体を冷ますように、テラスに出た。

手すりに手をかけ、庭を見回す。大きく半円形に出っ張ったテラスで、庭がよく見える。セオドアの屋敷は常に警備兵が巡回していて、ランタンの明かりが闇の中を移動していた。

「マホロ」

テラスで月を見上げていると、背後から声がした。

「ノア先輩……」

濡れ髪のノアが近づいてきて、マホロを引き寄せる。ノアが呪文を唱え、マホロとノアの間に一陣の風が吹く。風はマホロとノアの濡れた髪を乾かす。

「少し肌寒いな……」

マホロの髪の匂いを嗅《か》ぎ、ノアが口づけようとする。いつものようにキスを受け入れようとしたマホロは、ふっと脳裏にジークフリートに口づけられた記憶が過《よ》ぎった。無意識のうちに身体がびくっとしてしまい、ノアの胸を押し返してしまう。

「あ……」

拒否する態度をとったことに、我ながら驚いた。マホロは青ざめて、ノアを見上げる。

「……ジークフリートに、何をされた？」

マホロの顎《あご》を上向かせ、ノアが嘘を許さない瞳で問う。マホロは目を伏せて、唇をぎゅっと結んだ。湯浴みした時点で、ジークフリートに噛まれた傷跡は消えていた。おそらく光の精霊王が毒を治癒してくれた際、噛まれた痕も消してくれたのだろう。だが、痕が消えても、ジークフリートに触れられた記憶が消えるわけではない。そんなマホロの後ろめたさに勘づいたように、ノアが物騒な顔つきになった。

「キスを……、キスだけです」

マホロが声を振り絞って言うと、とたんに噛みつくようなキスが降ってきた。ノアはマホロの唇を舐め、舌を差し込み、ジークフリートとの記憶を塗り替えるように激しく唇を吸ってくる。

「ん、んう……」

息もつけないほど激しく口を蹂躙《じゅうりん》され、マホロは息を喘がせた。ノアの指が口内に入り、こじ開けるように口の中を探られる。腰が密着して、熱が伝わる。

「はぁ……はぁ、ノア先輩……」

口の端から唾液をこぼして、マホロはぐったりとノアにもたれかかった。ノアは知らないはずなのに、マホロの噛まれた肩に、舌を這わせた。気のせいか、ぴりりとした痺れが生じる。

「身体を触られたか？」

マホロの頬に舌を這わせ、ノアが囁く。マホロが涙目で首を横に振ると、少し安心したようにバスローブの裾から手を差し込む。ノアの手が性器に直接触れてきて、マホロは腰を屈《かが》めた。

「こ、ここじゃ……」

テラスであられもない場所を探られているのが恥ずかしくて、マホロは息を詰めた。

「駄目か？　巡回の兵士が通るな」

意地悪するようにノアが性器を揉む。敏感な場所を弄《もてあそ》ばれ、マホロはびくびくと腰を浮かせた。気づいたらバスローブの紐《ひも》が解《ほど》け、前の部分が夜気にさらされる。

「ノア先輩……っ」

マホロが慌てて前襟を合わせようとすると、ノアの手が尻のほうに回ってくる。両手で尻たぶを揉まれ、マホロはノアの腕に閉じ込められる形になった。

「たまにはこんな場所もいいだろ？」

マホロの耳朶《じだ》を甘く噛み、ノアが指を尻の穴に入れてくる。まだ硬いそこは、強引に指を入れられて、慎ましく抵抗する。

「ノア先輩は破廉恥《はれんち》です」

マホロが目を潤ませて睨みつけると、くっと笑いだす。

「分かったよ、ベッドに行こう」

ノアはそう言ってマホロを抱き上げた。横抱きに抱えられ、マホロは歩けるのにと赤くなった。ノアは大股で部屋に入り、清潔に整えられたベッドにマホロを下ろす。すぐにベッドが沈んで、ノアが覆い被さって唇をふさいできた。

「あいつの匂いは消さなきゃな。俺の匂いで満たしてやる」

マホロが何か言うのを許さないように、ノアは長くキスを続けた。唇がふやけそうになるくらい、舐めて吸われる。その合間に、胸元を撫で回された。

「ん……っ」

ノアはキスをしながら乳首を弄《いじ》る。すっかり快楽の味を覚え込まされたそこは、指で弾《はじ》かれ、摘み上げられ、甘い電流を身体に流す。マホロは唇が離れた隙間に、無意識のうちに腰を跳ね上げた。両方の乳首をいっぺんに引っ張られると、どうしても甲高い声が漏れてしまう。

「可愛い乳首だ」

マホロの口から顔を離し、ノアが愛しげに胸に頬をすり寄せる。舌先でねろりと乳首を撫でられ、マホロは頬を紅潮させた。

「濡れていやらしく光っている。ジークフリートはお前のこんな身体を知らないだろう？」

ノアはマホロの乳首を唾液で濡らしてピンと立たせると、時おり歯で甘噛みした。ジークフリートの名前を出されると、わけもなく動揺してしまう。優しく歯で乳首を引っ張られ、ぞくぞくと背筋を寒気が伝う。まだ乳首しか愛撫されていないのに、とっくに性器が反り返り、濡れている。ノアの愛撫に馴染んだ身体は、愛される悦《よろこ》びにほころんでいる。

「ノア……先輩……、あ……っ、は……っ」

音を立てて乳首を吸われ、マホロはシーツとバスローブを乱した。息が乱れて、全身が発汗していく。胸を弄られているうちに、身体の奥が疼《うず》いてきて、もじもじしてしまう。

「ノア先輩……っ、胸だけじゃ、嫌、です」

耐え切れずマホロが真っ赤になって言うと、嬉しそうにノアがマホロの二の腕に赤い痕を残していく。

「可愛いマホロ。俺以外には、そんな顔見せるなよ……?」

ノアがうっとりしてマホロに口づけ、ベッドの脇にある小さなテーブルに置かれた小瓶を手に取る。使用人に用意させたのかと思うと、かなり恥ずかしい。

「ん……っ、んん……っ」

ノアが小瓶から取り出した液体を、マホロの尻へ塗りたくる。粘度のある液体が、狭いマホロの尻の穴を柔らかく広げていく。ノアの長い指が奥まで入ってきて、優しく内壁を辿る。

「は……っ、はぁ……っ、はぁ……っ。あ、もう……」

指で奥をかき回され、マホロは胸を上下させて喘いだ。指だけでも気持ちよくて、目がとろんとする。奥にあるしこりを指で擦られ、乳首を舌で弾かれると、身悶《みもだ》えてしまう。

「気持ちいい……?」

マホロの感度を確かめるように、ノアが指を増やして出し入れを繰り返す。指先がしこりに触れるたび、マホロは腰をひくつかせた。

「は、はい……、気持ちいい……」

目を潤ませて、マホロは息を荒らげた。ノアの手でどんどん身体が熱くなっていく。濡れた卑《ひ》猥《わい》な水音が、尻の奥からしている。ゆっくり撫でられたかと思うと、激しくかき混ぜられる。ノアは液体を増やしてマホロの尻の奥を濡らしていく。

「俺が開いた身体だ……、前より感度がよくなってる。ジークフリートには絶対に渡さない」

ノアは唇の端を吊り上げ、マホロの片方の脚を持ち上げる。独占欲を示すように太ももをきつく吸われ、マホロはびくっと震えた。ノアはマホロの白い脚の内側に、痕を散らしていく。

「ひ……っ、あっ、あっ、あっ」

太ももを甘噛みされながら、ぐりぐりと内部を指で刺激された。しこりを擦られるたびに、甘い声がこぼれる。性器から垂れている先走りの汁が、腹やバスローブを濡らしているのが恥ずかしい。

「ノア先輩……、もう、入れて……っ」

このままでは指で達してしまいそうで、マホロは熱っぽい眼差しでねだった。ノアが目を細め、身を屈めて唇を吸ってくる。

「いいよ、俺ので突いて、イくか……?」

熱い息を吹きかけ、ノアがマホロの身体を反転させる。バスローブを脱がされ、シーツにうずくまる体勢になった。ノアは気持ちよさそうな息遣いで、勃起していた性器の先端をマホロの尻の穴に押しつけた。

「ん……っ、ふうう」

ぐっ、と先端の張った部分が内部にめり込んできて、マホロは苦しくて息を吐き出した。ノアはマホロの呼吸に合わせて、熱く猛《たけ》ったモノをぐぐっと内部に押し込んできた。

「はぁ、まだ狭かったな……」

ノアが性器を挿入しながら、マホロの背中を撫でる。マホロは必死に呼吸を繰り返し、腰を突き出す形になった。ノアがさらに奥へと性器を入れてくる。狭い尻穴が目いっぱい開かれ、熱くて鼓動が跳ね上がる存在と繋がる。ノアの性器はとっくに熱くなっていて、雄々しく脈打っている。

「う、う……、はぁ……っ、はぁ……っ、あ、ノアせんぱ……」

マホロは真っ赤になって腰を揺らした。ノアが背後で息を詰めた気配がすると、深い場所まで性器が潜り込んでくる。

「ふう……、俺のものだ……。こうしている時だけは、安堵できる……」

繋がった状態でノアが背中からマホロを抱きしめる。マホロは苦しさと快楽で汗を滲《にじ》ませ、シーツに肘を立てて顔を埋めた。

「苦しくない……？」

ノアの手が太ももや背中、脇腹を撫でていく。長い指で肌を辿られ、マホロは肩で息をしながらかろうじて頷いた。

「ん……、時々締めつけるの、気持ちいい……」

マホロの髪を撫で、ノアがうなじにキスをする。角度が変わって、銜《くわ》え込《こ》んだ奥がきゅっと締めつける。意識してやっているわけではないのだが、内部を締めつけるたびに、ノアの形がはっきり分かって顔が熱くなる。

「動くぞ……」

ノアが囁いて、上半身を起こしてゆっくり腰を揺さぶる。馴染み始めた身体は、優しく揺さぶられて、ひくひくと身悶える。

「は……っ、ふ……っ、はぁ……っ、あぁ……っ」

ぐちゅぐちゅと濡れた音をさせて、ノアの性器が出たり入ったりを繰り返す。マホロは熱い息を吐き出し、太ももを震わせた。挿入の苦しさが薄れ、与えられる快楽にぼうっとする。ノアの内部の熱が、気持ちいい。硬いモノで奥の感じるしこりを擦られると、嬌声《きょうせい》がこぼれる。

「あ……っ、あ……っ、あ……っ、ひ、は……っ」

マホロが上擦った声を上げると、ノアが腰を抱え直す。一転して激しく腰を穿《うが》たれ、マホロは甲高い声を上げた。

「や……っ、あ……っ、や、ぁ……っ、待……っ」

いきなり内部を熱の棒でかき乱され、マホロは腰を揺らした。先ほどすでに射精しそうだったマホロは、強引に奥を突かれ、息も絶え絶えになった。

「あ……っ、やだ、何で……」

あと少しで絶頂に達する、というところで、ノアがいきなり腰を止めて、性器を引き抜く。

「ノアせん……」

涙目で抗議しようとすると、ノアに体勢を変えられた。仰向けにされ、片方の脚を持ち上げられて、再び熱い塊で貫かれる。

「ひ……っ、は、ああ……っ」

角度を変えて突き上げられ、マホロはあられもない声を響かせた。ノアは容赦なく腰を振り、マホロの内部を熱くさせていく。それなのに、またイきそうになると、ふっと動きを止め、唇を吸ってくる。

「何で……、ノア先輩……焦らさないで……」

その後も何度も何度も寸止めされて、マホロは目尻から涙をこぼして訴えた。焦らされたせいで身体がひくつき、奥が痙攣《けいれん》している。紅潮した頬でノアを見上げると、ノアがマホロの乳首を指で弾いてくる。

「もうイきそうだろ……？　乳首でイけるんじゃないか？」

ノアは意地《いじ》悪い笑みを浮かべ、マホロの乳首を指で摘み上げる。尖った乳首を引っ張られ、ぐりぐりと弄られ、マホロはシーツを乱して呻《うめ》いた。乳首を刺激されるたびに、銜え込んだ奥を無意識のうちにきゅんきゅん締めつけるのが恥ずかしい。

「ひあ……っ、はぁ……っ、あ……っ、やだぁ」

乳首だけを執拗《しつよう》に弄られ、マホロは身体をくねらせて泣いた。我慢できなくなって、自ら腰を揺らしてしまう。

「う……っ、はは、中、気持ちいいか……？　こっちより、奥がいい？」

マホロの乳首を指先で弾き、ノアが笑う。マホロは達したくて耐えられなくて、頷いた。すると、ノアが急にずんと腰を打ちつけてくる。

「ひあぁ……っ」

甘く強い電流が腰に伝わり、マホロは仰《の》け反《ぞ》った。続けて両脚を持ち上げられて、深く何度も突き上げられる。待ち望んだ快楽にマホロは甘ったるい声を上げて、絶頂に達した。性器から白濁した液体がこぼれ出る。ノアはマホロが達しているのを知りながら、さらに何度も身体を揺さぶった。

「ひああ……っ、ああ……っ、あ、も……っ!!」

続けざまに激しい快楽を与えられ、マホロは何度も腰を震わせた。両足の先がぴんと伸び、銜え込んだ奥がびくっ、びくっと収縮を繰り返す。

「マホロ……っ、お前は俺のものだ……、誰にも渡さない」

腰を穿っていたノアが、眉根を寄せて、苦しそうに屈み込んでくる。熱い息遣いでノアが激しく腰を打ちつけてきた。マホロが前後不覚になるくらい、内部をぐちゃぐちゃにされる。やがてノアの動きがピークを迎え、内部に熱い液体が注がれた。

獣のように呼吸を繰り返し、マホロとノアは抱き合った。

こうしてノアと抱き合えることをマホロは感謝していた。もう、この熱い身体を手放したくない。それを伝えるように、隙間もないほどノアの身体と密着した。

貪るように抱き合い、マホロは眠気を感じてノアにくっついてうとうとした。少し寒かったのでバスローブを羽織り、布団の中に潜り込む。

ジークフリートとの邂逅《かいこう》とアリシアから受けた苦痛は、ノアの温かい身体に寄り添うと薄れていった。自分にとって一番必要なのは、ノアなのだと改めて思った。

「ノア先輩、よかったですね」

腰に回した腕で引き寄せられ、ノアと間近で目を見交わすと、マホロは頬を撫でて言った。ノアが額を寄せて、マホロの鼻先にキスをする。

「何が」

ノアの黒髪が頬に垂れてきて、マホロはそれを指で梳《す》いた。

「お父様と和解ができたじゃないですか。わだかまり……なくなりましたよね？」

セオドアの告白はノアの胸を打ったはずだ。ノアの父親への怒りの原因は、父親が何も語らないことだとマホロは思っている。セオドアはきっと語るのをよしとしない性格をしているのだろう。けれど、かつて妻と交わしたやりとりの一端が明かされ、ノアの怒りは解けたはずだ。

「まぁ……扱いづらい息子を放り出さなかった理由はよく分かった」

ノアはどさりとマホロの隣に倒れ込んで天井を見上げた。

「よく俺を憎まなかったものだ。俺だったら、たとえ息子でも、好きな女を殺したら許さないけどな」

シーツに肘をついて、ノアがマホロに笑いかける。

「実の母親に関しては、もういい。とんでもない女だって分かったし……。親父に執着していたようだった。あんなに我慢している親父を見たのは初めてだ」

接見の間で交わした会話を思い出したのか、ノアは顰《しか》めっ面《つら》になる。マホロが部屋を出てからも、どうやら悲惨な状況だったらしい。

「……セオドア様はアリシア様をお嫌いなのでしょうか？」

マホロはうつむいた。アリシアとセオドアが再婚することになったら嫌だと思ったが、部外者であるマホロに口出しする権利はない。セオドアはアリシアの恐ろしさを知っているのだろうか？　美しさだけでいったら、デュランド王国の一、二位を誇るほどなのに、内面は悪魔のようだった。

「親父の好みが亡くなった母さんなら、真逆だからな……。今、気づいたけど、俺と親父の好みって似てるかも……うっ、想像したくない」

ノアは何かを思い描いたのか、枕に顔を突っ伏す。ノアの亡くなった母親は聖母みたいな女性だったのかもしれない。

「俺のほうはいいとして、マホロ。ジークフリートと他にも何かあったんじゃないのか。ずっと塞いでいるだろ」

　気遣うようにノアに聞かれ、マホロは黙り込んだ。

　ノアにどう話したらいいいか、考えていた。この胸に残るモヤモヤとした想いを、そのままぶつけていいのだろうか。

「彼は……俺が彼の元へ行けば、争いをやめる、と……」

　マホロはたどたどしく言った。ノアの顔が大きく歪む。

「でも俺は、彼の元へ行けなかったんです。足が動かなかった。俺は、自分が犠牲になれば大勢の人が助かるかもしれないのに、できなかった。俺は駄目な奴です」

　マホロが手で顔を覆うと、ノアの手がそれを引き剝がした。ノアはひどく怒った様子でマホロを覗き込む。

「そんなのは奴のでたらめに決まってる。お前の優しさにつけ込もうとしただけだろうが」

　ノアはマホロを抱き寄せ、額を突き合せる。

「お前がいなくなったら、俺は死ぬほど怒り狂ったぞ。だから、ぜんぜん駄目じゃない」

「でも俺は……、ノア先輩」

　マホロはノアの肩に顔を埋め、ぎゅっと抱きついた。

　自分は——すべてを丸く収める方法を知っている。光の精霊王が言っていた、扉を開けて、次元を戻せば——闇魔法と光魔法の血族は分離されるのだ。そうすればこれ以上ジークフリートが人を殺すこともなくなるし、光魔法の血族も死という概念から解き放たれる。それが分かっているのに、自分にはできない。どうしても、できない。

ジークフリートにあの問いを突きつけられた時、マホロには分かってしまった。

自己犠牲で世界を救えない。

死にたくない。まだずっと生きていたい。好きな人と、好きなものに囲まれて、暮らしていたい。遠くでたくさん人が死ぬ未来を知っていても、なお。

「俺は浅ましい……」

マホロがぽつりと呟くと、ノアが憤ったように口づけてきた。

「お前が浅ましかったら、俺なんかどうなる。お前の価値観はおかしい」

ノアの大きな手が何度も髪を梳き、頬や唇、こめかみにキスが落ちる。

「ノア先輩、昔……一人の人間の命で千人の命が救われるとしたら、その命を奪えるかって俺に聞きましたよね」

マホロがじっとノアを見つめて尋ねると、キスが止まって、代わりにバスローブに手を差し込まれる。

「ああ、言ったな」

「俺は一人の命で千人分の命を救えるなら、と思いました。でも、それがいざ自分のこととなると……、救う気になれないんです。尊い自己犠牲なんて、嘘です……」

するりとバスローブが肩からはだけ、ノアがマホロの白い肩に唇を押しつける。

「何故か分かるか?」

ちゅっと音を立てて肩を吸い、ノアが囁く。

「主観で見ると命は平等じゃないからだよ」

首筋に次々と赤い花を散らして、ノアが言う。ああ、その通りだとマホロも思った。命は平等であるはずなのに、どの命も同じ重さをしているはずなのに――自分の中では、平等ではない。見知らぬ人と、愛する人の命は同じじゃない。

「こんな俺が光魔法で人の命を救うのは間違っているのでは……」

マホロは肩口を吸うノアの背中に手を回して呟いた。

人を救うたびに――光魔法という聖なる力を見せるたびに、人々はマホロに聖人としてのあり方を望むのではないか。それがとても窮屈で息苦しいことに思えてならない。

「魔法はあくまで、ただの力のひとつだ」

ふっとノアが起き上がって、マホロのうなじを摑んだ。鋭い視線を受けて、マホロは言葉を呑み込む。

「間違えるな。お前は光の精霊じゃない。魔法は、定義された方法を使って発動される力だ。そこに感情を乗せるな」

ノアに厳しく言い渡され、マホロは救われた思いになった。

「そう……ですね、そうですよね」

マホロはわずかに重荷が軽くなった気がして、口元を弛めた。迷わないノアの強さが、マホロの胸を熱くさせた。マホロはノアの厚く引き締まった胸板に抱きついて目を閉じる。

心地よい疲れがマホロの四肢から力を抜いた。夢も見ずに、深い眠りを貪った。

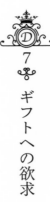

7 ギフトへの欲求

翌日は団長がセオドアの屋敷へやってきて、マホロとノアをクリムゾン島まで送ってくれた。クリムゾン島では厳しい警備体制が敷かれ、監視が強化されていた。《転移魔法》を使えないジークフリートたちがまだ島の中にいるはずだと警戒しているからだ。

「敵は姿を消している！　どんな些細な異変も見逃すな！」

団長は魔法士たちに指示して、島の周囲を監視している。軍の船は島の周囲をゆっくりと航行している。敵が船で島を出るつもりか、あるいは竜を使うつもりか、はたまた違う方法があるのか、あらゆる可能性を前提に団長は万全の態勢を調えているのだ。

島に戻って三日目、竜が島に近づいてきたという報告があった。竜に騎乗する者はおらず、野生の竜と判断されて、魔法士たちが攻撃魔法を繰《く》り出《だ》した。竜はすぐに反転してどこかへ飛び去った。

一方で、マホロの護衛として、ノアに正式に辞令が下りた。

三人体制になったことで休憩をとりやすくなったのはいいが、ノアのせいで前より目立つようになってしまった。中でもシリルはノアが気に食わないらしく、会うたびに「まるで王族の護衛のようだ」と揶揄《やゆ》していく。

マホロはシリルとはなるべく関わりを持たないようにしている。話しかけられるのを避けるために授業が終わったらすぐに教室を出ていくし、廊下でばったり会わないように、アルビオンに匂いを感知させている。犬の使い魔なだけあって、アルビオンはシリルの匂いに敏感で、あわやという場面を何度も助けられた。また、ノアが護衛になったことで、ブルが出てこなくなったのがアルビオンのストレス緩和に役立ったらしい。

（あれ、あの人は……）

廊下を歩いている時に、エリーゼという保健医を見かけた。青い服の上に白衣を着て、どこか浮かない顔つきで歩いている。船で目にした際は華やかな印象だったので思い出せなかったが、白衣姿を見て記憶が蘇った。

どこかで見たような気がしていた。あの女性は——。

「あの人……、ジーク様の教師、だった人だ」

マホロは立ち止まり、声を上げた。ノアとヨシュアの顔が強張り、いっせいに走りだす。ふたりがエリーゼを追っているのに気づき、マホロも慌ててそれを追った。ノアとヨシュアに迫られ、エリーゼは驚愕《きょうがく》したそぶりの後、急に逃げ出した。だが女性の足では、すぐに追いつかれ、エリーゼはノアに廊下で組み敷かれた。

「な、何を……!?　私が一体……っ」

怯《おび》えきったエリーゼが押さえつけられている。周囲には人が群がっている。やっと追いついたマホロはエリーゼをまじまじと見た。やはり、そうだ。イメージはだいぶ変わったが、ジークフリートの家庭教師をしていた女性に間違いない。

「ジークフリートの手引きをしたのか？」

ノアはエリーゼの首を床に押しつけて、詰問する。ヨシュアがエリーゼの両腕を拘束しようと枷《かせ》を取り出した。

「何のことだか……、やめて下さい、私は何もしていない……」

涙ながらにエリーゼが訴えると、マホロも憐《あわ》れに思ってしまい、「ノア先輩」と声をかけた。

「海軍の官舎に連れていこう、あなたには聞きたいことがある」

ヨシュアがエリーゼの腕を捕らえる。エリーゼはうなだれて、抵抗をやめた。だが、一瞬の隙をついて、エリーゼがポケットに手を入れた。

「あっ！」

マホロは彼女が何かを飲み込むのを見た。次の瞬間には、エリーゼの顔色がどす黒くなり、咽《のど》を押さえてのたうち回った。ノアもヨシュアも驚いて彼女から手を離した。エリーゼは苦悶《くもん》の唸《うな》り声《ごえ》を上げ悶《もだ》え泡を吹きながら倒れた。アリシアに毒を盛られた記憶が蘇り、マホロは目暈《めまい》がして立っていられず、しゃがみ込んだ。

「毒を飲んだぞ！」

ヨシュアが怒鳴り、吐かせようとエリーゼの口に指を突っ込む。マホロも我に返って光魔法を使おうとしたが、即効性の毒だったのか、あっという間にエリーゼは事切れた。

「何てことだ……。学校内にジークフリートの息がかかった者が侵入していたとは」

ヨシュアがやりきれないとばかりに脱力して、廊下にへたり込んだ。すぐに校長がやってきて、事の顚末《てんまつ》を聞くと天を仰いだ。

その日のうちに、新任講師や事務員は重ねて調査され、徹底的に監視活動が行われることが決まった。一週間ほど前に、エリーゼが船着き場辺りで不審な動きをしていたことも調べがついた。おそらくジークフリートとオボロを島へ招き入れる手引きをしたのだろう。

マホロはエリーゼの死に、恐怖を感じた。

ジークフリートを慕う者は、誰しも死を恐れずにジークフリートの役に立とうとする。異能力を使わなくても、ジークフリートのために命を投げ出す人がたくさんいる。ひょっとしてオボロに竜の心臓を埋め込む手術をしたのは、エリーゼかもしれない。すべては推測でしかないが……。どうしてそんなに簡単に命を捨てられるのか、マホロには理解できなかった。


一週間後、アルフレッドとローズマリーの婚姻式が盛大に執《と》り行《おこな》われ、国を挙げてのお祝いとなった。十一月の初旬とあって天気にも恵まれ、パレードも盛大に行われたそうだ。

マホロたちは学生なのでクリムゾン島にいたが、食堂やカフェのメニューが結婚に合わせて一週間、豪勢なものになった。ローエン士官学校からは校長が婚姻式に出席した。四賢者であるシリルも招かれたため、その週の薬草学は自習となり平和だった。

戻ってきた校長は、花嫁であるローズマリーの可憐《かれん》さを褒《ほ》め称《たた》えていた。

「レオンの妹は大変可愛らしいね。あのアルフレッドについていけるのか心配だよ」

校長は終始機嫌よく婚姻式について語った。懸念していた妨害もなく、他国の賓客も無事に帰国の途についたそうだ。

薬草学の授業の後、マホロはシリルに詰問された。

「マホロ君、新しい司祭がいるそうじゃないか！　何故、もっと早く私に知らせなかった⁉」

どうやら王宮でその情報を手に入れたらしい。

「あ、はぁ……。陛下から知らせる必要はないと……」

激高したシリルに怯《ひる》みつつ、マホロは正直に答えた。シリルのこめかみが激しく引《ひ》き攣《つ》り、怒りが頂点に達したのが分かった。誰もいなくなった教室の中、シリルは持っていた本を教卓に叩きつけた。その音の激しさにびくっとマホロが身をすくめると、シリルが不気味に笑う。

「ふん、貴様もあのいけすかない男の手下というわけか。まぁいい、すでに陛下から立ち入り禁止区への調査日程を組んでもらっている。狭量な男だ、レイモンドの異能力は使わせてくれないとはっきり言われたぞ」

シリルは嫌みったらしくマホロに当てこする。教室からすぐに出てこないマホロを心配したのか、廊下で待機していたノアが教室を覗き込んだ。

「居残り授業でもする気か？　大声が廊下まで聞こえてきたぞ」

ノアはドアにもたれかかり、明らかにシリルを馬鹿にする。ムッとしたシリルはノアを睨《にら》みつけ、不敵に笑った。

「陛下はレイモンドの能力を使わせてくれない代わりに、護衛をつけてくれるそうだ。ノア、貴様は私と一緒に立ち入り禁止区へ行ってもらう。私はここにいるマホロ君を連れていくつもりだからな」

シリルに馴《な》れ馴《な》れしく肩を抱かれ、マホロは「えっ」と素《す》っ頓狂《とんきょう》な声を上げた。

シリルと一緒に立ち入り禁止区へ？　レイモンドの助けなしに？

「は？　何を勝手なことを言っている」

ノアが目を眇《すが》め、忌々しそうに近づいてくる。

「私は非力だからな。案内役が必要なのだ。ここにいるマホロ君はあの地に誰よりもくわしいじゃないか。当然、護衛である君もついてくるだろう？　私はレオンも連れていくつもりだ。あいつは前回、ギフトを得たのだろう？　どんな代償と能力を授かったのか、非常に興味があるからな」

シリルはニヤニヤして寄ってきたノアに対峙《たいじ》する。マホロはどうしていいか分からず、ノアに寄り添った。

団長なしで水晶宮まで行くだけでも困難なのに、その上、ノアとレオンも連れていくなんて。シリルは女王陛下の死とレオンのギフトを関連づけて疑っている。もし、シリルにばれたら――。

薬草学の授業で騒いでいた学生が次々と大人しくなっていくのを見ていたマホロは、不安でたまらなくなった。

「……ずいぶん、余裕なんだな」

怯えるマホロの隣で、ノアがおかしそうに笑いだした。

「あの地はいわば治外法権。何が起きても、どうとでもごまかせることを知らないのか？　俺の異能力は感情と共に発動される。俺を怒らせたら、あんたの四肢を粉々に砕くかもなぁ。せいぜい言葉遣いには気をつけろよ？　俺は気が短い」

ノアはぞくっとする冷笑を浮かべ、至近距離までシリルに顔を寄せた。サッとシリルの顔色が変わり、教卓の上の教本をかき集めると、慌ただしく教室を出ていった。

（さすがノア先輩……っ、逆に脅し返している！）

脅迫はシリルの専売特許だと思っていたが、ノアの人を人とも思わない性格には関係なかったようだ。荒くれ者みたいなやり方だったが……。

「あいつ、本気でマホロを連れていくつもりか？　魔法が使えないと分かっているのに」

ノアは不満そうに眉根を寄せた。

「うう。行きたくないですけど……、確かに俺が一番くわしいかも、ですね」

マホロは憂鬱《ゆううつ》になってうなだれた。最近は団長の能力に頼り切りで、自力で水晶宮まで行ったのはノアが二つ目のギフトを得た時だけだ。どんな魔物が現れるか分からない、あの過酷な遠征をするのかと思うと、気が重い。その分、授業も休まなければならないし、もしシリルがギフトを得られなかったら、かなりの無駄足だろう。

「レオン先輩、大丈夫でしょうか……？　シリル先生は、かなり疑っているみたいですけど」

レオンも不安要素のひとつだ。レオンのギフトの代償に女王陛下の命が奪われたとシリルに知られたら、シリルはきっとそれを悪用する。アルフレッドがレオンを連れていくのを断ってくれるといいのだけれど。

「ジークフリートはまだ島内にいるかもしれないんだろう？　立ち入り禁止区へ行くのは危険じゃないか？」

ノアと一緒に教室を出ながら、尽きぬ不安に頭を悩ませた。ジークフリートと水晶宮で会ってから、二週間が過ぎている。もしあのまままっすぐ出口を目指していたら、とっくに立ち入り禁止区を出ているはずだ。だが演習場の近くは魔法士が絶えず見張っている。ジークフリートといえど、簡単に島から出られないだろう。姿を消す魔法を使ったとしても、船か竜でもない限り、島を出られないからだ。なんとなく、ジークフリートはまだ立ち入り禁止区にいるような気がした。

いつ、ジークフリートと遭遇してもおかしくない状況だ。

「そう思って陛下が、先延ばしにしてくれるといいんですが……」

マホロの期待は翌日、あっさりと打ち砕かれた。

シリルの立ち入り禁止区への許可が下りて、王都からレオンを含む近衛騎士が六名、陸軍兵士が十五名、クリムゾン島へやってきたのだ。

二十一名の兵と共にやってきたレオンは、いつもと変わりなく凛《りん》とした態度だった。

予想外に早かった立ち入り禁止区への遠征は、ジークフリートという敵を捜索するのも兼ねてのことらしい。校長は急な申し出に頭を抱えていたが、シリルと話し合った末に、遠征隊にマホロとノア、レオンを加えることを許可した。

「大変だが、マホロ君、ノア、明日からシリルと共に行ってくれ。ジークフリートと出くわさないよう、祈っている」

校長はマホロとノアを校長室に呼び出して言った。シリルは校長の隣で、すまして立っている。もし立ち入り禁止区でジークフリートと会ったら戦闘になるだろう。魔法が使えない地なので、アルフレッドは陸軍兵士を多めに同行させるようだ。ヨシュアの話によると、セオドアの精鋭部下が含まれているらしい。

「君たちに言っておくことがある。今回同行する近衛騎士と陸軍兵士はギフトや水晶宮についてほとんど知識を持っていない。君たちも、彼らに余計な発言はしないよう気をつけてくれ」

校長は悩ましげに言った。ギフト関連の話は、限られた人のみが知る情報だ。

「ということは、司祭に会うのは……」

「私だけだ」

シリルが胸を張る。近衛騎士も陸軍兵士も、誰一人司祭に会わせてはならないというのが、アルフレッドの命令だった。

　翌日は肌寒く、白い雲に覆われた空が広がっていた。マホロは迷彩服に帽子、ブーツを履き、遠征用の荷物を詰め込んだリュックを背負った。銃と剣をホルダーに入れ、アルビオンを腕に抱える。

「支度はできたか？」

　ノックの音と同時に入ってきたノアも、久しぶりに迷彩服姿だ。

「一応俺たちも、数には入っているけど……また拒否されるかも」

　カークとヨシュアも、迷彩服で現れた。彼らも遠征隊の一員に入れられたが、前回は扉を潜《くぐ》ることができなかったし、彼《か》の地《ち》では魔法士は役立たずと言われているので気が重そうだ。遠征用の装備を固め、集合場所へ向かう。途中で黒いマントにリュック姿のシリルと合流し、演習場へ移動した。

　演習場には昨日島に着いた陸軍兵士と近衛騎士がすでに待機している。レオンと目が合ったが、互いに軽く頭を下げただけで深い話はしなかった。本当はシリルに気をつけてと言いたかったが、聡明なレオンのことだ、シリルが自分をつけ狙っていることは承知しているだろう。以前、シリルに問い詰められた時も、レオンは動揺をいっさい見せなかった。闇魔法の一族の村ではこれ以上ないほど絶望し打ちひしがれていたレオンだが、今はすべての迷いを捨て、アルフレッドのために生きる道を選んだように見える。

「ここで入れない者も出てくるだろう。立ち入り禁止区への立ち入り許可が出ない場合、雷に打たれたみたいな衝撃に襲われる。そのつもりで順番に入ってくれ」

演習場の境界線までつきそった校長が、扉を開ける呪文を唱え終えると、集まった兵士を見回して言った。立ち入り禁止区を訪ねるのは初めての者が多く、皆面食らった様子で、順に扉を潜っていく。

「頼む、向こう側へ行かせてくれ！」

カークは今度こそと呟き、神に祈りを捧げながら扉を潜ろうとした。けれど、一歩越えた瞬間に身体を跳ね上げると、こちら側へ押し戻された。ヨシュアも同じく痺れを感じて倒れてしまい、また今回もふたりは奥へ進めなかった。

「ずいぶん減ったな」

校長が倒れた兵士や魔法士を引きずって嘆く。

近衛騎士が二名、陸軍兵士が七名、入るのを拒まれた。結局、マホロやノア、シリル、レオンを含む近衛騎士四名、陸軍兵士八名の総勢十五名の遠征となった。

境界線の扉を潜った瞬間、シリルの魔法は解けて、真の姿が露《あらわ》になった。身長は変わらないが、目尻にしわのある年老いた男性がいた。髪には白髪《しらが》が混じり、黒いマントや背負っているリュックも重そうだ。けれどマホロはいつもの少年の姿より、目の前の年齢を重ねた男の姿のほうが好感を持てると思った。

「何をじろじろ見ている？　私を馬鹿にしているのか⁉」

シリルは魔法が解けた姿が注目を浴びているのに気づき、厭《いと》わしげにマホロや兵士に怒鳴り散らした。陸軍兵士や近衛騎士の中にはシリルに恨みを抱いている者もいるらしく、隊の空気はあまりいいものとは言えなかった。

「気をつけて」

校長は最後までマホロたちを心配げに眺めていた。

マホロはリュックの重さにうんざりしながら、隊列を組んで歩き始めた。

行軍を始めて分かったのは、前回とは兵士の態度があからさまに違うことだった。

先頭を進む兵士たちは全員銃を構えて、どこに敵が潜んでいてもすぐに対応できるフォーメーションをとっていた。彼らはジークフリートと一戦交《まじ》えることを目的としている。数は減ったものの、魔法が使えないこの地では、剣と銃の腕で勝敗が決まる。これだけの人数がいれば、もしジークフリートに出会ったとしても、勝てる可能性が高い。

軍事目的を兼ねた行軍になり、マホロは遅れずついていくのに必死だった。ただでさえ体力的に劣るマホロは、彼らの足並みを乱しがちだ。ふだんなら落ち込むところだが、今回は同じ程度の体力のシリルが一緒だった。自分だけではないと思うと、いくらか心が軽くなる。

「お前、何を笑っている。私を馬鹿にしているのか？」

同じように後《おく》れを取るシリルに安堵していると、イライラしたシリルにすごまれた。

「私を同類と思って安心しているのか？　年齢がいくつ離れていると思っているんだ、お前のような若さでとろとろと歩くんじゃない」

シリルは気に食わないのを隠さず、マホロに嫌みを言ってきた。それもその通りだと思い、マホロはしゅんとした。シリルは六十代、マホロは十代の若者だ。

「あいつ、コンプレックスの塊《かたまり》だな」

マホロに歩調を合わせて歩くノアが、こそこそと耳打ちしてきた。マホロは列の後部にいて、後ろにはレオンがついている。レオンはなるべくシリルと関わりたくないようで、行軍中、ほとんど無言だ。

「魔法が使えないですし、ぴりぴりしているのではないでしょうか」

マホロも小声でノアに返す。

「聞こえているぞ、誰が無能だ⁉」

シリルに険しい形相で睨まれ、マホロはぶるぶると首を横に振った。そんなこと、一言も言っていない。マホロの頭の上にいたアルビオンが、退屈そうに大きくあくびをする。それにさえ苛立つのか、シリルがなおも目を吊り上げたが、ふと立ち止まった。

「使い魔は呼び出せるのだな」

シリルはアルビオンを眺め、呪文を唱える。すると目の前に灰色がかった毛並みのロバが現れた。疲れ切っていたシリルはロバに乗った。

「無駄に歩くなど愚民のすることだ。最初からこうしていればよかった」

ロバの背で揺られながら、シリルがほくそ笑んで言う。シリルの使い魔は蛙だけでなくロバもいるらしい。四賢者の一人だし、いろいろな使い魔がいるのかもしれない。ロバに乗ったシリルを近衛騎士たちがひそかに笑っているのが見えたが、シリルはそちらには何も言わなかった。

「はぁ、休憩まであとどれくらいでしょうか」

久しぶりの行軍に弱音を吐いていると、やっと最初の野営地に辿り着いた。朽ちた神殿の跡地でテントを張り、兵士が炊き出しを行う。

「シリル様」

近衛騎士の一人がシリルに近づき、にこやかに微笑む。

「鳥の使い魔を呼び出すことは可能でしょうか？　できればこの辺りの偵察をお願いしたいのです。陛下から、シリル様にご助力を仰ぐよう言われております」

礼儀正しい態度で近衛騎士に頼まれ、シリルはロバを自分の中に戻すと、杖を取り出した。四羽の白い鳥が現れ、シリルの上空で弧を描く。

シリルは四羽の鳥を四方に放った。上空からジークフリートの所在を探すのだろう。

「さすがです」

近衛騎士に称賛されて、シリルはふんと鼻を鳴らした。

夕食の準備が整い、マホロたちは兵士の配るパンとスープで腹を満たした。食事を終える頃に偵察に放った鳥が戻ってきたが、ジークフリートらしき人物は見かけなかったようだ。とはいえ、立ち入り禁止区のこの辺りは緑が深く、上空からすべてが見えるわけではない。

「できれば明日から、日に何度か偵察をお願いできますか」

近衛騎士に頼まれ、シリルは面倒くさそうに頷いた。

シリルは兵士とも近衛騎士とも仲がよくないようだ。四賢者なのに、マホロはシリルが誰かと親しげに話しているのを見たことがない。

「マホロ、こっちで眠ろう」

夜は神殿の脇の草むらに寝袋を置いて寝た。前回は校長が指揮を執っていたせいか、行軍中もほんわかしたムードだったのに、今回は陸軍兵士が指揮を執っているのですごく堅苦しい。焚《た》き火《び》を囲んでくだけた話もできないし、唯一の知り合いのレオンも近衛騎士とまとまって、マホロにはそっけない。

早く学校に戻りたいと思いながら、マホロは寝袋に入った。


朝早く起きて、日が暮れるまで行軍を続けていくうちに、体力のないマホロは疲弊《ひへい》していった。前回も思ったが、寝袋で寝るのを身体が拒否している。外で寝ているので、いろいろな音が聞こえてくるのも眠りを妨げる。虫や鳥、何かの生き物が蠢《うごめ》く音がすると、熟睡できなくてとても疲れる。自分よりよほど神経質そうなノアが、野外でも平気で眠っているのが納得がいかない。

「ああ、気持ち悪い。野蛮だ、最悪だ」

マホロと同じくらい疲弊しているのがシリルだった。シリルも寝袋で寝るのが好きではないらしく、ロバに乗って移動しているわりにぐったりしている。

「何を見ている？　言いたいことがあるなら、はっきり言え」

親近感を覚えてシリルを見ていると、決まってカリカリして怒鳴られた。シリルと仲良くなるのは至難の業だ。

「ここから地下道を行きます。敵と遭遇する危険性がありますので、武器の準備を」

朽ちた大聖堂の地下から、地下道が続いている。オボロを連れているジークフリートは、地下道を使うのだろうか？　オボロは心臓に魔法石を埋め込まれている。マホロと同じ状態になっているのなら、太陽の下も歩けるはずだが……。

「兵を分けるようだな」

カンテラの油を調節しながら、ノアが陸軍兵士を見やって言う。

「え？　そうなんですか？」

マホロには分からなかったが、ノアは兵士たちが話し合う様を見て、何か勘づいたようだ。ノアの予想通り、指揮を執っていた陸軍兵士が「隊を二つに分けます」とマホロたちに言ってきた。近衛騎士とマホロ、ノア、シリルはこのまま地下道を行き、残りの陸軍兵士たちは周囲の森を捜索するという。人数が減るのは不安だが、シリルの護衛よりもジークフリートの捜索に重きを置いているようなので仕方ない。

「では、連絡は鳥を使って」

近衛騎士と陸軍兵士が話し合い、隊を分けて行動することになった。マホロたちは真っ暗な地下道をカンテラの明かりを頼りに進む。また《悪食《あくじき》の幽霊》が出たらどうしようと内心恐々としていた。闇魔法の血族の血を引くノアがいれば追い払えるが、それはノアが闇魔法の血を引くと明かすようなものだ。できれば遭遇したくない。

「息苦しいな……」

前を歩く近衛騎士が、暗闇の地下道に神経を尖《とが》らせて言った。

「ひっ！」

もう一人の近衛騎士が、悲鳴を上げて飛び上がる。何事かと他の近衛騎士が剣を構えた。

「な、何かが俺のケツを噛んだ！」

悲鳴を上げた近衛騎士が周囲を見回して叫ぶ。マホロは見てしまった。シリルが笑いを堪《こら》えているのを。シリルのフードの中にネズミみたいな生き物が戻っていく。きっとシリルの使い魔だろう。わざと暗闇の中、近衛騎士を脅かしたのだ。

「何もいないぞ？　夢でも見たか？」

敵らしき存在がないのを確認して、近衛騎士の一人が呆れて言う。

「で、でも確かに……」

「誉れ高き近衛騎士ともあろう者が、怯えて幽霊でも見ましたかな」

シリルがからかうような口ぶりで言う。近衛騎士が薄闇の中、激高してシリルを睨みつけた。おそらく彼も、シリルの悪戯《いたずら》だと察したのだろう。おそらくロバに乗ったシリルをあざ笑った近衛騎士だ。

「いいから行くぞ」

先頭を歩く近衛騎士に叱られ、一触即発だった空気はかき消された。再び行軍が始まり、マホロはちらりとシリルを窺《うかが》った。ノアが「コンプレックスの塊」と言っていたが、シリルはかなり根に持つ性格のようだ。四賢者として崇高な精神も求められるべきだと思うが……。

「ずいぶん長いですね」

先頭を行く近衛騎士たちが、地下道の長さに辟易《へきへき》している。空気の流れは感じるものの、延々と暗闇の世界が続く。天井も低いし、圧迫感に慣れないと精神的にきつくなる。

「ここで敵と遭遇したら、どうなるんだ……」

近衛騎士のぼそぼそとした話し声が聞こえてくる。二時間も歩いていると、マホロもこの暗闇と狭さに落ち着かなくなってきた。

「大丈夫か？」

マホロが何度も額の汗を拭《ぬぐ》っていると、ノアが手を繋いでくる。ノアの熱を感じ、落ち着いてきた。ノアに引っ張られるように歩き、カンテラの明かりを追った。

「……何か、いる」

ふいにノアが足を止め、前方の暗がりに目を向けた。先を行く近衛騎士は、気づかずに歩いている。マホロは息を呑んでノアに寄り添う。いつの間にか後ろにいたシリルも立ち止まった。

「何だ？」

シリルがいぶかしげにマホロの肩を摑む。

「全員、止まれ！」

先頭を歩いていた近衛騎士が立ち止まり、大声で制す。マホロがびくっとすると、奥の暗がりから揺れる灯《あか》りが近づいてきた。近衛騎士たちが銃を構える。この距離では剣より銃のほうが適していると思ったのだろう。

「うわぁ、知らない人がいっぱいいる」

暗がりの中、カンテラの明かりを揺らして現れたのは——赤毛のフィオナだった。闇魔法の一族の村で出会った十三、四歳の少女だ。村でも稀少な赤毛の正統な闇魔法の血を引く少女は、黒い貫頭衣姿でマホロたちの前に立ち止まった。

「何者だ！　止まれ！」

先頭の近衛騎士が銃を向けて威嚇《いかく》する。彼らはフィオナの髪が赤いのに気づき、とたんに警戒態勢に入った。

「ノアに、マホロ、あとは……レオン？　だったかな？　あなたたちがいるなんて知らなかったけど、悪く思わないでね。ジークフリートに頼まれたの」

フィオナは子どもっぽい無邪気さを装い、小首をかしげる。

「ジークフリートはお前の村に……っ⁉」

ノアが気色ばんで問うと、フィオナがカンテラの明かりをふっと消した。同時にマホロたちの分のカンテラの明かりまで消え、辺りは真の暗闇になった。

「島を出るために、ちょっとしたお手伝い」

フィオナの笑い声が反響する。暗闇に目を凝《こ》らして、マホロはフィオナの姿を捜そうとした。近衛騎士たちも、油断なく見据えている。

——カチャカチャという何かが動く音がした。マホロはノアの背中に匿《かくま》われながら、音のする前方を注視した。すると奥の暗がりから、骸骨《がいこつ》が奇妙な動きで近寄ってくるのが見えた。

「何だ、あれは……?」

急いでカンテラの明かりをつけた近衛騎士の一人が、かすれた声を上げる。

骨ばかりになった人の形をしたものが、何体も近づいてくる。手には剣を持ち、不自然な動きでゆっくりと歩いている。無数に現れた骸骨に、近衛騎士たちは驚きのあまりぽかんとして、動きが遅れた。

「攻撃しろ!」

指揮を執っていた近衛騎士が叫び、いっせいに敵に向かって発砲した。けれど弾丸は骨と骨の隙間をすり抜け、奥へと消えていった。数発、運良く骸骨の骨に当たったのもあったが、それは跳ね返り、壁に突き刺さった。

「剣を構えろ!」

銃は無駄と判断した近衛騎士が、剣を抜いて怒鳴る。他の近衛騎士も剣を抜き、マホロたちも剣を抜いた。

「うおおおお!」

近衛騎士たちは迫り来る骸骨たちを剣でなぎ払った。骸骨は剣で切断されると、ガシャガシャと音を立てて床に散らばった。

「こいつら、弱いぞ！」

剣が有効と知り、近衛騎士が大声で勇気づける。勢いに乗って他の近衛騎士も、近づいてきた骸骨を剣で砕いていった。ノアは剣を構えたままマホロの傍を離れず、情勢を見ている。シリルに至っては剣も抜かず、後方の安全な場で戦闘を眺めていた。

「レオン先輩！」

レオンは力強い剣さばきで次々と骸骨をなぎ倒していく。無数にいたと思われた骸骨たちだが、近衛騎士たちの活躍であっという間に床に骨の山が築かれた。

「《忘れられた者》……」

ぽつりと背後でシリルが呟く。マホロが振り返ると、シリルが気まずそうに目を逸らした。

「あれが何か知っているのですか……？」

マホロが問うと、ノアも振り返る。

「前回来た時も見かけた。……たいした奴らではない」

そっけなくシリルが言い、顔を背ける。そういえば闇魔法の一族の村でそんな言葉を聞いた。フィオナはジークフリートに頼まれ、マホロたちの足止めをするつもりだろう。

「片付いたか？」

近衛騎士の一人が動いている骸骨がいないのを確認して聞く。

「……こいつらは時間が経つと、また動きだすぞ。帰り道で襲われたくなければ、頭の部分だけを持ち去ることだな。あと……噛まれていないだろうな？」

シリルがため息混じりに言う。近衛騎士の一人が眉根を寄せ、「何ですって？」とシリルに足早に寄ってくる。

「前回、見かけた奴らだ。骨が揃っていると時間の経過と共に動きだす。どこか一部の骨を砕いていくか、持ち去るかしたほうがいい」

「噛まれてないか、とは？」

不信感も露《あらわ》に、近衛騎士が詰問する。

「噛まれると膿んで壊死《えし》する」

シリルに教えられ、近衛騎士たちは気味悪そうに骸骨の頭の部分を抜き取っていく。幸いにも、噛まれた者はいなかった。マホロも手伝って、麻袋に骸骨の頭の部分を詰めていった。

「これで全部か？」

「多分……暗くてはっきりは」

近衛騎士たちが言い合い、骸骨を入れた麻袋を抱えながら先に進むことになった。フィオナの姿はどこにもなく、近衛騎士たちは「あの少女は何なんだ」「敵の一味か」と話し合っている。当然のことながらノアたちの名前を口にしたことで、知っていることを明かせと近衛騎士に問い詰められた。

「前回の調査で知り合った少女です。すでに陛下はご存じです」

マホロたちの代わりにレオンが近衛騎士に説明してくれた。闇魔法の血を引いているが、闇魔法の一族の村から出る様子はないので、接触しない限り、追っ手を差し向ける必要はないという陛下の判断だった。

「赤毛がまだいるのか……闇魔法の一族の村だと?」

「そんな話は初めて聞いたぞ……」

近衛騎士の陰鬱な呟きが、マホロの耳にも入ってきた。ノアが気にしないかどうか案じながら、マホロは暗闇を歩き続けた。


骸骨の邪魔があって、地下道を抜け出たのは深夜だった。半日くらい、地下道を歩いていたことになる。外へ出て新鮮な空気を吸うと、近衛騎士もマホロたちも星空を見上げた。心が解放された。行き場のない地下道をずっと歩くのは精神的にきついものがある。

地下道を抜けると、周囲は草原だ。夜ということもありよく見えないが、朝日が昇れば森の人の住む居住区が遠目に見えるだろう。

「今夜はここで野営しよう」

近衛騎士はそう言って、骸骨の入った麻袋を草むらに放り投げた。彼らは骸骨を運ぶのが心底嫌だったらしく、地下道を出た横の草むらに麻袋をすべて捨てた。

「シリル先生、あれは……どういうものなんですか？」

マホロは麻袋をじっと眺めているシリルに問いかけた。四賢者であるシリルは前回、この不気味な骸骨をどう処理したのだろう？

「ふん。亡霊のようなものさ。前回はオーウェンとレイモンドが叩っ切ってくれたがね、奴らは次の日にまた起き上がって襲ってきた。帰り道に地下道を使うんでなければ、教えたりしなかったんだが……それより」

シリルは懐《ふところ》から小型の望遠鏡を取り出して草原に目を向けた。

「おぼろげに森の人の居住区が見える……！　地下道を使えば、こんなに近かったのか！　我々が初めてこの地に足を踏み入れた時は右も左も分からず、森の中をさまよい続けたというのに……」

シリルが興奮と憤《いきどお》りがない交《ま》ぜになった声を出した。シリルが初めて訪れたのは二十年前だ。その間に調査を積み重ねて、今がある。

「あの少女がまた来るかもしれない。交代で見張り番をする」

シリルと話していると、近衛騎士がやってきて、ペアになって明け方まで三時間ずつ交代で火の番をすることになった。マホロはノアと組んで、最初の火の番になった。

「ノア先輩……フィオナはまた来るでしょうか？」

闇魔法の一族の村でノアと番《つが》いたいと言ってきた少女は、骸骨の集団をけしかけてきた。ノアならこれくらい容易《たやす》く蹴散らせると思ったのかもしれない。

「さぁな……。あいつはまたお前を殺そうとするかもしれない。気をつけろ」

折った枝を火にくべ、ノアが小声で言う。アルビオンは眠いのか、腕の中で丸くなっている。火の爆《は》ぜる音に気持ちが安らぐ。マホロは疲れからうとうとしてしまい、ノアに寄りかかって眠ってしまった。

「ノア先輩、ごめんなさい」

交代の時間になって揺さぶり起こされて、マホロは寝《ね》ぼけ眼《まなこ》で謝った。ノアは何も言わずマホロを寝袋に詰め込んでくれた。

寝にくいはずの寝袋だったが、疲労で朝までぐっすり眠った。

人の話し声で目が覚めると、朝日はとっくに顔を出していた。マホロは大きなあくびをして寝袋をリュックにしまい、近くの小川に顔を洗いに行った。

「今度こそ……、今度こそ手に入れる……」

小川の前で、川面《かわも》に映る自分の顔を眺めながら、シリルがぶつぶつと呟いている。その姿は鬼気迫るものがあり、マホロは怖くなって離れた場所で顔を洗った。

「マホロ」

顔と汚れた手足を洗っていると、背後からレオンが呼びかけてきた。急いで布で顔を拭《ふ》き、振り返った。レオンは帽子を脱いで、金色の髪を掻き上げる。

「レオン先輩」

マホロが近づいて微笑むと、レオンもつられたように小さく笑った。

「マホロ、俺は水晶宮の中へは入らない。万が一にもまたギフトをもらう羽目になったらまずいからな」

レオンは辺りをはばかりながら、小声で打ち明けた。マホロも顔を引き締め、頷いた。忠誠心の厚い彼は、今度はアルフレッドを死なせてしまうのではないかと不安なのだろう。

「分かっています。ノア先輩も入らないと思うので……俺がシリル先生と行ってきます」

安心させるように胸を叩くと、レオンがふっと冷たい空気を漂わせた。

「あのシリルという賢者は……、ギフトを手に入れたら陛下を裏切らないだろうか？」

レオンの目が物騒な光を放ち、マホロはどきりとした。オスカーやレスターのように、ギフトを手に入れた者がすべて国に忠誠を誓うわけではない。特にシリルはアルフレッドと不仲で、大きな力を手に入れたら、個人的な欲望のもとに動きだしかねない。

「本当に、よく陛下が許可しましたね」

マホロはレオンと一緒に皆の元へ戻りながら言った。

「陛下は……、ギフトは手に入らないとお考えだ」

一段声を潜めてレオンが呟いた。信じがたくて、マホロはレオンを仰いだ。アルフレッドはシリルにはギフトを得られないと考えているのに、わざわざこんな遠征隊まで組んだのか。

「そんな……もらえないと予想しながら許可するなんて」

理解できなくて、マホロは顔を引き攣らせた。ジークフリートを捜索するついで、なのだろうか？　アルフレッドはギフトを得られる条件を知っているのか。そういえばヴィクトリア女王はノアやオスカー、レオンが立ち入り禁止区へ行くよう仕向けた。その三人は、ギフトを得ている。代々の王だけが知るという立ち入り禁止区の情報には、ギフトを得られる条件が記されているのかもしれない。

「陛下は……あの人は、そういうところがある」

ぼそりとレオンが漏らし、マホロが覗き込むと、何でもないと唇を噛んだ。レオンはそれ以上語ってくれなかったが、マホロは水晶宮へ行くのが不安になってきた。あれほどギフトに執着しているシリルがギフトをもらえなかったら、どうなってしまうのだろう？　ギフトを得れば大切なものを喪《うしな》って誰しも我を失うし、もらえなくても深い憤りを抱える。

（司祭に会わせるのが憂鬱だなぁ）

気が進まないまま野営地に戻ると、近衛騎士三人とノアが集まって話し合っている。何かあったのかとマホロとレオンは、駆け寄った。

「陸軍の奴らと連絡がつかない」

近衛騎士の一人が、気がかりな様子で言う。二手に分かれたもうひとつの隊は、深い森の中へ入っていった。使い魔を使って連絡をとる手はずになっているが、使い魔も戻らず、向こうからの連絡もないという。

「向こうは八名もいるんだ。自力で何とかするだろう、それより早く出発すべきだ！」

シリルは連絡のつかない兵士のことなどどうでもよくて、一刻も早く目的地へ行きたいのだ。その態度に近衛騎士はムッとしている。

「とりあえず、もう一度使い魔を放ってみよう」

近衛騎士の一人が鳥の使い魔を呼び出し、空へ羽ばたかせた。他に手立てはなく、かといって、ここで待機するわけにもいかない。

「出発するぞ！」

近衛騎士の号令で、野営地を後にする。マホロは荷物を背負い、近衛騎士と一緒に草原を歩きだした。この調子なら三時間もすれば森の人の居住区へ着くだろう。

シリルはこれまでの疲弊が嘘のように、使い魔のロバに乗らず、意気揚々と歩いている。長年待ち続けた司祭に会えるのだ。興奮しているのだろう。

（光の精霊王は俺がギフトをもらえる条件をもう知っている、と言っていた。条件とは何なのだろう……？）

興奮を抑えられないように先を急ぐシリルとは裏腹に、マホロの心は重苦しくなっていった。


森の人の居住区へ着くと、村長のアラガキはマホロたちを歓迎してくれた。近衛騎士三人は、初めて見る森の人たちを物珍しげに眺めている。

アラガキはシリルのための白い貫頭衣を用意し、近くの小川で身体を洗うよう勧めた。近衛騎士三人はここで何をするのか興味を持ったようだが、住民から食事を振る舞われ、アラガキの住居に入っていった。

マホロは迷彩服のまま、シリルの用意が終わるのを待った。ノアとレオンは環状列石には近づかず、村で待つ。白い貫頭衣を着たシリルが戻ってきたので、マホロは誘うように環状列石へ導いた。

「シリル先生は……」

巨大な岩の中へ進んだマホロは、シリルをどこに配置するか見回した。マホロが言うまでもなく、シリルはぐるぐると円を描いたマークが記された岩の前に立った。前回もそこだったのだろう。

「では行きます」

マホロは手のマークが記された岩の前に、アルビオンを抱えて立った。

すると次の瞬間には床が光を放ち、浮遊感に呑み込まれた。マホロは眩しさに目を細めながら、浮遊感に耐えた。

「やっと……やっと来たぞ！」

シリルの雄叫《おたけ》びが聞こえる。マホロは気づくと水晶宮の祭壇広場にいた。祭壇には長い蠟燭《ろうそく》が置かれ、小さな火を揺らめかせている。青銅の杯には水が注がれ、平たい器にはひと束の白い花が置かれていた。

シリルは司祭を探してきょろきょろした。その目が、動揺したように大きく揺れる。マホロは奥の廊下を振り返った。柱廊から白い祭祀服《さいしふく》を着たアカツキがやってきた。司祭の帽子は彼には大きすぎて、目元さえも覆い隠している。

「マホロ、来てくれたんだね」

アカツキはマホロに気づいて司祭の帽子を脱ぐ。シリルはマホロが答える前に、アカツキとの間に割って入った。

「お前が司祭か⁉ こんな子どもが……、まぁいい、私にギフトをくれ！ 今の私なら、ギフトをもらえるはずだ‼」

熱に浮かされたようにシリルが叫ぶ。突然叫んだシリルに、アカツキは恐れをなし尻込みした。

「あなたは……、あなたが……、ええ、知らせは受けています。でも……」

アカツキはじっとシリルを見つめた。シリルは顔を紅潮させ、興奮で全身をわななかせた。マホロははらはらしてふたりを見守った。

「——あなたにギフトは与えられません」

アカツキが断言する。とたんにシリルは激高して、アカツキに詰め寄り胸ぐらを摑んだ。

「何だと⁉ そんなわけあるか！ もっとちゃんと見ろ！ 何十年もこの機会を待ったんだ！私にギフトを寄越せ！」

金切り声でシリルが言い募り、アカツキを揺さぶる。シリルの乱暴な行動を阻止しようと、マホロは慌ててシリルの腕を摑んだ。

「やめて下さい、シリル先生！」

「うるさい、どけ！」

止めに入ったマホロを振り払い、シリルがアカツキを激しく揺さぶる。

「何故私がギフトを得られない⁉　代償ならいくらでもやる！　何故だ！」

神殿にシリルの声が響き渡る。その声が絶望の色に変わっていく。胸ぐらを摑まれ揺さぶられるアカツキは、苦しそうに喘《あえ》ぐ。

「あなたにはあげられない……っ、僕が決めることじゃない、から……っ、あなたの代償はあなた自身の命じゃないか……‼」

呻《うめ》くようにアカツキが言うと、シリルがぎょっとして固まった。その腕から力が抜けて、アカツキが床に頽《くずお》れる。マホロは急いでアカツキを抱きかかえ、咳き込む背中を摩った。

「代償が……命？」

シリルは凍りついたように動かない。

「……ギフトをあげる条件は、自分の命よりも大事なものを持っていること……。あなたは自分の命以上に大切なものなどない。だからあげられないんだ」

アカツキが肩を上下させながら、吐露する。マホロは瞠目《どうもく》した。これまでの疑問が一気に解消した。確かにギフトを得た人に一致する条件はそれだ。ギフトは大事なものを奪っていく。ただし、それはその人の命以外。

『僕たちは幼い子どもがいる母親と妊婦には会ってはいけない』

アカツキが言っていたことを思い出した。驚きと同時に、自分はこの事実をとっくの昔に知っていたような気がした。幼い頃、マギステルが自分に語ってくれた記憶が蘇る。

「では……では、私は永遠に手に入れられないというのか……」

シリルが蒼白な顔で、膝をついた。シリルは絶望に打ちのめされて、顔を覆った。何十年もの間、ギフトを得るために待ち望んでいたのに、それがもろくも崩れ去ったのだ。深い嘆きと苦しみがマホロにも伝わってきた。年老いたその姿が小さく見えて、マホロは憐れみを感じた。

「……ふざけるな」

シリルが覆っていた手を下ろす。その両目はぎらつき、アカツキに憎悪の眼差しが向けられる。

「私を馬鹿にしてるのか⁉　そんな理由を受け入れろと⁉　レイモンドは馬を喪っただけなんだぞ！　自分の命より馬が大事なんてことがあるわけがないだろ‼　真実を言え！」

シリルは立ち上がり、再びアカツキに摑みかかろうとした。シリルには真実が受け入れられないのだ。マホロはもう駄目だとアカツキに目配せした。アカツキも頷いて、すっと後退する。

アカツキに摑みかかろうとしたシリルは、次の瞬間、宙を掻いた。

マホロとシリルは、いつの間にか環状列石の岩の前にいた。シリルは突然変化した風景に、困惑している。アカツキがマホロとシリルを水晶宮から移動させたのだ。水晶宮は光の民が許した者しか入れない。

「どういうこと、だ……⁉　あのガキは……っ、おい、私をあそこへ戻せ！」

頭に血が上ったシリルはマホロを怒鳴りつける。マホロは急いで巨大な岩の間をかいくぐって、シリルと距離をとった。

「シリル先生！　もう無理なんです、諦《あきら》めて下さい！」

マホロは皆の元へ戻ろうと振り返りつつ、大声で言った。声が聞こえたのか、祭祀場の近くで待っていたノアがやってきた。

「待て……っ、待て！　クソ……ッ、私は！」

シリルは巨大な岩のある空間で髪を掻きむしり、その場に膝をついた。シリルが追ってこないのを確認して、マホロはノアの胸に飛び込んだ。ノアは環状列石には入らず、遠目でシリルを眺めている。

「駄目だったのか？」

ノアにもシリルの取り乱した姿が見えたようだ。

「はい……」

マホロはどうしていいか分からず、環状列石の空間から動けずにいるシリルから目を背けた。レオンが近づいてきて、冷ややかにシリルを見やる。

「もらえないほうが幸せなのに、馬鹿な奴だな」

マホロの肩を抱きながらノアが呟き、肯定するようにレオンも肩をすくめた。しばらく放っておこうということになり、マホロはノアとレオンと共に村へ戻った。

アルフレッドの予想通り、シリルはギフトをもらえなかった。もしかしたらシリルが子どもの姿をしたり、排他的な行動や言動をとったりするのは、ギフトを得るための行動だったのかもしれないとぼんやり思った。それほどまでに望んだものが得られず、シリルはこれからどうなってしまうのだろう。

シリルは長い間、戻ってこなかった。
その晩は村に泊まり、マホロたちはシリルが自ら戻ってくるのをひたすら待った。

8 遭遇

シリルは翌朝、村へ戻ってきた。

たった一夜でげっそりとやつれ、人が変わったようになった。戻ってきても無言で、近衛騎士に話しかけられても、マホロたちが話しかけても一言も声を発しなかった。近衛騎士たちはシリルがこの地で何をしていたのか知らないため、一日で変貌した有り様に戸惑っている。

用は済んだので、マホロたちは帰路に就《つ》くことになった。アラガキから渡された食料をもらい、マホロたちは再び草原を歩いた。シリルはずっと何も食べておらず、生きる屍《しかばね》みたいになっている。それでもマホロたちと一緒に動きだしたので、一応帰る気力は残っているようだ。

地下道に戻ってきた近衛騎士は、カンテラの油を調節し始める。マホロはふと行きに捨てていった麻袋が気になって、草むらを分け入った。

「どうした?」

草むらで立ち尽くすマホロに、ノアが声をかける。マホロは顔を強張らせて、空になった麻袋を持ち上げた。

「中身が……ありません」

マホロのただならぬ様子に近衛騎士たちも気づいて、空になった麻袋に混乱する。

「どういうことだ……？　頭が消えた……」

確かにいくつも入れておいたはずの骸骨《がいこつ》の頭が、ひとつ残らず消えている。シリルは再び動きださないように頭だけ持っていけと言ったが、まさか身体のほうに戻ったというのか。

「陸軍の奴らとも連絡がつかないし……、どうする？」

不穏な気配の中、近衛騎士が腕を組む。

「だが、地下道を使わないと、道が不明だろう？　闇の獣に襲われたら……」

近衛騎士は前回の王宮襲撃事件で闇の獣と闘った経験があるらしく、森へ踏み入るのを躊躇《ちゅうちょ》している。

「レオン、お前はどう思う？」

話し合う近衛騎士の一人が、レオンに問いかけた。

「……地下道のほうがマシかと」

レオンは考えあぐねた末に、そう言った。闇の獣より、《忘れられた者》のほうが闘いやすいと踏んだのだろう。結局二人の近衛騎士もそう判断して、剣を構えた状態で地下道を行くことになった。

カンテラの明かりを掲げ、マホロたちは地下道へ入った。昼間でも真っ暗な道は、否《いや》が応《おう》でも神経質になる。しかも襲ってきた骸骨がまた復活しているかもしれないのだ。マホロたちは些細な物音にもびくびくとしながら歩いた。

「シリル様はどうしたんだ？」

近衛騎士たちも、シリルの悄然《しょうぜん》たる姿が気になるらしく、ひそひそと話している。

「分からんが、静かにしている分にはいいだろう」

馬鹿にした笑いをこぼし、近衛騎士が一番後ろについて歩くシリルを振り返る。マホロは何かシリルに言葉をかけるべきかと悩んだが、何も浮かばなかったのでやめた。

暗い地下道を、二時間ほど進んだ。

近衛騎士の一人が、往路の骸骨に襲われた辺りで立ち止まった。カンテラの明かりで照らして、道端に骸骨の残骸がないか確認する。

「おかしいな……何もないぞ」

近衛騎士は骨が一本も落ちていないのをいぶかしむ。マホロもあれほどあった骨の山が消えていることに違和感を持った。

「全部、復活したのでしょうか……」

マホロはノアに寄り添って、身震いした。考えたくないが、あれだけの骸骨たちが再び動きだして襲ってきたら面倒なことになる。この暗闇では、剣を振りかざすのも危険だ。

「ノア、お前が先頭を歩けば、あんな骸骨などまとめて倒せるだろう？」

レオンがそっとノアに近づいてきて、こっそり言う。マホロもその通りだと目を輝かせた。

「そうですよね！　ノア先輩の異能力なら！」

今まで怯《おび》えていたのも忘れて、マホロは意気込んだ。するとノアが舌打ちする。

「……あいつらに任せりゃいいだろ。張り切ってるんだし」

ノアはうざったそうに言う。どうやらノアは自分が前に出るのを厭《いと》っているようだ。

「ノア先輩は協調性がないです」

マホロは恨めしげにノアを睨《にら》んだ。ノアはチームのことなど考えない。自分とマホロの身の安全以外、興味がない。

「魔力を温存しておきたい。あんな骨くらい、剣でどうにでもなるだろ」

ノアはそっぽを向いて、先頭に立つ意欲がまるでないことを主張した。しかし、そう言われると一理あり、無理に押し出すことはできず、マホロはびくついたまま地下道を進んだ。

途中で休憩を入れつつ、さらに三時間ほど歩いた。

近衛騎士たちは使い魔を使って、地下道の先を行かせるという手法で、身の安全を図った。幸いなことに、地下道を出るまで骸骨は現れなかった。拍子抜けしたくらいだ。

階段を上がって聖堂に出ると、マホロたちは精神的にも深い疲労を覚え、食事と休息をとった。

その頃になって、やっと一羽の鳥が戻ってきた。

「骸骨の襲撃に遭って、二名が負傷したようだ」

使い魔の鳥から情報をもらい、近衛騎士が顔を顰《しか》める。まさか地下道から骸骨が消えていたのは……。負傷者二名は自力で立ち入り禁止区を出たと言っている。ジークフリートの所在はまだ摑めないらしく、引き続き残りの六名で捜索しているそうだ。

「俺たちはどうするか」

近衛騎士たちはマホロたちを見やり、悩ましげに言う。話し合いの途中で再び使い魔が戻ってきて、新たな情報をやり取りした。

「俺たち三人は、陸軍兵士と合流する。レオンと君たちはこのまま立ち入り禁止区を出てくれ」

やり取りの結果、近衛騎士がマホロたちに言い渡した。レオンとマホロ、ノア、シリルは非戦闘員として、ジークフリートの捜索には加わらせないことに決めたようだ。レオンは近衛騎士だが、まだ学生の身であることから、そういう判断になったのだろう。

「ダイアナ様に状況を報告しておいてくれ」

近衛騎士はそう告げて、背中を向けた。マホロたちは彼ら二人が森の奥深くへ踏み入っていくのを見送った。

「……我々も出発しよう」

レオンが表情を引き締めて、銃を所持する。

早く学校に戻りたいと思う一方で、不気味に黙り込んでいるシリルの存在が気がかりだった。明るい日の下を歩いていると、シリルの憎悪を孕《はら》んだ瞳がレオンに向いている気がしてならなかった。このまま無事に収まるだろうかと心配で、マホロは地面を踏みしめた。


朽ちた神殿跡で寝泊まりし、二日後には境界線の巨岩に辿り着いた。

シリルがレオンやノアに難癖をつけるのではないかと案じていたが、シリルはほとんどしゃべらず、軋轢《あつれき》が生じることはなかった。恐れていたジークフリートとの遭遇もなかった。

マホロたちが全員境界線の扉を潜《くぐ》り抜《ぬ》けると、そこは再び大きな岩に変化した。無事に戻れたことを心から喜び、マホロは日が暮れかけた空を見上げた。時刻は午後四時で、空は徐々に翳《かげ》ってきている。今夜は食堂の温かい夕食を味わえるだろうか。そんな淡い期待は、数分後には泡となって消えた。

「おい、待て」

それまで無言だったシリルが、懐《ふところ》から杖を取り出した。

「やっと魔法が使える」

やつれたシリルが小声で呪文を唱えた。シリルの年老いた顔が若々しく蘇り、青い光の渦がシリルの身体を覆う。

「レオン・エインズワース。お前に問いたいことがある」

暗く沈んでいたシリルが、元のふてぶてしい態度に変化した。レオンが立ち止まり、マホロとノアもつられて振り返った。

「お前はどんなギフトを手に入れたんだ？　正直に言え」

シリルは杖をレオンに向け、詰問する。レオンはこめかみをぴくりとさせ、シリルに背中を向けた。

「何のことか分かりません」

レオンはシリルと腹を割って話す気などさらさらなく、さっさと歩きだす。その態度が気に食わなかったのか、シリルが杖を振った。レオンの足元に小さな竜巻が生じて、前方をふさぐ。レオンは驚いたように足を止め、ムッとして顔だけシリルに向けた。

「分からないはずはあるまい。お前はギフトを手に入れた。しかも女王陛下の命と引き換えに！」

シリルは声を上擦らせながら、ゆっくりレオンに近づく。マホロとノアは止めに入るべきか逡巡した。

「お前がアルフレッドと向こう側へ行ったことは、調べがついているんだ！　女王陛下を殺したんだろう⁉　何という所業だ！　エインズワース家の名折れだ‼」

レオンを怒らせようとしてか、シリルは声高に責め始めた。見ていられなくてマホロが駆け寄ろうとすると、ノアがその腕を止める。

ノアはレオンを見やり、首を振る。レオンは鬱陶《うっとう》しそうにしていたものの、動揺はしていなかった。女王の死を責められるのは身を切られるよりつらいだろうに。

「レオン、私はエインズワース家の賢者としてお前を許せない。お前は女王陛下を殺した責任をとらなければならない！」

黙り込んでいるレオンに調子づいたのか、シリルは杖の先でレオンの胸元をぐりぐりと突く。

「お前が女王を殺したとなれば、お前の家族はどれほど嘆くだろうな！　すべて明かして、お前とお前の家族を世間から後ろ指を指される立場にしてもいいんだぞ！　それが嫌なら、お前はこの先、私の奴隷となれ！　この事実を公表されたくなければ、一生私の言うことを聞くんだ！」

とんでもない要求にマホロはカッとして、拳《こぶし》を握った。言うに事欠いて奴隷だなんて、正気だろうか⁉　ギフトをもらえないあまりに、頭がおかしくなったのだろうか。

「私はこの隠された忌まわしい情報を世間に明かす！　お前を庇っている、あの能無しの陛下も糾弾する！　女王を殺した張本人を罰さないなんてありえないからな！　どうだ、レオン。それが嫌なら――」

「陛下を――罰する？」

それまで黙って責め苦を受け入れていたレオンが、ふいに乾いた声を漏らす。

「は？　ははは、そうさ！　私を見くびっているあの青二才を、私は情報ひとつで好きにできるんだ！　お前とあのアルフレッドを――」

一瞬の出来事だった。

マホロは目の前に血飛沫《ちしぶき》が飛び散ったのを、ただ見ていた。肉を切る嫌な音がして、気づいたらレオンが剣を振り下ろしていた。

「ひ、ひ……、は……」

肩から胸にかけて深く斬りつけられたシリルは、茫然として瞬《まばた》きをした。自分が斬られたと現実を自覚するのに、数秒、間が空いたのだろう。シリルは困惑したまま、地面に膝を落とした。

「き、きさ、ま……っ、わ、私を……っ」

シリルは斬られた怒りと痛みでしどろもどろになり、急いで杖を振るった。水魔法の回復魔法を唱えたのだろう。だが、杖から放出された魔法は、瞬時に消え去った。レオンが手を伸ばし、見たこともない凶悪な顔でシリルを見下ろしていた。

「な、何故、だ……っ⁉　魔法が、使え、ない……っ、うう、クソ、私を治せ……っ、うがぁあ、血が、血が、血がぁ」

シリルは何度唱えても魔法が発動されないことに混乱して、マホロに手を伸ばした。シリルの傷跡から血がどんどん流れていく。マホロは我に返り、急いで光魔法でシリルを治そうとした。だが——自分の周りに何か透明な壁でもあるみたいに、魔法が——使えない。

「俺に対する責めはいくらでも負おう。だが、陛下に仇《あだ》なす者は誰であろうと許さない」

レオンは血で濡れた剣を再び構えた。

「レオン先輩！　やめて下さい！」

マホロはシリルを殺そうとするレオンを止めようとした。確かにシリルは非道な真似をした。レオンを脅《おど》すなんて、間違っている。だが、だからといって殺してしまっていいわけはない。

「どけ、マホロ。生かしておくと、陛下を脅迫しかねない」

レオンは氷のように冷たい眼差しで、腕にすがりつくマホロを振り払った。マホロはノアに助けを求めようとしたが、ノアは一切手を出す気はないのか、微動だにしない。

「し、しんじ、られ、な……っ、まさかお前のギフトは……っ、うう、痛い、い、たぁ……っ」

シリルは涙を流し、必死に呪文を唱えている。けれど何度唱えようと、魔法はかき消されてしまう。

「そうだ、俺のギフトは《魔力相殺》――何度やろうと無駄だ」

レオンは異能力を使い、止めを刺そうとシリルに剣を向ける。レオンに人殺しをしてほしくなくて、マホロはシリルの前に飛び出した。軽く舌打ちして、ノアが「やめろ!」と怒鳴った。

「く……っ」

レオンがすんでのところで振り下ろした剣を止める。レオンの剣は無残にひしゃげていた。ノアが異能力を使い、レオンの剣を斬れない状態にしたのだ。レオンはシリルを庇うマホロを見据え、ひしゃげた剣を放り投げた。

「マホロ、どいてくれ。彼は殺さねばならない」

シリルを庇うマホロを、レオンは声で威圧する。マホロは涙目になって、地面に横たわるシリルの傷口を取り出した布で押さえた。

「駄目、です……っ、レオン先輩、こんなことをしていたら……、レオン先輩の心が壊れます」

マホロは止まらない血に焦りを覚えて言った。

シリルの行為は許せないものだが、それを暴力で消し去るのはもっと駄目だとマホロは思った。

「魔法を使えるように……、して下さい」

シリルを助けなければと、マホロは必死に頼み込んだ。レオンは異能力を解く気はなく、じっと瀕死状態《ひんししじょうたい》のシリルを見下ろしている。そうしている間にもシリルの傷口から血が流れ、痙攣《けいれん》が起きる。

「――おい、あれを見ろ!」

膠着状態《こうちゃくじょうたい》だったマホロたちを、ノアの大声が遮った。つられて空を見上げると、灰色がかった空に、何十頭もの竜が飛んでいるのが見えた。

「な、何ですか、あれは……っ」

マホロは空を黒く覆う竜の軍団に、呆気にとられた。一頭二頭が飛んでいる光景は見たことがあるが、何十頭もの竜が飛ぶのは初めて見た。しかも——人が乗っている。

「あ、ああ……」

マホロは背筋を寒気が伝って、その場に尻もちをついた。クリムゾン島の魔法士たちが、竜に攻撃をしているのが見える。竜が火を噴き、木や茂み、魔法士たちを焼こうとしている。

(何故、竜が——。まさか)

マホロはシリルの傷口から手を離し、嫌な予感に囚われて境界線を振り返った。

そこに現れたのは、赤毛のジークフリートだった。腕にオボロを抱え、こちらに近づいてくる。

「ジークフリート!!」

ノアが気づき、レオンが銃を取り出し、ジークフリートが眉根を寄せた。まさかここで遭遇するとは想像もしなかった。一瞬のうちに場が緊迫した。

「ジークフリートッ!!」

レオンが険しい形相で銃をジークフリートに向けて放った。ノアも同様に銃を抜き、発砲した。ジークフリートはとっさに杖でそれを遮ろうとしたが、魔法が使えないことに気づいたのか、近くの茂みに飛び移った。

「あの男のギフトは《魔力相殺》よ！　魔法は使えない！」

ジークフリートの腕に抱えられたオボロが叫ぶ。

マホロにもあの無数に現れた竜が、ジークフリートを迎えに来たのだと分かった。

「お前はここで殺す！」

ジークフリートに向かって銃弾を撃ち込みながら、ノアが走りだす。レオンも逃げ惑うジークフリートに銃を乱射する。銃声とオボロの悲鳴が重なって、マホロは恐怖に震えた。止めなければと思うものの、三人の動きが速すぎてついていけない。しかも、魔法士たちと応戦している竜の数頭が、攻撃を逃れてこちらに近づいている。

「レオン、離れろ！」

茂みの合間を移動していたノアが、いきり立った口調で制した。ノアは弾の切れた銃を放って、両手をジークフリートめがけて広げる。異能力を使うつもりだ——。

ハッとしたようにジークフリートがノアを振り返った。そして、まるでオボロを盾にするように抱え直した。

「きゃあああ！」

ジークフリートの腕の中のオボロが、絶叫を上げる。骨が砕ける嫌な音が響いた。オボロの両手両足が、ジークフリートの腕の中でぶらんと揺れる。オボロの顔は血の気を失い、まるで人形のようだ。

「ノア先輩！　オボロを殺さないで！」

マホロはとっさに叫んでいた。

「クソ……ッ!!」

ノアは脂汗を流して、息を喘《あえ》がせた。ジークフリートを狙ったつもりが、照準がずれてオボロに合ってしまったのだ。ノアの異能力《空間消滅》は人を殺すことができる。レオンのギフト《魔力相殺》に支配されて魔法が使えないこの場でも、異能力は使える。まるで立ち入り禁止区と同じように。

「なるほど……、距離をあければ魔法が使えるようだな」

レオンと距離を離したジークフリートが、地面に手を触れて呟く。その言葉を肯定するように、地面がぼこぼこと音を立てて、地の底から真っ黒い獣が湧きだしてきた。闇の獣だ。闇の獣は涎を垂らしながら身体をぶるりと一度震わせ、ノアとレオンに飛びかかってきた。

「レオン！　ジークフリートに近づけ！　奴に魔法もギフトも使わせるな！」

ノアが走りながら叫ぶ。レオンはノアの腰から勝手に剣を引き抜き、「分かっている！」と怒鳴って駆けていく。レオンは牙を剝いて飛びかかってきた闇の獣の胴体を真っ二つにした。

「キャヒン！」

闇の獣が断末魔の悲鳴を上げて地面に転がる。ノアは異能力で襲いかかってくる闇の獣を八つ裂きにした。獣の血が飛び散り、獣の咆哮《ほうこう》とノアとレオンの怒鳴り声が飛び交う。

「ど、どうし、よう……」

マホロはどうしていいか分からず、おろおろした。

「……ふ、は、は……。見てい、ろ……馬鹿、にする、な……」

地を這うような声が聞こえて、マホロはぎくしゃくと後ろを見た。いつの間にかシリルが血を吐きながら上半身を起こし、地面に血で何かを描いていた。シリルは焦点の合っていない目で、ぶつぶつ何かを呟いている。その悪鬼のような様は、恐怖以外の何物でもなかった。

「女王……へい、か……、どうぞここ、へ……」

マホロは心臓が口から飛び出しそうになりながら、シリルの血の刻まれた地面を覗き込んだ。魔法陣だ。シリルは最後の力を振り絞って、召喚術を行おうとしている。しかも――ヴィクトリア女王を呼び出そうとしているのか⁉

「わた、し、を……供物に」

シリルが血文字を記して、がくりと魔法陣に横たわる。女王陛下を呼び出して、どうするつもりなのか。まさか、レオンを苦しめるために⁉　ジークフリートという敵がいる中で、シリルが消し去りたいのは、レオンなのか――。

マホロはとっさにシリルの手を握った。魔法陣を完成させたくなくて、血染めの指を止める。シリルの弱々しい息遣いと、痙攣する指に、マホロは頭が真っ白になった。シリルの息遣いがすうっと消えていき、握った指から血の気が失せていく。

「シリル……先生？」

マホロは我に返って、シリルの手を離した。シリルの動脈に触れる。

――死んでいる。

マホロは血の気が引いて、ぱくぱくと口を開けた。

シリルが魔法陣を完成させるのが恐ろしくて、ただ止めたくて、――シリルの命を救うことを忘れていた。あの時、自分はシリルを助けるよりも、シリルの行動を止めることしか頭になかった。

（今、俺は何を……!?）

「ひ……っ」

マホロは自分のしでかした行為におののき、シリルの倒れた身体から飛びのいた。何故、助けなかった！　自分には光魔法があるのに！　レオンと距離をとれば、魔法が使えると分かったはずなのに！

（俺は……っ、俺は何てことを）

動揺するマホロの耳に、つんざくような竜の声が近くから聞こえた。顔を上げると、竜に乗ったジークフリートの仲間がすぐ近くまで迫っていた。ノアとレオンはジークフリートと剣を交《まじ》えて闘っている。ジークフリートの剣と、レオンの剣がぶつかり、ノアの怒鳴り声が木霊《こだま》する。ノアとレオンはジークフリートの目を見てはならないという制限のもと闘っている。それがなければ二対一で、ジークフリートは不利だっただろう。ジークフリートはオボロという荷物も抱えているのだから。だがジークフリートはオボロを盾代わりにしてレオンの剣を払い、ノアの攻撃をレオンと密着することで躱《かわ》している。ノアの異能力は周囲一帯に及ぶものだ。レオンを傷つけるわけにはいかず、ノアはレオンの銃を奪い、応戦している。

竜も近づいてくるが、魔法士や校長が箒《ほうき》にまたがってこちらに向かってくるのが見えた。

「ジークフリート‼　ノア、レオン！」

すごいスピードで飛んできた校長が、ノアたちの近くまで来て——落下する。

「な、何だ、ここは！」

草むらに箒ごと落ちて、校長が悲鳴を上げる。

「この辺りは魔法が使えない！」

ノアが怒鳴り、校長の後ろを飛んでいた数名の魔法士のうち、先頭にいた者は落下し、後ろにいた者は低空飛行して着地した。

「ジークフリート様！」

先頭の竜に乗っていたのはマリー・エルガーだった。竜が火を噴き、ジークフリートの近くに駆け寄ろうとした魔法士を焼き払う。魔法士は火だるまになり、悲鳴を上げて草むらを転げ回った。マリーはジークフリートに手を伸ばし、竜の背中に乗せようとした。ノアとレオンは近づこうとしたが、竜の噴く火で、あえなく退いた。動かなくなったオボロは、ジークフリートと共に竜に乗せられた。

「させるか！」

あわや逃亡か、と誰もが思った矢先、ノアが髪を逆立てて両手を伸ばした。ノアの両手から、異様な力が発動されるのが遠目にも分かった。

「グルウルウウ‼」

竜が突然、首を大きく振って地面にのたうち回る。骨が砕ける音と肉が弾ける音が辺りに響き渡った。ノアの髪が真っ赤に燃えていた。ノアは全力を振り絞り、竜めがけて異能力を使った。

「きゃあああ！」

竜の身体が切り裂かれ、背中に乗っていたマリーが悲鳴を上げて地面に投げ出される。マリーの身体は血だらけで、地面に跳ね返った。オボロを抱えていたジークフリートも、ノアの攻撃を避けることができず、身を反らせて地面に転がった。オボロはぴくりともしない。

「う、あ……」

魔法士たちが悲惨な状況に息を呑む。ノアは激しく息を吐き出し、どっと汗を流して地面に倒れた。マホロは急いで駆け寄った。

「ジークフリートを捕らえろ！」

レオンが怒鳴り、我に返った魔法士たちがいっせいにジークフリートとマリーに群がる。マホロは髪の色が赤くなったノアを隠すように抱きしめた。

空の上では、ジークフリートが捕らえられたと勘づいたジークフリートの仲間が、竜を反転させて海へと逃げだす。

「拘束するんだ！　杖を奪え！　レオンはジークフリートに近寄れ！　目を隠して、魔法を使わせるな！」

校長が叱責するように指示する。魔法士たちの怒号と竜の断末魔の叫びが、マホロの頭をぐるぐるとさせた。

わずかな間に、一気に状況が変わってしまった。
マホロはただノアの身体を抱きしめていた。

9 選択

ジークフリートは魔法団の手によって捕らえられた。

混乱した場に現れた団長が《転移魔法》でジークフリートを魔法団へ連行した。おそらく魔法が使えない地下室に拘束されるのだろう。ぐったりして動かなくなったオボロも連れていかれた。

後から分かったことだが、立ち入り禁止区にいた陸軍兵士と近衛騎士は、ジークフリートに殺害されていた。

マホロたちは校長や団長に状況の説明を求められた。その中には無論、シリルの問題がある。マホロは到底真実を語れなかったので、問われても黙り込んでいた。するとノアが、こう答えた。

「シリルはジークフリートに殺された」

ノアの弁明にマホロも驚いたが、レオンも驚いただろう。レオンが隠すつもりがあったかどうか分からないが、ノアはレオンを庇うことに決めたようだ。それに逆らって真実を明かすつもりはマホロになかった。第一——彼が死ぬ最終的な原因を作ったのは自分だと思っていた。助ける猶予があったにもかかわらず、マホロはその力を使わなかった。

校長たちは納得したようには見えなかったが、この場では追及しなかった。

ジークフリートが捕まった翌日、マホロは王宮にいた。くわしい話を聞きたいというアルフレッドからの呼び出しがあったからだ。戦闘で怪我《けが》を負った人もいたので、治癒のためという理由もあったかもしれない。

謁見の間に赴いたマホロは、思い悩んだ末にアルフレッドを見上げた。人払いを頼んで、あの日何が起きたかを告白した。

真実を自分の中に留めておくのが嫌だった。自分の犯した罪も、傍観した罪も、マホロには受け入れがたかったのだ。そして何よりも、ジークフリートのことが頭から離れなかった。捕らえられたジークフリートは数日のうちに処刑されるだろう。

恐ろしいことだ。あのジークフリートが、この世から消えていなくなる。

「あの……、陛下。ジークフリートと、話すことは可能でしょうか……?」

気がついたら、マホロはそう口走っていた。自分の中にはジークフリートに死んでほしくないという気持ちがある。ジークフリートが王家に逆らって起《た》ち上《あ》がった時から、どれほど多くの人を殺そうと、マホロはジークフリートを憎み切れずにいた。

物心ついた頃からずっと傍にいて見守ってくれた人だ。

——死んでほしくない。

「……特別に許可しよう。君になら話すこともあるだろうしね」

絶対に許可されないと思っていたのに、アルフレッドは簡単にマホロにそれを許した。マホロは団長を伴い、魔法団の地下牢へ下りた。ここは以前、ノアが隔離された場所でもある。

ジークフリートは特別な部屋に閉じ込められていた。

マホロはドアの窓越しに覗き、息を呑んだ。ジークフリートは両手に枷《かせ》を嵌《は》められ、薄い布一枚で身体を覆われ、両脚に太い釘が打ち込まれていた。ジークフリートの両目はくりぬかれ、まだ癒えぬ傷跡から血を流していた。あまりの非道さにマホロは吐き気を催した。

「やめておくか？」

入室の許可は出ていたものの、マホロの動揺する姿に団長が声をかけた。マホロはここから逃げ出したくなる気持ちを押し殺し、首を横に振った。これが最後かもしれないのだ。ジークフリートと話したかった。

団長がドアを開き、マホロを中に入れた。

「二メートルは距離を保て」

団長がマホロにきつく言い渡す。魔法を封じた部屋とはいえ、万が一のことを考えてだろう。マホロは何度も頷き、ジークフリートに近づいた。ジークフリートの顔が怠《だる》そうに上がり、鼻が動く。

「……マホロか？」

ジークフリートのしゃがれた声がマホロの胸を貫いた。ジークフリートを真っ向から見返すのは至難の業だった。絶えず流れる両目からの血と、全身に残る打撲痕、両脚に刺さった太く長い釘からも血は滲《にじ》み出《で》ている。おそらくわずかに動くだけで、ジークフリートは相当な痛みに苛《さいな》まれているはずだ。

「ジーク……さ、ま……」

マホロはぶるぶる震えて、口元を覆った。無意識のうちに涙が流れ、とてもまともに話せない。

「──私を見ろ、マホロ」

何を言っていいか分からなくなったマホロに、ジークフリートの強い声が響いた。これほどの痛みの前に、ジークフリートの矜持《きょうじ》は揺るがなかった。痛みなどないかのように、ジークフリートは唇の端を吊り上げる。

「私を見ろ、マホロ」

二度言われ、マホロは涙を堪《こら》えてジークフリートを見つめた。

「悪は私か？　それともこんな真似をする奴らか？」

ジークフリートの声はマホロの心の深部に突き刺さった。しゃがれた声に時々空気がかすれる音が混じる。咽《のど》にも何かされたのだろうか？　彼が脱獄しないように、魔法団はあらゆる手段をとったはずだ。

「クリムゾン島は……我らのものだった」

そう言うなり、ジークフリートは激しく咳き込んだ。その口から血が吐き出される。マホロはつい手を伸ばしかけ、背後にいた団長に止められた。

──ジークフリートの言うことは正しかった。

何故この場でジークフリートが『我ら』と言ったのか分からないが、この点においてはジークフリートの言い分が正しいのをマホロは知っている。クリムゾン島はデュランド王国のものではない。赤毛の闇魔法と白髪《はくはつ》の光の民のもの――。

(何が悪かったのだろう？　もう分からない。ジーク様は本能に従って生きてきただけだ)

マホロは自らの身体を抱きしめ、この運命を呪った。ジークフリートの僕《しもべ》として生きていた頃、何か彼を止める術《すべ》はなかったのだろうか？

「心臓が……奪われる」

ジークフリートが囁《ささや》き、ハッとしたように団長がマホロの腕を摑んだ。

「――ここまでだ。行くぞ」

まだ話し足りなかったのに、団長はマホロの腕を摑んで部屋から追い出す。マホロは涙を拭《ぬぐ》って、ジークフリートの悲惨な姿を目に焼きつけた。

地上へ出ると、マホロは胸の痛みに喘《あえ》いだ。ジークフリートを殺されたくないという思いは、強くなる一方だった。確かに彼は大量殺人を犯した。闇魔法の血族ではない者には許しがたい行為だ。だが、闇魔法の血を引く彼らには彼らの正義と常識がある。処刑せずに罪を償う方法はないのだろうか。

それに――。

マホロは前を歩く団長の背中に問いかけた。

「オボロは……オボロはどうなったのですか？」

ジークフリートの『心臓が奪われた』という言葉が何を意味するのか、マホロは正しく理解した。オボロはあの闘い以来、生死が不明だ。団長が連れ去ったのだ。

「それについては話せない」

団長にきっぱりと拒絶され、マホロは絶望した。マホロの胸にある魔法石に関しては、取り除くと死に至るという理由から手は出されなかった。だがもしオボロが死んでいたら、きっと解剖されて心臓に埋め込まれた魔法石は研究に回されるだろう。

アルフレッドは執務室にいるというので、マホロは団長とそちらに赴いた。侍従に声をかけて部屋に入ると、相変わらず書類の山に埋もれている。

「どうだった？」

アルフレッドはマホロの心を見透かすように、手を止めて尋ねてきた。

「……処刑を中止することはできないのでしょうか」

マホロはアルフレッドの前に立ち、声を振り絞った。ジークフリートの処刑を中止することは、到底無理だと分かっていた。国家を揺るがした重罪人を、生かしておく訳がない。いつ仲間が取り戻しに来るかも分からない、早々に処刑されるはずだ。

「ジークフリートを生かしておきたいのか？」

一刀両断されると思ったが、アルフレッドは抑揚なくマホロに聞き返す。

「俺は……」

マホロが唇を噛んでうなだれると、アルフレッドは団長に手を振った。

「部屋から出てくれ」

アルフレッドは団長とドアの前にいた侍従に命じた。団長は顔を顰《しか》めたが、再三言われるとしぶしぶ侍従と部屋を出た。ふたりきりになると、アルフレッドは机から離れ、マホロの手を取り、ソファに移動した。

「ジークフリートの処刑を止めるのは、俺でも困難だ」

ソファに並んで座るなり、アルフレッドが言った。

「そう……ですよね」

一国の王とはいえ、重罪人の死刑を撤回することは不可能だ。分かっていたことだ。

「だが——殺さないで罪を償わせることは、できなくはない」

アルフレッドはマホロの顎《あご》に手をかける。つられてマホロが顔を上げると、翡翠色《ひすいいろ》の美しい瞳が自分を見つめていた。

「君は何をしてくれる？」

どこか面白がるように聞かれ、マホロは言葉を呑み込んだ。アルフレッドはマホロを試すように、じっと覗き込んでくる。

「ジークフリートを助けるために、君は何を代償に差し出す？」

穏やかだけれど、逃げることを許さない声がマホロを射すくめた。アルフレッドの瞳はマホロの意識を奪い、思考を鈍らせた。

ジークフリートを助けるために、何を代償にするのか——。

分からなかった。差し出せるものが見つからなかった。国家転覆を企んだ重罪人を救う代わりに自分が差し出せるもの——そんなものが自分にあるのだろうか。

「何を差し出せば……いいんですか?」

途方もない問いかけにマホロは困惑して、アルフレッドに問い返した。それが悪手だというのは分かっていたけれど、他に道はなかった。

アルフレッドがふっと笑う。

「——そうだな。君が絶対服従の呪法を受け入れるなら、代償としては釣り合う」

事もなげに恐ろしい発言がアルフレッドの口から漏れた。

マホロは凍りついて、全身を震わせた。絶対服従の呪法は、かけた相手に忠誠を誓うもので、死ぬまで解けない。それを——自分が。

「……本当に、ジークフリートを……生かしてくれるんですか?」

マホロは唇をわななかせ、問うた。

「一国の王として、約束は守る」

アルフレッドは毅然と言い切る。

いけない、駄目だと分かっているのに、心が揺れてしまった。ジークフリートを救うために、アルフレッドに忠誠を誓うことは、それほどつらいこととは思えなかったのだ。アルフレッドは善き王として君臨している。その彼に忠誠を誓うくらい、受け入れてもいいのではないか。

ノアはきっと怒り狂うだろう。自身が強烈な嫌忌から拒絶した呪法だ。マホロがアルフレッドに忠誠を誓ったら、許してくれないかもしれない。

けれど、それでジークフリートを救えるなら……。マホロの中に湧き起こったジークフリートを殺されたくないという気持ちは大きくなる一方だ。この申し出を拒否したら、ずっと後悔する。

「それなら……命を助けてくれるなら……」

マホロは目を潤ませて、両手を組んだ。アルフレッドの目に妖《あや》しい光が差し込み、やおら腰にかかっていた短剣を取り出す。

「本来なら宮廷魔法士にやらせるものだが……。王になると、こういうこともできる」

アルフレッドは左手に刃を当てた。目の前ですっと短剣が動き、アルフレッドの指先から血が流れる。

「汝《なんじ》、我に忠誠を誓うなら、その血を受け入れよ」

アルフレッドが囁き、血が滴《したた》る指先をマホロの口元に持ってくる。マホロは恐れつつも、その指先に唇を近づけた。心臓がどくどくと大きく鳴る。本当にこれでいいのか、間違っているのではないかと不安が募る。だがジークフリートを助けるためには、受け入れるしかなかった。

マホロはアルフレッドの指から流れる血を吸った。とたんに大きく鼓動が跳ね上がり、全身が痙攣《けいれん》した。アルフレッドの血が咽を伝って身体に染《し》み込《こ》んでいくのが分かった。

「う、う……」

マホロは咽に手を当て、苦しげに掻きむしった。息苦しさに顔が引《ひ》き攣《つ》る。アルフレッドがマホロを抱きかかえ、小さな背中を撫でる。大きな手が背中を何度も往復し、そのたびに息苦しさが遠のいていった。

「可愛いマホロ。これで君は俺のものだね」

アルフレッドの声が遠くなったり近くなったりする。視界が朦朧《もうろう》として、マホロはアルフレッドの顔をはっきり見ることができなくなった。

「心配するな。ジークフリートの処刑は行わない。闇魔法の血を消す方法は簡単だ。ジークフリートに誰か女性を宛《あて》がおう。子ができれば、ジークフリートの能力は失われるだろう」

胸を切り裂く恐ろしい言葉がマホロの耳に聞こえてきた。

自分はとんでもない間違いを犯したのかもしれない。マホロはノアの咎《とが》める声が聞こえてきた気がして、焦燥感を抱えた。それなのに、薄れゆく意識の中、マホロはアルフレッドの腕に抱かれて安堵していた。

王の腕の中は、安全で怖いことなど何ひとつ起こらない箱庭のようだった。

POSTSCRIPT
HANA YAKOU

こんにちは。夜光花です。

血族シリーズもとうとう五冊目です。ジークフリートが……というわけで、心が揺れまくる主人公です。

今回は何といっても、ノアの母親ですね。嫁姑問題はどの世界も大変なようです。おそらくアリシアは生前のノアの母親に恐ろしい仕打ちをしたはず。若い頃の三人を想像するとどろどろしてて面白いです。セオドアはあの頃の出来事を全部記憶しているので、アリシアとの再婚だけは絶対嫌だと思っていそう。

そして作中ではやっと、マホロが二年生になりました！　おかげで表紙に魔法団の制服を着たノアが出せます。黒もいいけど、白も素敵な奈良先生のノアのイラストに興奮です。

夜光花　URL　https://yakouka.blog.ss-blog.jp/
ヨルヒカルハナ：夜光花公式サイト

今回はタイトルに王と入っているように、なるべくセレブなシーンを入れようと思って王宮やパーティーのエピソードを書きました。やっぱり華やかなシーンはいいですね。ダンスシーンを入れたくてマホロを女装させてしまいましたが、マホロは女体化しても大して変わりないかも……と思いました。

血族シリーズもあと一冊か二冊でエンドマークがつきそうです。最後までおつきあい下さると嬉しいです。

イラストは毎回本当にお世話になっている奈良千春先生です。表紙のノアとマホロの麗しいこと！　そして裏には陛下が意味深ですね。シリーズ通して並べるとものすごくかっこよいです。キャララフのアリシアを見て、これはいかにもマホロを虐めそうでいい！と喜びました。今回も見開きがあるので、めっちゃ楽しみです。いつもありがとうございます。次回もよろしくお願いします。

担当さま、毎回直しが多くて申し訳ないです。悩みつつのこのシリーズ最後までおつきあい下さい。

読んでくれる皆さま、感想などありましたらぜひ教えてほしいです。シリーズ最後までよろしくお願いします。

ではでは。次の本で出会えることを願って。

夜光花

兇王の血族

SHY NOVELS362

夜光花 著

HANA YAKOU

ファンレターの宛先

〒101-0065 東京都千代田区西神田3-3-9大洋ビル3F
(株)大洋図書 SHY NOVELS編集部
「夜光花先生」「奈良千春先生」係

皆様のお便りをお待ちしております。

初版第一刷2021年12月3日

発行者	小出裕貴
発行所	株式会社大洋図書 〒101-0065 東京都千代田区西神田3-3-9大洋ビル 電話 03-3263-2424(代表) 〒101-0065 東京都千代田区西神田3-3-9大洋ビル3F 電話 03-3556-1352(編集)
イラスト	奈良千春
デザイン	野本理香
カラー印刷	大日本印刷株式会社
本文印刷	株式会社暁印刷
製本	株式会社暁印刷

ISBN978-4-8130-1330-3

SHY NOVELS
好評発売中

少年は神シリーズ

夜光花 画・奈良千春

普通の高校生だった海老原樹里は、ある日、魔術師マーリンにより赤い月がふたつ空にかかる異世界のキャメロット王国に連れ去られ、神の子として暮らすことになった。そこで第一王子のアーサーと第二王子のモルドレッドから熱烈な求愛を受けることに。王子と神の子が愛し合い、子どもをつくると、魔女モルガンによって国にかけられた呪いが解けると言われているためだ。アーサーと愛し合うようになる樹里だが、いくつもの大きな試練が待ち構えていて!?